Delmore Schwartz

夢のなかで責任がはじまる

In Dreams Begin Responsibilities and Other Stories

デルモア・シュワルツ

ルー・リード 序文

小澤身和子 訳

河出書房新社

夢のなかで責任がはじまる

目 次

*

Contents

装幀◉クラフト・エヴィング商會〔吉田浩美・吉田篤弘〕

序文

ルー・リード

O Delmore How I Miss You

by Lou Reed

おゝ　デルモア　あんたがいなくてどれだけ寂しいか。あんたのおかげで俺は書きはじめた。あんたは俺がこれまで会ったなかでいちばん偉大な人だった。奥深い感情をまじりけのない言葉で表現した。作品のタイトルを見ただけで　俺の首筋に詩のミューズが現れた。あんたは天才だった。不運のね。

ぶっとんだ短編の数々。ああ　デルモア　俺はすごく若かった。いろんなことを信じていた。『フィネガンズ・ウェイク』を読むあんたの周りに俺たちは集まった。すごく面白かったがあんたがいなかったら入り込めなかった。ジョイスに人生を捧げるより素晴らしいことなどほとんどないとあんたは言っていた。そして図書館から借りっぱなしの小説の一語一語に片っ端から注釈を付けていた。一語一語にね。

それと「豚の旅行カバン」という作品を書いてるって言っていたっけ。ああ　デルモア　そんなものはないんだ。あんたが最後に朦朧《もうろう》としてホテル・ディキシーで心臓発作を起こしたあとで人が調べたんだよ。三日間　誰もあんたを引き取りに現れなかった。あんたは——俺らの時代のもっとも偉大な作家の一人だ。旅行カバンなんかじゃない。

あんたはT・S・エリオットからの手紙を胸もとに携えていた。「夢のなかで責任がはじまる」を賞賛した手紙を。あんたがあの結婚を止められていたらよかったのに。そんなことしたって何もいいことなんか起きないんだ!!! あんたは正しかった。俺たちに切々と訴えていた――母の隣に僕を埋葬させないでくれ。ここよりも願わくはもっと良い世界へ行くのを祝うパーティーをしてくれ。それからルー 僕は誓うよ――誰かにできるんだったら僕にだってできるんだ――ルー 金のために書くんじゃない。そんなことしたら取り憑いてやると。

彼に短編小説を提出したら「B」をつけられた。俺はひどく傷ついて恥ずかしかった。なぜ才能のない俺に取り憑くんだ? 俺は「**僕と一緒に歩くハニー・ベアー**〔シュワルツの有名な詩に「僕と一緒に歩く重たいクマ（The Heavy Bear Who Goes With Me）」というものがある。一般的に幸せのシンボルとして解釈されることが多い〕」の僕だった。文学者たちが集《つど》うカクテル・パーティーへ向かう。彼はそういったものをひどく嫌っていた。それで俺が任されたんだ。何杯か飲んだあと――彼のシャツははだけ――裾は右前に垂れ下がり――ネクタイは曲がり――ファスナーは開いていた。ああ デルモア。あんたはすごく美しかったよ。その名は無声映画の名ダンサー フランク・デルモアにちなんで付けられた。

ああ デルモア――ニーチェと決闘してできた傷。

イエーツを読んでいると終業のベルが鳴ったが詩はまだ途中で あんたは朗読を終えていなかった――鼻水が筋を引いても読むのを止めようとはしなかった。俺は釘付けだった。そして泣いた――この言葉を想っていた――**ハニー・ベアー。**
あんたは奥さんが囚われの身になっている〇〇の家に押し入るよう俺たちに言った。僕の手首は敵に折られてしまったのだと。薬があんたの鋭い頭を混乱させていた。

バーで会った時あんたは五杯の酒を注文したところだった。出てくるのが遅いから五杯目を飲む頃には、もう一杯注文しておいたほうが良いと言っていた。スコッチを飲みながらの授業。ベルモット酒。あんたが嫌いだったジュークボックス――どうしようもない歌詞ばかりだ。

ある夜、あんたはホワイトハウスに電話をかけて自分が受けた彼らの仕打ちに抗議した。妻に奨学金を与え彼女をあんたから引き離してヨーロッパにいる誰かの腕に抱かせようとしたと言って。
ヨーロッパ　ヨーロッパと叫ぶ新聞配達の少年の声が聞こえたよ。

十分な希望をくれよ　そうしたら首を吊るから。

ハムレットは上流階級の旧家の出身だった。

彼を酔っ払いだと思う人もいるが――実際は――躁鬱病で――それは髪が茶色いのと同じようなもの

だ。

自分の家のシャワーを浴びなきゃならない——実存的な行為だよな。シャワーの合間に足を滑らせてひとりで死んじまうかもしれないんだから。

ハムレットは変なことを言いだす。女はメロンみたいだな　ホレイシオ——一度開けば腐ってしまう。

ああ　デルモア「王女のためのボードビル」はどこでやっていたんだ。楽屋で舞台スターから王女に渡された贈り物。

公爵夫人が公爵のケツの穴に指を突っ込むと王国は消えた。

こんなことをしたって何もいいことなんか起きないんだ。別れちまえ！

静かにしていただけないならご退場いただきますよ。

デルモアはすべてを理解して一部始終を完璧に書いた。

シェナンドー・フィッシュ。君は生き延びるにはいい奴過ぎたよ。洞察力にやられちまったんだよな。

名声への期待にも。そうあんたが教えてくれた。

そして俺は最終ラウンドであんたと会った。

あんたのウィットと博識が大好きだった。

あんたはこれまでもずっと唯一無二の存在だった。

馬を水場に連れて行けたって無理やり考えさせられはしない。

俺は書いてみたかった。あんたと同じくらいうまい一文を。俺が目指す山。俺のインスピレーション。

あんたは史上最高の短編を書いたんだよ。


夢のなかで。

ルー・リード

夢のなかで責任がはじまる

夢のなかで責任がはじまる

In Dreams Begin Responsibilities

I

一九〇九年だと思う。どうやら僕は映画館にいるようだ。長い光が暗闇を横切るように伸びて、映像を映し出している。僕の目はスクリーンに釘付けだ。流れているのは古いバイオグラフ社の作品みたいなサイレント映画で、俳優が滑稽なほど古臭い服を着ていて、突然場面が飛んだりする。俳優たちもみな、飛び回ったり歩いたりするのが速すぎる。場面は点や線だらけで、まるで撮影時に雨が降っていたかのようだ。照明もひどい。

一九〇九年六月一二日日曜日の午後のことで、父は母を訪ねるためにブルックリンの閑静な通りを歩いている。服はプレスしたてで、ハイカラーの襟元にはかなりきつめにネクタイが締められている。父はあとでどんな気の利《き》いたことを言おうかと考えながら、ポケットの中の小銭をいじってチャリチャリと音をさせている。この頃になると、僕は映画館の心地よい暗闇のなかですっかりくつろいでいる。オルガン奏者がわかりやすくおおまかにまとめた感情をとどろかせていて、それに合わせて観客の体が知らず識らずのうちに揺れる。僕のことを知る者は誰もおらず、僕も自分のことを忘れている。人が映画を観に行く時はいつもそうなる。よく言われるように、映画はドラッグみたいなものだ。

父は木々や芝生や家並を横目で見ながら、通りから通りへと歩き続ける。時折、大通りに出ると、路面電車がスケートを滑るみたいに、がりがりと音を立てながらゆっくりと進んでくる。両端が跳ね上がったカイゼルひげの車掌は、羽がついたお椀みたいな帽子をかぶっている若い女性が電車に乗り込むのを手伝う。電車の段差を上がる時、彼女は長いスカートを少し持ち上げる。車掌はのんびりと釣り銭を渡して、ベルを鳴らす。どこからどう見ても日曜日だ。誰もがよそいきの服装をしているし、路面電車の立てる騒音が休日の静けさを際立たせている。ブルックリンは教会の街ではなかったっけ？　店はどこも閉まっていて、ブラインドが下がっているが、文具店やショーウィンドウに緑のボールがたくさん飾られている薬局はやっている。

父がこうして長い道のりを歩くことにしたのは、歩きながら考えるのが好きだからだ。将来の自分について考えながら歩いて行けば、訪問先に到着する頃にはわずかに高揚しているはずだ。父は日曜日の夕食を囲んでいる家や、まさに、たっぷりと葉を繁らせて、通り全体を涼しい陰の中に包み込もうとしている木々には目もくれずに歩いていく。馬車が通ると、静かな午後に馬のひづめの音が石のように落ちてくる。そして時々、巨大な布張りのソファみたいな自動車が、煙を吹かしながら通り過ぎていく。

父は母のことを考えていて、彼女を自分の家族に紹介するのはきっと素敵だと思う。でも母と結婚したいのかどうかについてはまだ確信を持てずにいて、ふたりの間にすでに築かれてしまった絆を考えると恐ろしくなる。そこで自分を安心させるために、ウィリアム・ランドルフ・ハーストや、アメリカの大統領になったばかりのウィリアム・ハワード・タフトといった尊敬する既婚の有力者のことを想像する。

父は母の家に到着する。早く着き過ぎてしまって、急に気恥ずかしくなる。僕のおば――つまり母の妹――が手にナプキンを持ったまま、大きなドアベルの音に答える。家族は夕食をとっている最中なのだ。父が中に入ると、僕の祖父はテーブルから立ち上がり、父と握手を交わす。母は支度を整えるために二階へ走って行ってしまう。祖母は父に夕食は済ませたのかと尋ね、ローズはすぐに降りてきますからと伝える。祖父は六月の温暖な気候についての話題を持ち出して会話をはじめる。父は手に帽子を持ったまま、落ち着かない様子でテーブルの近くに座っている。祖母はおばに父の帽子を預かるように言う。一二歳のおじは、髪の毛を振り乱しながら家の中を走り回っている。おじはしょっちゅう五セント硬貨をくれる父に向かって大声で叫ぶように挨拶すると、二階へ走っていく。この家で父が受けている堅苦しい敬意は、明らかにこうした陽気さに和《やわ》らげられている。父は感じ良く見えるが、同時にひどくぎこちない。

II

ようやく、すっかりめかしこんだ母が降りてくる。祖父と話をしている父は、母に挨拶するべきなのか、会話を続けるべきなのかわからず、落ち着かない。ぎこちなく椅子から立ち上がると、ぶっきらぼうに「やあ」と言う。祖父はあら捜しをするような目つきで、そんなふたりの相性を調べるかのようにじっと見ている。それから髭の生えた頬を荒々しくさする。何かを考えている時の癖だ。祖父は心配している。一番上の娘にとって父は良い夫にならないのではないかと。ちょうどその時、父が何か面白いことを母に言おうとしたところでフィルムに問題が生じる。興味が湧いてきたところだった僕は我にかえり、悲しみにかえる。観客は待ちきれずに手を叩きはじめる。問題は解決するが、映画はさっき見たばかりの場面にまで巻き戻っていて、祖父がもう一度髭の生えた頬をさすりながら、父の性格について考えているところだ。再びスクリーンの中に戻って自分を忘れるのは難しい。でも母が父の言葉にクスクス笑うと、僕はまた暗闇に取り込まれていく。

　父と母が家を出ると、父はよくわからない居心地の悪さを感じて、母ともう一度握手をする。僕もまた落ち着かずにもぞもぞして、映画館の硬い椅子に沈みこむ。もう一人のおじ——母の兄——はどこにいるんだろう？　二階の自分の部屋で、ニューヨーク市立大学での卒業試験に向けて勉強中なのだ。彼は二一年前に、急性肺炎で亡くなった。母と父はさっきと同じ閑静な通りを反対方向に歩いていく。母は父の腕をとって、読んでいる小説について話しはじめる。あらすじが見えてくると、父は登場人物についての意見を口にする。父はこの習慣をすごく気に入っている。他人の行動を品定めしていると、このうえない優越感と自信に満たされるからだ。時折、物語が父いわく「感傷的」になってくると、思わず「うへっ」と言ってしまう。父が男らしい証《あかし》だ。母は興味を引くような話ができたことに満足している。自分がいかに知的で、興味深い人間なのかを父に示そうとしているのだ。

　ふたりが大通りに到着すると、ゆっくりと路面電車がやってくる。その日の午後、ふたりはコニーアイランドへ行く予定だ。母は内心そんなのは二流の楽しみだと思っているが、遊歩道の散歩と楽しい夕食だけを満喫することにしたのだ。こんなにも気品あるふたりには似合わない騒々しい遊園地は、避ければいい。

父は母に、先週稼いだ金額を伝える。誇張する必要もない数字だが、誇張している。父はいつもどういうわけか現状では不十分だと感じてきたのだ。急に僕は泣きはじめる。映画館で隣に座っている意志の強そうな老婦人が、しかめ面でこちらを見てきたので、僕は萎縮《いしゆく》してしまい泣くのをやめる。ハンカチを引っぱり出して顔をふき、唇の近くにこぼれた涙のしずくをなめる。その間に、何かを見逃したみたいだ。母と父はちょうど電車を降りようとしている。終点のコニーアイランドに到着したのだ。

III

ふたりは遊歩道に向かって歩いていく。父は母につんとした海からの空気を吸ってごらんと言う。ふたりとも深く息を吸い込み、ふたりともそうしながら笑っている。父も母も健康に大きな関心がある。父は丈夫でがっしりとした体格だが、母はきゃしゃだ。ふたりの頭のなかは何が健康に良い食べもので何が良くないかという理屈だらけで、時々激しい議論になることもある。でも結局は、遅かれ早かれいつかはみな死ぬんだよと父が蔑むように息まいて終わる。遊歩道の旗棒には、アメリカ国旗が海からの断続的な風に脈打つようになびいている。

父と母は遊歩道の手すりまで行って、海辺を見下ろす。海水浴を楽しむ大勢の人々がくつろいだ様子で歩いている。海の中にいる人もちらほら見える。ピーナッツ売りが吹くホイッスルの活気ある心地よい金属音が空気を突き抜ける。父はピーナッツを買いに行く。母は手すりのところに残って海を見つめている。母には海が陽気に見える。鋭く輝いて何度も何度も繰り返し小さな波を放っている。母は濡れた砂を掘っている子どもたちや、自分と同年代の娘たちが着ている水着に目をやる。父がピーナッツを持って戻ってくる。頭上では太陽が稲妻のような強烈な光を放っている。でもふたりとも全く気づいていない。遊歩道はよそいきの服を着てのんびりと散歩を楽しむ大勢の人で溢れかえっている。波は遊歩道までは届かないし、もし届いたとしても、彼らはなんの危険も感じないのだろう。母と父は遊歩道の手すりに寄りかかって、ぼんやりと海を見つめている。海が荒れはじめる。ずっと遠くのほうから波が力を引き寄せながらゆっくりとやってくる。波がでんぐり返しをする直前、背中で実に美しい弧を描いて黒のなかで緑と白の水脈を見せる一瞬、その瞬間は耐えがたいものがある。ついに波が割れると、砂の上を荒々しく突進し、これ以上ないほどの下向きの力で砂を押し流して上や前に跳ね返りながら、ついには浜辺まで上がってきた小さな水流の中で徐々に小さくなって消え、また引き戻される。両親はそうした粗暴さにはほとんど関心がない様子で、ぼんやりと海を眺めている。頭上の太陽もふたりを邪魔しない。僕は視界を粉砕するような恐ろしい太陽と、不吉で残酷で激しやすい海をじっと見つめ、両親のことは忘れてしまう。魅了されたように観続けるが、ついに父と母の無関心さに愕然として、突然また泣きはじめる。隣の老婦人が僕の肩をぽんぽんと叩いて「おやおや、どうしたの。全部映画のなかの話じゃないの。ただの映画よ、お若い人、ただの映画なの」と言う。でも僕はもう一度顔を上げて、ぞっとするような太陽と海を観る。そして涙を抑えきれずに立ち上がり、同じ列の人の脚に蹴つまずきながらトイレへ向かう。

IV

寝不足のまま目覚めたような気分で戻ってくると、数時間が経過していたようで、両親はメリーゴーランドに乗っているところだ。父は黒い馬に乗っていて、母は白い馬に乗っている。ふたりはポールから伸びたアームにひっかかっているニッケルの輪を取るためだけに、永遠に円を描いているみたいだ。手回しオルガンの音が流れている。止まることなく回り続けるメリーゴーランドと一緒に流れる、あの音楽だ。

メリーゴーランドが全く止まる気配がないので、一瞬、ふたりは一生降りてこないのではないかと思う。僕は建物の五〇階からさっきの大通りを見下ろしているような気持ちになる。でもようやくふたりは降りる。手回しオルガンの音楽までも一瞬止む。結局父は一〇個のニッケルの輪を手に入れたが、母は二個だけだった。本当に欲しがっていたのは母なのに。

ふたりは遊歩道を歩く。午後が気づかないくらいゆっくりと深まり、夕暮れの美しいすみれ色に変わっていく。あらゆるものがのんびりとした輝きのなかに消えていき、浜辺から聞こえてくる絶え間ない話し声や、メリーゴーランドの回転音さえも止む。ふたりはどこで夕食をとろうかと店を探す。父は遊歩道沿いにある一番高級な店を提案するが、母は自分の信条に従ってやんわりと反対する。

でも結局ふたりは一番高級な店に行き、遊歩道と気まぐれな海が見える窓辺のテーブルをお願いする。ウェイターに二五セント硬貨を握らせると、父は神のように何でもできそうな気分になる。店は混んでいて、ここでも音楽が流れているが、今回は弦楽三重奏の類《たぐい》だ。父はかなり自信満々に料理を注文する。

　食べながら父は将来の計画について話し、母はどれだけその話を興味深く聞いて感銘を受けているかを表情で示す。父は意気揚々となる。流れているワルツに気持ちが高揚して、自分の将来に酔いはじめる。そしてもっと儲けるために事業を拡大しようと思っていると母に伝える。身を固めて落ち着きたいのだ。なにしろもう二九歳なのだから。一三歳からひとりで生活してきて、今ではますます金を稼ぐようになっている。既婚の友人たちの居心地がよくて安心できる家を訪れて平穏で家庭的な喜びや愛嬌のある子どもたちに囲まれると、彼らが羨ましくなるのだ。ワルツが高みに達して、踊っている人たちがみんなで狂ったようにスウィングしはじめると、父は大胆不敵にも母に結婚を申し込む。ただとてもぎこちなく、興奮はしているものの、どうして求婚するに至ったのかわからず戸惑いながら。するとさらに悪いことに、母は泣き出してしまい、父はどうしたらいいのか見当もつかずにそわそわと辺りを見回す。「はじめて会った時から、そう言っていただきたいとばかり思っていたのよ」とすすり泣きながら言うと、父は急にこうしたこと全部が面倒くさいと思いはじめる。こんなのはとても自分の趣味ではない。ブルックリン橋の上を上質な葉巻をくゆらせて夢想しながら散歩をしていた時に想像していたこととも違う。ちょうどそこで、僕は映画館の中で立ち上がって叫んだ。「やめたほうがいい！　ふたりとも、今ならまだやめられる。そんなことしたって何もいいことなんか起きないんだ。ただ後悔や憎しみや恥辱、それからぞっとするような性格のふたりの子どもが生まれるだけなんだから」観客がいっせいに僕のほうを振り向いて顔をしかめた。案内係が懐中電灯で足元を照らしながら通路を走ってきて、隣の老婦人は僕を座席に引っぱり戻しながらこう言った。「静かになさい。追い出されてしまいますよ。ここに入るのに三五セント払ったんでしょう」それを聞いて僕は目を閉じた。目の前で起きていることを直視できなかったからだ。そしてそこでじっと静かに座っていた。

V

でもしばらくすると、僕はちらちらとスクリーンに目をやるようになり、やがてまた満たされることのない好奇心を持って観はじめる。まるでお菓子をもらってもすねたままでいる子どもみたいに。両親は今度は遊歩道沿いの屋台で写真を撮ってもらっている。そこはうす紫色の光で包まれている――どうやら必要な光のようだ。カメラはそばにある三脚に設置されていて、火星人みたいだ。写真屋はふたりにポーズのとり方を教えている。父は母の肩に腕を伸ばしているが、ふたりとも笑顔がぎこちない。写真屋は手に持つようにと母に花束を渡すが、母はそれを変なふうに持ってしまう。カメラから垂れている黒い布の下に写真屋が身を隠すと、長く伸びた腕だけが見える。撮影する時に、ゴム製のボールを握るためだ。でも彼はふたりの見え方に満足していない。ふたりのポーズはどこかが絶対におかしいと確信している。何度も何度も隠れたところから出てきては新しい指示を出すけれど、事態はただ悪化するだけだ。父はしびれを切らしはじめる。ふたりは座ったポーズを試す。写真屋は自分にはプライドがあるのだと説明する。金のためではなく、美しい写真を撮りたいだけなのだと。父は「いいから、早くしてくれないか。夜が明けちまうよ」と言う。でも写真屋は申し訳なさそうな顔であちこち動き回って、新しい指示を出すばかりだ。僕はこの写真屋に心惹かれる。彼の気持ちがよくわかるので、彼が正しいとつくづく思う。そして彼がよくわからない「写真のしまり具合」という考えに沿ってポーズに難癖をつけるたびに、僕の心には希望が溢れ出す。とは言うものの、父は腹立たしげに「いいかげんにしてくれよ、もう十分だろう。もうこれ以上は待てないぞ」と言う。すると写真屋は浮かない顔でため息をついて、黒い布の下へと戻っていく。そして手を伸ばして「1、2、3、はい！」と言って写真を撮る。父の笑顔はしかめ面に変わり、母の笑顔は明るいけれど、どこかわざとらしくなる。写真が現像されるまでの数分間、奇妙な照明の下で腰をおろして待つ間、両親はすっかり意気消沈する。

VI

ふたりは占い師の屋台の前を通り過ぎる。母は中に入ってみたいと思うが、父は違う。それについてふたりは口論をはじめる。母は強情になり、父は再びイライラして言い争いになる。父は母を置いてその場を立ち去ってしまいたいと思うが、そんなことをしても何にもならないとわかっている。母はちっとも動こうとしない。今にも泣き出しそうだが、占い師が手相を見て何て言うのかを聞いてみたくてたまらないのだ。父は怒り顔で渋々同意し、ふたりは一緒に屋台の中へ入っていく。そこは少し写真屋の店に似ている。黒い布がかけられていて、薄暗い。中は暖かすぎる。父はテーブルの上の水晶玉を指差して、こんなのナンセンスだと言い続ける。裏から東洋風のローブを羽織った、背の低い太った女の占い師が出てきて、訛りのある話し方で挨拶する。でも突然父には、何もかもが耐えられなくなる。そこで母の腕を強く引っぱるが、母は動こうとしない。父はひどく憤慨した様子で母の腕を放し、呆然とした母を残したまま大股で屋台の外へ出ていってしまう。母は父のあとを追おうとするが、占い師は母の腕をぎゅっと摑んで、頼むからやめなさいと懇願する。僕は座席で、言い表せないほどの衝撃を受けている。サーカスを観ている観客の頭上百フィートのところを綱渡りで歩いていると、突然綱が切れそうになる……そんな気持ちだった。僕は立ち上がると、このすさまじい恐怖を伝えようと頭に浮かんだ言葉をまた叫びはじめる。すると再び案内係が懐中電灯を照らしながら通路を早足でやってきて、隣の老婦人は僕に頼むからやめなさいと言う。そしてぎょっとした顔の観客たちが振り向いて僕をじっと見る。僕は叫び続ける。「いったいふたりは何をやっているんだ？　自分たちが何をしてるかわかってるのか？　なぜ母は父のあとを追わない？　追わないなら、どうするつもりなんだ？　父は自分が何をしてるかわかってるのか？」——しかし案内係が僕の腕を摑み、力ずくで引きずり出す。そうする間彼はこう言う。「おまえは何をやってるんだ？　何でも自分の好きなようにはできないってことがわからないのか？　なんでおまえのような若者が、人生はこれからだっていう人間が、こんなおかしなことをする？　自分が何をしているのかなぜ考えないんだ？　まわりに人がいなくても、こんなことはしちゃいけないんだよ！　やるべきことをやらなかったら、きっと後悔することになる。こんな調子でいようったってだめだ。いけないんだよ。じきにわかる。自分が取る行動にはすべて責任が伴うってことがね」そうして僕は映画館のロビーから冷たい光のなかへと引きずり出された。目が覚めると身を切るように寒い冬の朝で、二一歳の誕生日だった。唇に雪をつけた窓枠が輝いている。朝はもうはじまっていた。

アメリカ！ アメリカ！

America! America!

一九三六年にパリから戻ってきたシェナンドー・フィッシュは、うまく振る舞うことも、以前のように興に乗って物を書き流すこともできなかった。生まれ育った街の知人たちは随分変わってしまっていた。シェナンドーがヨーロッパに滞在する前に出会った人たちのことだ。彼らは大恐慌の影響を大いに受けていた。その影響はついには骨髄にまで達し、何年も経つと全身に行きわたり、彼らの希望や欲望を大きく変容させた。シェナンドーと一緒に大学に通った若者たちはもう同じ地域には住んでおらず、互いに会いに行くこともあまりなく、偶然出くわすとなんだか気恥ずかしさを覚えた。なかにはもう結婚している者もいたが、多くは自分でそう仕向けたのに、その結果として送ることになった人生を恥じていた。彼らのもとを訪れるたびにシェナンドーは戸惑いを覚え、古い友情を温めるのはやめることにした。そんなものはもはや存在せず、死んだ年月が眠る墓石から立ち上がってくることもなかった。

怠惰な生活を送っていても、シェナンドーは気にならなかった。もう一度パリに行くのもいいだろうし、実際のところ来年には戻ろうと思っていた。その時の彼には、戻れなくなるなんて知るよしもなかった。母親に言われたように気楽に構えながら怠けたりのんびりしたりするのを楽しんでいて、そうするのは彼にしては珍しいことだったが、去年は長いこと熱心に活動していたのだから、やむを得ないと思っていた。

毎朝シェナンドーは遅くまで寝ていて、朝食の席に座ったと思ったらそのまま長く居座り、家事をこなしながら話す母親の声に耳を傾けていた。母親の話と朝刊の記事とのあいだを行ったり来たりするのは、楽で心地がよかった。朝の太陽の光を浴びた真っ白な台所は気持ちがよく、新聞は朝に発揮できる集中力を使うくらいには面白かったし、母親の独白を聞くのもまた心地よかった。彼女はいつも自分か友人の人生について、これまでのことや、ありえたかもしれなかったこと、その人の運命や性格や不幸について話した。とりわけ話題にしたのは家族生活の謎についてで、それは彼女自身がよく考えてわかっていたことだったからだ。

だらけた生活が二ヶ月も過ぎると、シェナンドーは朝食時の喜びに不安を抱きはじめた。だらしない日々が続いたあとにやってくる感覚——喪失感やアイデンティティの欠如——がまた戻ってきたのだ。「いったい僕は誰なんだ？　何者なんだろう？」シェナンドーはもう一度自分に問いかけた。これは単なる不安の表れに過ぎないと自分でも自覚していたし、働いたとしても、こうした不安をごまかすことにしかならないとわかっていたとはいえ、自分の感情を知性を持って批判するのは何の役にも立たなかった。

自分の存在に対する不安に深刻なまでに苛《さいな》まれるような朝には、母親の独白はかつてないほど面白く思えた。とはいえ、彼女が口にするのは同世代の人間の話で、シェナンドーはその人たちを面白いとは思えなかったのだが。母親は三〇年間よく知っているバウマン家について話しはじめた。

バウマン家は、シェナンドーが生まれた時に銀のスプーンを贈ってくれたとフィッシュ夫人は言った。夫人は実際にそれを持ってきて、スプーンの先に彼のイニシャルが対《つい》をなす文字で刻んであるのを見せた。シェナンドーは話を聞くあいだ、スプーンを手に取ってこわごわといじりながらイニシャルを見ていた。

　フィッシュ家とバウマン家の友情は世紀が変わる少し前にはじまった。シェナンドーの父親は（今はもう死んでいるが）、当時保険〝ゲーム〟と呼ばれていたものに夢中だった。その言葉はシェナンドーの頭に残り、彼は同時に母親が他人の話し言葉を記憶するのに優れていることも再発見した。バウマン氏はシェナンドーの父親より二〇歳年上で、すでに保険業界での地位を築いていた。最初からうまくいったのは、彼のような気性の男にはもってこいの商売だったからだ。

　シェナンドーの母親は、バウマン氏のような人になぜ保険が天職となったのかについて、詳細に話しはじめた。保険で重要なのは、苦労して家の中に入り込んで人々の信用を勝ち取ることなんだよ。保険は商店や薬局が〝もの〟を売るようには売れない（ここでシェナンドーは母の言葉の選び方に感動した）。お客がやってくるのを待ってはいられないし、本のセールスマンみたいに次々と家を訪問して玄関口に足を踏み入れて、その家の主婦にぴしゃりとドアを閉められてしまう前に早口でまくしたてることもできない。そうではなくて、大勢と親しくならなきゃならないんだよ。知り合いになって、好意を持ってもらって、信用を勝ち取れば、その人たちはどれだけ保険が価値あるものかっていう忠告を聞くようになるからね。

　自分と同じ階級の人々が集まる組合や協会や連盟に参加するのが大切なんだ。でもそれは、大勢のなかにいるのが好きで、人が集まるどんな会合でも楽しめるバウマンさんには何の苦にもならなかった。彼は若い頃、祖国を同じくする人々の協会に入っていて、結婚したら妻が入っている協会にも入ったくらいなんだから。それにフリーメイソンの協会にも入会したし、近所のユダヤ教会堂《シナゴーグ》の社交場にも顔を出していた——本当はインガソル〔アメリカの法律家〕を崇《あが》めていたのにね。そうやってたくさんの人と知り合いになって、いつも変わらず献身的に彼らの家を訪問したんだよ。とにかく人と会うためにね。訪問するっていうのはバウマンさんにとっては厄介なことだった。感じよく家の中に入り込んだら、お客であるその家の主《あるじ》に、彼のことをずっと考えていて、ちょうどこのあいだも彼の話をしたばかりで、今日はただ必要にかられてちょっと〝立ち寄った〟だけだと言わなければならなかったからね。お茶でもいかがですかと椅子を勧められるのは、ありきたりな社交辞令のあと。テーブルの席に腰掛けてしまえば（フィッシュ夫人は話の節々で、シェナンドーの頭のなかで詠唱されている皮肉に独特な皮肉を重ねてきた）バウマンさんは数時間は腰を上げなかったね。そのあいだに、清潔なテーブルクロスの上にかけられていたレースや切り子のグラスは引っ込められていた。

　自分はロシア式で紅茶を飲むのだと、バウマン氏はよく話していた——カップではなくグラスで飲むのであって、カップを使うなどまったくの問題外だと。飲んだり食べたりするあいだ、彼は親しみを込めて〝その日に起きたあらゆる出来事〟について威厳たっぷりに話した。でも特に好きな話題は、ヨーロッパの王や女王の私生活や、シオニズム、科学の新発見についてだった。バウマン氏はほとんどもう何も載っていないテーブルクロスから、ぼんやりとパン屑やポピーシードをつまみはじめる最後の最後まで飲んで食べて話し続け、そのあいだ、話を聞く側は内心面食らっていた。

　フィッシュ夫人がバウマン氏を知ったのは、彼が中年に差し掛かった頃だった。彼女はバウマン氏は若い頃ですら銀行家のような見た目をしていたという噂を聞いたことがあった。年を重ねるうちにかなり肉付きが良くなってそうした印象は強まっていったが、それと言うのも、鼻眼鏡をかけて、白のパイピングが施された格好の良い白いベストを着ていたからだった。シェナンドーはバウマン氏が写真で見た初代Ｊ・Ｐ・モルガンに似ていたことを思い出した。友人たちはバウマン氏のどんなところも好きだったが、特に外見には大いに満足していた。彼らは恥ずかしくなるくらい頻繁にバウマン氏に新しい保険証書を〝書かせた〟。当時はバウマン氏のような人々にとって、概して繁栄の時代とも呼べる時代だったからだ。多くは大人として、もしくは大人じみた子どもとしてアメリカに渡って来てから成功を収めた人たちだった。最初に感じていた不安はとうに過ぎ去り、意識の奥深くを除いては、ほとんど記憶に残っていなかった。そして今では保険証書を〝賄《まかな》える〟ようになり、アメリカにあとからやってきた人たちや、自分たちがアメリカにやってきた当時の生活や〝新しい移民《グリーンホーン》〟をすっかり見下せるまでになっていた。バウマン氏と友人になることは、彼らにとって成長の証だった。みんなバウマン氏が大好きで、一緒にいると光栄に思えたし、実際に彼の訪問を受けた一家は、世界は偉大であるという感覚に包まれて知性すら感じられた。バウマン氏が来ると夫がよく上機嫌になったのは、服飾の仕事が忙し過ぎて世の中の出来事をよく知らなくても、バウマン氏のような感じがよくて教養があり、洗練されたロシア訛りの英語を話す男を〝家につれて〟きて友情を育《はぐく》めることができると、妻に暗に伝えることができたからだった。

　シェナンドーの母親は、バウマン氏みたいにできた男は保険ビジネスではすぐに、慌ただしく新しい顧客を獲得して新しい証書を書く必要なんてない次元に到達すると言った。保険料は毎年支払われるため、手数料を食いぶちにするだけで快適な暮らしを続けていけるのだと。度重なる不況による重圧のせいで、保険証書を破棄されたり保険料の支払いが滞ったりするのを防ぐためには、契約者たちとの友好関係を維持しなければならなかった。彼らに安心感を与えてうまいことを言う必要はあったが、朝遅くまで寝て、朝食のあいだに朝刊を熱心に読むという日々の過ごし方は変えずにすんだ。好きな時に休暇を取れたし、宗教関連や国の休日にはよく家族と一緒にでかけた。実のところ、最高の保険証書が書けるのは、休暇中やリゾート地で気分が高揚した時だった。そうした幸せの絶頂にこそ本領が発揮されたのだ。

ここでシェナンドーは母親の口調から、彼女が良い暮らしを送り、思いのままに人生を謳歌する人たちに対して日頃から抱いている憤りを感じ取った。それは、自分は良い生活をしようなどと思ったことすらなく、大金持ちや休暇中は別として、そんな生活は不当だと感じている人間の恨みだった。

フィッシュ夫人は話し続け、保険のセールスマンには免れがたい任務がひとつある――そこまでよく知らなくても、知り合いになった人間の葬式には必ず顔を出すことだと言った。そうすれば、保険ビジネスの礎《いしずえ》となっている明白な事実に敬意を示せるし、契約に結びつくような会話の糸口にもなるからだ。

バウマン氏はよく「ええ、今日はＬ氏の葬儀に参列してきたんです」などと言っていた。まるで、自分にはその権限があるとほのめかしているような口調だった。

「ええ」強調するように何度も彼は繰り返し、紅茶にレモンを絞りながら言った。「どうせ我々はみんなあちらに行くことになりますからね、遅かれ早かれ！」

それからバウマン氏は葬儀で遭遇した興味深い出来事について延々と話した――現実を理解できずにいる子どもたちや、ひどく興奮した夫人の泣き声、生きているかのような遺体について。

「まるで昼寝でもしているみたいでした」とバウマン氏は言った。

実際にバウマンさんは、〝仕事をする〟だけでなく、葬儀自体を楽しんでいたんだよ。と言うのも、葬儀は彼と何もかもが共通している人間がいっせいに集まる場所で、彼らにとってバウマンさんはすごく面白くて〝博識〟で、ラビみたいな格好こそしていないけれど、賢人のようだとすら思われていたから。でも実は、そう思っていたのはごく一部の人と彼自身だけだったんだけどね。

無意識に軽蔑を込めてそう言うと、フィッシュ夫人はテーブルクロスにアイロンをかけるのを終え、丁寧にたたんでから、アイロンがけが済んだ他の布と一緒に置き、また新しい布を取って休むことなくひとりで語り続けた。

バウマン夫人だけは、バウマン氏が各方面に期待され、良い印象を持たれていたように、真剣には彼のことを受け止めていなかった。夫人にとっては近所に住むラビという賢人のほうが良かった。彼女と夫は共通の関心事が多かったので、二人のあいだには自然に大きな敵対心が生まれた。これまで彼女は、近所のシナゴーグでラビの地位に就《つ》いている男性なら誰でも、得意分野では――塗油でも、人当たりの良さでも、多様な意見を持っていることについても――夫より優れていると考えていた。

夫の隣にいると、バウマン夫人はちっぽけと言ってもいいほど小さく見えた。彼女は神経質で心配性だったが、バウマン氏はいつも自信にみなぎっていた。他人の前で妻に責められたり批判されたりしても、あるいは喋り過ぎを注意されたり、自分が何を話しているのかわかっていないと指摘されたりしても、ただ微笑んでいるだけだった。でも二人は好きになるものが同じで、彼女が抱く夫への恨みの一因は、自分は子どもの面倒を見なければならないのに、夫は人付き合いを充実させていることだった。子どもや友人やユダヤ教にまつわるすべてのことに対して、彼女は尽きることのない慈善心と寛容な心を持って献身した。その結果、家庭を顧みずに大勢のもとを訪れて、病気の人の詳細や友人についての彼女なりの分析を話して聞かせることもあった。世界大戦がはじまる前は、ユダヤの新聞ではフロイトとベルクソンが非ユダヤの世界で有名になったユダヤ人として讃えられていた。バウマン夫人は、彼らの教えを誤解されかねないものに作り変えてしまうほど、彼らの名声を喜んでいた。結婚する前はバウマン家を頻繁に訪れていたシェナンドーの父親は、夫人からフロイトの教えを学び、不動産業を営む彼のもとで働いてくれているセールスマンたちにそのまま伝授したのだった。

ユダヤ人の音楽家や投資家の成功以上にバウマン夫人を興奮させたのはただひとつ、新しい流行——特に食べ物の流行だった。彼女はしょっちゅう、新しい〝流行《fad》〟を取り入れていると話し、みんなもそうするべきだと言っていた。とにかくその言葉を気に入っていて、それが「流行」以外の意味を含むこと〔「酔狂」の意味もある〕など頭をよぎりもしなかった。他にもよく、ベジタリアンだったらよかったのにと言っていた。

シェナンドーは母親の話を聞きながら、不安な気持ちを募らせていた。この話が残酷なのは、自分の頭のせいなのか、それとも母親の舌のせいなのか、わからなくなっていたのだ。そして自分の人生には関係していても、話に登場する人たちとは何の関係もなさそうなある考えに、苛まれはじめていた。

あの人たちと同じように、現在のことだからという理由で自分自身が見えていないとしたら、いったい僕は何がわかっていないいんだろう、と彼は自分に問いかけた。どうしたら自分が見えるんだ? 自分のことが見えている人なんていないじゃないか。

バウマン家の子どもたちは成長するにつれ、一家の活発な人付き合いから得た力をみなぎらせているようだった。と言うのも、彼らが住んでいた大きな公園近くの小さなアパートメントは、日曜の夜に人々が集まる場所になっていたからだ。バウマン氏が時間をかけて訪問して出会った人たちなら誰でも、いつでも来ていいことになっていた。バウマン夫妻は、寂しい人間にとって、訪問する家、しかもほんものの家庭があるというのがどれだけ嬉しいことかよくわかっていた――祖国のコミュニティを離れ、都会生活から生まれる計り知れない孤独に沈みこんでいる人たちにとっては、とりわけそうだと。バウマン家の人々はみな賢かったので、思っていることを口にすることはなかったが、彼らもまた、人というのは食欲がなければ長く話し続けられないから、何かを食べながら話すのはとても大切だとわかっていた。それに加えて、食べ物や飲み物、サンドイッチやケーキ、コーヒーによってさらに充実した会話やジョークや発言が生まれて場が盛り上がるし、他人の家で出される食べ物は〝ひときわ食欲をそそる〟ということも。

　シェナンドーは話を聞きながら、想像したり頭のなかで同情したりすることで、彼らの人生へ戻っていこうとしていた。確かに彼らの祖国では食料が足りなかった時期があった。アメリカがとびぬけて素晴らしいのは、食料が溢れているからでもある。しかし、いつも十分に食べさせてもらっていたシェナンドーは、食べ物に対する彼らの思いを理解できたとは思えなかった。意識をまた母親の話に向けると、ちょうどバウマン家での日曜の夜を分析しようとしているところだった。

　バウマン家の子どもたちはそれぞれ、人付き合いを重視する環境で成長しながら、社会性を身につけていった。訪問客からは十分な称賛を受けたが、客らは、どんな時も暗黙のうちに物事をうまく察して、どんな家の子どもでも甘やかすような人たちだった。三人の子どものうち最年長のディックは如才なくピアノを習い、滑稽五行詩《リメリック》やパロディ詩を朗読した。最年少のシドニーは、近所の仲間を連れてくるくらい日曜日の夜の集まりに夢中だったが、大半の子どもは誘われるのを避けたり恐れたりしていた。両親が片言の英語や外国語を話すのを恥ずかしく思っていたからだ。

　シドニーは兄に比べると才能は劣っていたものの、小さくて〝可愛らしい〟と多くの人に好かれていた。唯一の女の子のマーサは、少女時代に覚えた強い嫌悪感、羞恥心、不満に苛まれており、父親がこの子はピアノを〝疲弊させ〟ている、と言うくらい朝から晩までロマンチックな音楽を弾いていた。とても頭が良くて賢い子だったが、彼女の辛辣な発言はたびたび度を過ぎ、なすすべもなく無駄に延々と母親に叱られていた。しかし訪問客たちはマーサがどれほど〝生意気〟でも、魅了されるだけで腹を立てはしなかった。彼女は成長すると、日曜の夜の「噂話の会」で、参加者全員がそこにいない友人たちの欠点について話すのを聞いてウィットと皮肉を学んだ、と言って自分を正当化した。辛辣なことを言う割には家族が好きで、でも家族に頼らなければ自分の存在にさらなる深みをもたせられないという事実に苛立っていた。

ディックとマーサが成長して仕事を探すようになる頃、シェナンドーの父親とバウマン氏は不動産業で事業提携することになった。シェナンドーの父親は〝自分で〟何年も事業を行っていて、かなり繁盛していた。そんななかで事業提携の話をもちかけたのは、資金が必要だったのと――別の方法でも調達できたかもしれなかったが――バウマン家が好きだったからだった。事業提携の話は、バウマン家で立派な夕食を堪能し終えたフィッシュ氏が、ほっと一息ついて幸福感を味わっている時に持ち出された。シェナンドーの父親は、何かを喜んだり、とりわけ楽しい時間を過ごしたりしているといつも寛容になり、予期せぬ衝動にかられた。そして、それによって犠牲を払うだけでなく（その時は忘れてしまっているのかもしれないが）あとになってもその代償が続くことがわかるとすぐに、寛大になったのと同じくらい冷酷になって、自分の手ぬるさがもたらした悪い結果を修復するのだった。

厄介事はすぐに起きた。と言うのも、バウマン氏とディックは、一緒に〝成長企業〟を担っているからと言って生活習慣を変えたりはしないと明言していたからだった。父と息子は昼の一時間前に職場にやってきては、郵便物を確認して、のんびり昼食に出かけた。彼らはかなりの給与を〝持って〟いき、それが何よりもシェナンドーの父親の頭を悩ませた。売り込みに行くとなると、バウマン氏はよくその時の関心事――多くは国際的なニュースだった――の話ばかりして、〝契約〟のことを忘れてしまった。お客のご機嫌取りに必死になると、お客はバウマン氏のご機嫌を取るようになり、そうして相互に発展していった友情関係によって仕事上のあれこれは、取るに足らないことや気配りやデリカシーの問題になってしまった。父親のやり方を踏襲していたディックは、お客を野球の試合に連れて行くまでは良かったが、彼もまた、会社の金を使う真の目的を忘れてしまった。三ヶ月もすると、シェナンドーの父親は自分が完全に間違っていたことを理解した。そして一週間、十分に眠れない夜を過ごしながら、享楽的なパートナーから自分を解放する方法を必死で考えた。だが結局（以前もたいていそうだったが）最悪な方法しか見つけられなかった。バウマン氏に手紙を送ってまず後悔の念を述べてから、事業提携を解消したいと伝えたのだ。当面、この即時解雇によって二家族の友情関係は終わったように思えた。しかしバウマン氏は恨みを持ち続けることはできなかった――一方の妻は、恨みはひとつたりとも忘れなかったし、自分を傷つけた人々を許してしまう夫の弱さについて〝うるさく小言を言った〟。

　ディック・バウマンはなかなか仕事が続かず、出世する兆《きざ》しはほとんどなかった。しかし彼は人気者で、〝数えきれない〟ほど友人がいて、どんな場所でも必要とされた。どんな仲間と一緒にいても、いつも原動力となる人間だったからだ。ある集まりで、彼は将来の妻となる女性と出会った。彼女はこの世のものとは思えないくらい美しく、自分の事業で成功していた。夫に捨てられた母親に育てられたひとりっ子で、ディックの性格はもちろん、彼がするパロディやものまね、社交性、醸し出される幸福感にこのうえなく魅了されていた。彼女のことを気にもかけていなかったディックは、その強くて優しそうな顔つきにやや戸惑いを覚えながらも、バウマン家に誘った。バウマン夫人はすぐに彼女を気に入った。ディックは人の言いなりになったり影響を受けたりしやすかったが、バウマン夫人は家族のなかで唯一強い意志を持った人だった。だから彼女が話をとりまとめると、誰もが二人の結婚は必然であると思うようになった。

　しかしディックはまず、生計を立てなければならなかった。婚約者は素晴らしい事業をいとこと一緒に〝営んで〟いたが、バウマン夫人にはそれが正しいこととは思えなかった——彼女の礼節観に背いていたからだ。事業はすぐにやめてくれるものと踏んで、仕事はいつ辞めるのといつも口にしていた。そして、妻が自分の食いぶちを稼いで毎日勤めに出るのが耐えがたいというだけでなく、夫よりも妻のほうが稼ぎが良いのは間違っているという理由から、結婚する前に事業は閉じなければならないと言い続けた。たまたま、ディックは結婚を急いでいなかった。みんなを喜ばせたいのと同じくらい母親を喜ばせたい気持ちはあったが、朝から晩まで、〝独身〟生活を謳歌していたのだ。それに結婚によって、これまでの習慣が大きく変わるとも良いことが起きるとも思っていなかった。

　シェナンドーはますます興味を持って話を聞いていたが、途中で何度も自分の考えが割り込んできた。話に出てくる人たちと自分との隔たりについて考え、あらゆる意味で彼らとは何千マイルも一世代も、あるいは大西洋を隔てるほどかけ離れていると実感していた。僕が大事だと思っていることを、お互いに隔たりはあっても数人だけは同じように大事だと思っていたようだ。でも僕が作家として書くものはどれも、本当は親戚や友人だったりするかもしれないこの人たちの人生にまったく切り込んでいない。それは僕が生まれた日から、いや、もしかするとそれ以前から、彼らの人生に囲まれて生きてきたからだ。だが僕が曲がりなりにも作家である以上、彼らにとっては怪物《モンスター》なのだ。印刷物で僕の名前を見つけたり、僕が称賛されるのを聞いたりするのは嬉しいかもしれないが、僕の書いたものには興味を持たないだろう。一冊くらい本は開いてページをめくるかもしれないが、よくわからなくなったり退屈したりして、この本はあまりにも〝深すぎる〟とか〝ドライすぎる〟と、失礼のないように（謙虚であることは間違いない）言うのだ。シェナンドーの両親の世代の下流中産階級は、自分たちが属する階級の本質を曲解し、親が重要だと思うことを侮蔑する子どもを生み出した。シェナンドーはこの世代間の溝と曲解について以前から考えていたが、こうした隔たりは肝心な作品とは何の関係もないと自分に言い聞かせて不安をふるい落とすようにしていた。しかし今、母の話を聞いて不安になって自分の感情を振り払おうとするうちに、そうした隔たりや軽蔑や溝が自分の作品と無関係だと思うのは間違いだと思いはじめていた。ひょっとするとその逆で、中心にあるものなのかもしれない。あるいは出発点となって、作品の一番深い部分を躍動させ、批判や否定、拒絶を生み出すのかもしれない。

フィッシュ夫人は洗濯の続きをするために屋上へ行ってしまった。戻ってくるとシェナンドーに、そろそろ着替える時間だと告げたが（彼はパジャマの上にガウンを羽織ったままだった）、彼はその命令口調に、母と息子の関係性に組み込まれた緊張と抵抗を感じ取った。それは、問題が何であれ、母と息子は何が正しいかについて意見が対立するものだという思い込みがあったからだった。

ディックとスーザンの〝婚約〟は長引き、二年も経つと、若い二人はこのどっちつかずの状態を当たり前だと思うようになった。バウマン夫人は友人たちに自慢げに、スーザンは〝実際に〟一緒に暮らしていると話した。平日は毎晩のように彼女がバウマン家に来ているのは決して珍しいことではなく、そうした夜にディックがスポーツ欄を夢中になって読んでいるのを見かけると、夫人は窓辺に座って縫い物をしているスーザンの横顔を見てごらんとしつこく言い迫った。スーザンは実際、とても美しかった。彼女の事業がますます繁盛していく横で、ディックは仕事を転々としていて、おまえのことを待っている女の子がいるんだよという、バウマン夫人が息子の関心を引くためによく口にした事実にも平然としていた。

　ついにしびれを切らしたバウマン夫人は、バウマン氏とスーザンが資金を出したディックの事業がはじまるタイミングで結婚できるように取り計らった。シェナンドーの母親は、まるでバウマン夫人は息子の新しい事業の顛末を恐れているみたいだったと言った。夫人は正しかった。八ヶ月もすると破産を逃れるために事業は放棄せざるを得なくなり、スーザンはもともとは〝自分の事業〟だった職場にアシスタントとして復帰する羽目になった。屈辱を受けた彼女は、義母にそれ以上何の幻想も抱かなくなった。それ以来、二人の仲が深まることはなかったが、バウマン夫人の義娘を褒め称える気持ちは変わらなかった。夫人はディックがなぜ裕福になれないのか理解できなかった。息子に会った人はみな魅せられて気分を高揚させたし、息子はいつも新規事業にまつわる情報を十分に仕入れているように思えたからだ。でもなぜかディックは事業を成功させられず、〝利益を出す〟ことすらできなかった。

　結婚してからも、ディックは独身の頃と変わらず頻繁に両親の家を訪れた。バウマン夫人を喜ばせるために両親の家の近くにアパートメントを借りていたディックと妻にとっては、容易《たやす》いことだった。それにスーザンがまた働きに出なければならなくなると、新婚の若い二人にとって毎晩バウマン家で一緒に食事ができるのは都合が良かった。スーザンはそうするのをすごく嫌がっていたが、実は彼女も独身時代と同じくらい、陽気なバウマン家の団欒《だんらん》を楽しみにしていて、複雑な気持ちだった。

　バウマン家での団欒で何よりも話に挙がったのは、アメリカが起こす奇跡についてで、外国生まれの人間にとってはたまらない話題だった。フィッシュ夫人が知る限り、バウマン家では他に類を見ないくらい広い視点から深くじっくりと話し合われていた。この話が何よりも勝《まさ》る理由のひとつには、バウマン氏が科学に関心を持っていたことがあり、彼がアメリカをとても気に入っていたこともそうだった。

　最初の飛行機が飛んだ時、エレベーターが普及した時、新しい地下鉄が開通した時、バウマン家では新聞を読んでいる人が頭を上げて、声高らかに奇跡を口にしたものだった。

「ほら、これがアメリカだよ！」

　トイレの水がナイアガラの滝みたいに流れた時、郊外のマイホーム所有者が妻と子どもたちを殺害した時、ユダヤ人がセオドア・ルーズベルト大統領の顧問団の一員になった時には興奮してこう叫んだ。

「アメリカ！　アメリカ！」

　若くして新世界へやってきた人々の期待は、少しも満たされていなかった。彼らは何よりも金持ちになることを見据えていたし、まったく違う新生活を思い描いていた。しかし、満足する以上に目を見張るようなことが、彼らの期待を一変させた。この素晴らしい社会の未来を理解するには、自分たちの想像力では不十分だと思い知るほど彼らは驚き、こうした奇跡は今後も増え続けていくと期待して疑わなかった。バウマン氏はこみ上げてくる笑いをこらえながら、孫の世代にはデパートの中を飛び交う現金輸送管みたいな移動手段を使って仕事から帰ってくるようになると言い切った。一方のバウマン夫人が考える未来は、それほど機械的でも未来的でもなかった。孫たちが億万長者になって、男の子たちはラビか、ベルクソンのような哲学者になることをただ願っていた。

最年少のシドニーもまた、自分で生計を立てることを期待される年齢に達した。ディックが生んだ失望は、シドニーが引き起こした問題と比べればなんてことはなかった。ディックは何事にも関心のない生徒だったが、シドニーはある時期から学校に行かなくなり、バウマン氏の友人たちがお膳立てしたり手伝ったりしてくれて就いた仕事にも、あれこれ前例のない注文をつけた。配送業の事務の仕事も、一緒に働く人たちの〝階級〟が気に食わないからと言って辞めた。また夏の暑さに弱いからと言って、七月と八月は外で仕事をするのを拒んだ――家族のあいだで何度も健康や食事や運動について議論を重ねてきた彼にとっては、自分の身を守るための当然の手段だったのだ。母親はいつもシドニーの体は繊細だからと言って肩を持ち、〝調子を合わせ〟た。しかしバウマン氏は末息子の怠けぶりにしばしば怒り震え、時には狂うほどの憤りを感じていた。夫人は、いずれにしたってシドニーは称賛されるべき人間だと言った――働けない分、〝人生における良質なもの〟を享受する力を持っているのだからと。しかし世間を知り過ぎているほど熟知しているバウマン氏は、息子が二人とも出世できそうにないのを心配せずにはいられなかった。そして怒りにまかせて、妻と家族を責めた。しかし別の時には友人に相談したりもしていて、和解したあとにはシェナンドーの父親に話すこともあった。

「どうしたらいいか教えてあげますよ」とフィッシュ氏は言った。「でもきっとそのとおりにはしないでしょうけど」

「教えてください」とバウマン氏は言ったが、自分が友人の忠告を聞き入れないであろうことは十分承知していた。

「シドニーを世間に送り出すんです」とシェナンドーの父親は言った。「自分の足で立たせるんですよ。戻ってこられる場所があって、タバコ代をくれる人がいて、家の中に大勢の人がいる限り、彼は仕事を失う心配なんてしないでしょう」

「だがもし野心がない男だとしたら……」とバウマン氏は答えた。「それで十分なのだろうか？　私はいつも、人それぞれだと言っているんですよ。家族とは関係ない。大切なのはいつだって、本人の性格だってね」

「もちろん、性格によりますよ。でも人はひとりきりになってはじめて自分の性格を知るんです。誰の手も借りずにね。もし私があなたの息子だったら……」とシェナンドーの父親は言った。忠告を求められたことと、友人を喜ばせたいという思いに高揚していた。「自分から仕事を辞めて、のんびりと心地よい夕べを楽しみますけどね」

　一年後、シドニーは〝ひとりきり〟になるために、大勢の友人や親戚の住所を知らされないまま、シカゴに送られた。三ヶ月後、彼は戻ってきた。上司と就業時間について口論になり、持っていった資金も使い尽くしてしまったのだ。家族は隠しきれない喜びとともにシドニーを迎え入れた。バウマン氏は不平を口にし、マーサはいつものように弟に皮肉を浴びせかけて〝産業界の大佐《キャプテン》〟と呼んだりもしたが、みんな彼の不在を痛感していて、戻ってきたことを心から喜んでいた。

「そうだな。シカゴと同じように今度はニューヨークでもやってみるといい」とバウマン氏は言った。

「おまえみたいな頭の良い男は、遅かれ早かれ、何かをはじめることになるんだから」

　バウマン夫人はシドニーがいつか誰かと恋に落ちると信じていて、それが転換点になると思い込んでいた。〝彼の性格〟にのぼせ上がる金持ちの娘と出会うか、貧しい娘と知り合って彼女と結婚したいという思いが彼に火を付けるかするだろうと。アメリカでは誰もが——ほとんど誰もが——成功していた。夫人はうまく出世するたくさんのろくでなしを見てきたから、そう信じ込んでいたのだ。

　そして今、話を聞いていたシェナンドーは、バウマン一家について知っていることを洗いざらい思い出した。フィッシュ家の重要な行事にはいつもバウマン家の人々が一緒だった。母親が話して聞かせてくれた出来事の一つひとつが、別の出来事を思い起こさせた。そうしてシェナンドーは母親の話を遮って自分の記憶にあることを話しはじめると、フィッシュ夫人は息子の話は何でも受け止め、自分の豊かな知識と経験で膨らませるのだった。

　幼い頃、マーサはポリオに苦しんだせいで背骨が曲がり、子どもを産むのは難しいと言われていた。そしてこの欠陥と地味な見た目によって——平凡さは持ち前の明るさとウィットで打ち消しになっていることに本人は気づいていなかったが——夫を見つけるのは難しいし、いずれはユダヤ人の母親からすれば最大の恥である年老いた女中になるのだと思い込んでいた。結婚できないと思っていたからこそ、マーサは向こう見ずなウィットと〝度胸〟を発揮した。父親の知的好奇心を引き継いだのは彼女だった。彼が若い頃にロシアで読んだプーシキン、レールモントフ、トルストイを引用するように、彼女もまたバーナード・ショーやＨ・Ｇ・ウェルズに夢中になり女性参政権についても辛辣な口調で熱く語った。

　ところが、みんなを驚かせたことに、バウマン家に頻繁に出入りしていた若い医者——とても内気だったが、すでに医者として成功していた——がマーサに結婚を申し込んだのだ。彼は彼女に笑い飛ばされて、いつものごとく軽蔑したように鋭く責め立てられるのではないかと恐怖で顔を真っ青にしていた。マーサが、子どものいない人生を送ることになるのよと言うと、彼は気持ち良いくらい簡潔に、彼女を愛しているし、彼女の母親が築いたような家庭を自分のために築いてもらいたいと答えた。

この結婚は事業における息子たちの至らなさを〝補い〟はしなかったが、バウマン家に最大級の充足感をもたらした。夫人はひっきりなしに義理の息子を褒め称え、子どもが持てない娘と結婚した彼の懐の深さを称賛し続けた。特に、彼が優れた医者であることを誇りに思っていて、それについては彼女の知り合いの女性たちも感心していた。と言うのも、彼女たちは自分の息子や義理の息子が医者であることを何よりも望んでいたからだ。しかしバウマン夫人が喜んでいたのは主に、健康への情熱的なまでの関心があったからだった。

マーサの厳しさと鋭さは結婚を機に新たな高みに達し、兄に対してかつてないほど容赦なく物申すようになった。しかし夫のモーリスは、兄弟をまた〝できそこない〟呼ばわりするマーサに、奥深い優しさから、やんわりと抗議する必要を感じていた。彼は月並みの商いの価値観にとらわれないように導いてくれる芸術に憧れを抱いていた。そこでマーサに、君は〝すごく型にはまった〟考え方をしていて、〝成功〟とは何かについて通り一遍の見方をしていると指摘した。すると、自分の言葉の残酷さを楽しんでいたマーサは、バウマン家には唯一立派に成功していることがある、それは結婚だと言い返した――これまでは一流の結婚ばかりしてきたのだと。その発言には、自分の夫の成功と優しさだけでなく、再び事業をはじめたスーザンが何年間も夫と自分の生活を支え、ディックが新たな事業に挑戦するたびに資金を提供し、現状に頭を抱えている母親に駆り立てられてきたことも含まれていた。

マーサは年を重ねるごとに家族への苛立ちを募らせ、ある時から会いたいとも思わなくなった。しかしモーリスは週に一度は両親のもとを訪れるよう優しく言い聞かせ、彼女が実家から離れた郊外に住むと決めた際には、彼女の両親の傷ついた心を懸命になだめようとした。

アメリカ！　アメリカ！　その言葉は、前日にずっと聞いていた曲の歌詞のようにシェナンドーの頭のなかで何度も繰り返された。一家の反乱児で家族の輪に入るのを幾度も拒んできたマーサが人生をうまく切り開いていくだろうということに、彼もまた母親と同じように感動し、ある意味で衝撃すら受けていた。母親は二人の息子が成功しなかったのは父親に似たせいだと言ってシェナンドーを驚かせた。父親は実際、その人柄のおかげで成功していたからだ。息子たちは父親のあとに従ったが、よくわからない理由から、父親を出世させた生き方が彼らの出世を阻んでいた。

そして今、シェナンドーはバウマン夫人と最後に会った二年前のことを思い出していた。一〇月の午後遅く、自分の部屋で詩を書き直していると、閉じたドアの向こうから夫人の声が聞こえてきた。部屋から出ていって、青白い顔をしながら心は別の場所にあるように上の空で母の友人たちに挨拶しなければならないと想像すると、苛立ちを覚えた。結局、バウマン夫人は同年代の友人をひとり連れてきていて、シェナンドーがリビングに入っていくと、フィッシュ夫人と同じくらい饒舌になって、早口でその女性との友情について話しはじめた。

彼女たちは一八八八年に同じ船に乗ってアメリカにやってきて以来、〝船の姉妹〟となった。それから何年かは友情が続いたものの、ある日、祖国を同じくする人々のための協会が開いたピクニックの最中に、突然の嵐が夏の午後をかき乱し、みんなは濡れない場所へ慌てて逃げ出す羽目になった――そして、その後一九年間、二人は会うことがなかった。バウマン夫人はその夏の雷雨のせいで、大した理由もないのに長いあいだ離れ離れになったと思っているようだった。二人の老婦人は紅茶を飲みながら若い作家であるシェナンドーに自分たちの人生の話や考えを聞かせた。シェナンドーは執筆を中座したことで急に肩の力が抜けて虚しさを感じていたが、二人の話を聞いて一緒にお茶を飲んだ。バウマン夫人は六五年間の人生において、千人くらいの人間をよく知ることになったが、夜寝ようとすると彼らの顔が、画家であれば絵に描けるくらいはっきりと浮かび上がってくるのだと言った。彼女は膨大な記憶にうんざりしていて、恐怖すら感じていた。なぜ過去におののいているのかは、聞かずとも明らかだった。そうした顔が浮かんでくるせいで、彼女はしばしば眠れず、そのため牛乳配達人の荷車の音が聞こえてくると、もうすぐ暗闇が終わり、ベッドから起き出して家族のために朝食を作って陽の光の世界に戻れるとわかって嬉しくなり、安堵するのだと言う。バウマン夫人は、もしかしたらフロイトのような精神分析医に診てもらうのがいいかもしれないと思っていた。そうすれば、自分のどこがおかしいのかがわかるからと。

　彼女の友人がここで助言した――みんな〝趣味〟を持つべきだと。彼女の趣味は編み物で、朝に編み物をしないと〝頭がおかしくなる〟のだそうだ。彼女の娘は〝非ユダヤ人〟と結婚していて、ひとりっ子なのに、月に一度夫が不在にしているあいだしか会いに行くのを許されていなかった。唯一の願い、決して叶わないとわかっている願いは、故郷に帰ることだという。

「あなたも気に入るはずよ」少女時代を過ごした祖国について話しながら、彼女はシェナンドーに言った。シェナンドーは嬉しくなった。

　二人の老女の話を聞きながら、シェナンドーは新しい世界に到着した時の彼女たちの姿を思い描いて、ニューヨークという都市を見てまずどんな印象を抱いたのか想像しようとした。しかし、彼の想像力では無理だった。彼女たちがアメリカにやってきた時のような身体と精神の大移動に比較できる経験をひとつもしていなかったからだ。

アイロンがけはもうすぐ終わりそうだったが、フィッシュ夫人の話はまだまだ尽きなかった。彼女は新しい記憶や更新された記憶を引き出しながら話をした。母親が話したことはシェナンドーの頭のなかで、彼女を驚かせて怒らせるような形に膨らんだ。彼女の言葉は彼の頭のなかにある海の世界に沈んでいき、そこで姿を変えた。映画で観た水泳選手や深海潜水士が新たな圧力や抵抗を感じながら水中を移動し、ほの暗くくすんだ緑の重りから解放されるため重たい腕を上げようとするみたいに。

シェナンドーの母親はすでに、アメリカが大きく繁栄する時代へ話を進めていた。バウマン氏と息子のシドニーは最悪と言えるまでに対立し、生計を立てられていないと父親に批判されるたびに、シドニーは多くが裕福になりつつあった父の友人たちの成功談を引き合いに出した。バウマン氏のような魅力や存在感を放つ人はほとんどいなかったが、彼らは息子に人生のスタートを切らせることができていた。母親と同じように新聞の熱心な読者であるシドニーは、百万ドルを稼いだ移民が大勢いるのを知っていた。例えばシドニーにとって映画業界はまさに父の無能さ、つまり約束の地でチャンスを最大限に生かしきれなかったことを表していた。家族が知る友人以外の話をするのは公正を欠くように思えたが、批判されるとシドニーは容赦がなくなり、〝何があってもやめなかった〟。バウマン氏はシドニーに攻撃されると何も言えなくなった。それは、息子が引き合いに出す比較対象だけでなく、人生がうまくいっていないという繰り返し感じてきた絶対的な事実にも、違和感を覚えていたからだった。彼自身は満足していて成功を実感していた。常に妻と子どもたちを養い、何不自由ない暮らしをさせてきた。確かに熱心には働かなかったが、当時はそうする必要がなく、それでも十分に出世できた。これまでの三〇年間に書いてきた保険証書の保険料が支払われたり、更新料が支払われたりすると収入が発生したからだ。でもシドニーはそうした職業を、明らかに弱いものとして見ていた。他の家の息子たちは土曜日の夜になると、〝一〇ドル札〟を使って女の子を相手にしていたが、彼はその金がなかった。うまくいかなければいかないほど、なぜ百万ドルを稼がなかったのかと言って父親を責める言葉が乱暴になっていった。また、違う方法で働かされそうになったり、ごく〝普通の〟両親に育てられたにもかかわらず、すぐに自力で裕福になることが期待されている同年代の若者を引き合いに出されたりすると、激しく攻撃した。

素晴らしい繁栄の時代に、シェナンドーの母親は夫に捨てられたことをきっかけに、バウマン家と親しくなった。バウマン夫人とフィッシュ夫人は、バウマン家の子どもたちの運命についてよく話していた。フィッシュ夫人はバウマン夫人に、今でもとても良かったと思える助言をしたことがあった。バウマン家を救うのは、以前彼らが真剣に事業として考えていた避暑地のホテルの経営にかかっていると言ったのだ。バウマン家ほどその事業に向いている人たちはいないと言い、それは〝最大の褒め言葉〟だった。

母親がそんな話をするあいだ、シェナンドーは一瞬、彼よりも母親のほうがよっぽど人生の難しさを理解しているような錯覚に陥った。時どき母親の言動に見られる無知ぶりは、自分自身の傲慢な無知の表れのように思えた。彼女の理解は彼よりも論理性に欠け、言葉足らずで、抽象性を欠いていたが、そうした欠点はかえって美徳でもあった。彼女は実際のことに関して言葉や概念に騙されることはなかったが、彼にはそういうことがよくあった。そして彼が文学の世界では熟知している、芸術家が自分の力を行使するには適切な主題と手段を見つけなければならないという切実さを、彼女は完璧に理解していた。天分に恵まれたバウマン家にとって、避暑地のホテル経営が適切な手段であることを否定できる者はひとりもいなかった。

バウマン夫人が理解できないことで、自分自身とフィッシュ夫人に教えようとしていたのは、成功した大勢の若者とは違って良い環境で育った自分の息子たちが、大半の若者と比較するとまったくもってうまくやれていないという矛盾だった。彼女はそれが誰のせいなのかを知りたがった――息子たちの〝機嫌取り〟をして〝甘やかした〟と、夫から責められるように自分のせいで、自分自身を責めるべきなのかと。有利なスタートを切ることや、息子たちが育った良い家庭が足かせになるかもしれないなどとは思いもしなかった。バウマン氏は帰る家がなければ息子たちはもっと野心を持つようになるというフィッシュ氏の助言を思い出し、それを歪曲《わいきょく》して、バウマン夫人が息子たちを甘やかしていると断定するような話をした。バウマン夫人はこの話題を何度も蒸し返しては、しきりに、実際はその反対で素晴らしい母親だと言ってもらって安心したがっていた。シェナンドーの母親は起きたことを全部誰かのせいにしようとしていたが、彼女は先入観を持たずにいられるこの問題に一般的かつ理論的な関心を抱いていた。彼女はバウマン家の息子たちの欠点は、仕事を得るために一軒一軒扉を叩いて回ろうという意志がないことだと思っていた。彼らは〝苦境〟を経験したり、誰かにきっぱり拒絶されたりすることを前提に育てられてはおらず、それこそが、より恵まれない家に生まれた息子たちを有利にさせているのだと。バウマン夫人もフィッシュ夫人も口を揃えて、洗練されているということが――富裕層の話ではないのよ、〝わかるでしょう?〟――つまり、人生において普通に良いと思えるものを単純に好むことが、厄介で決定的な障害となるのは奇妙で悲しいことだと言った。フィッシュ夫人は最大の障害は家族の絆だと言い、そのせいで息子たちは欲しいもののために戦い、持っているものを維持するために常に戦い続けなければならない世界へ出ていくには、あまりにも軟弱になってしまったのだと説明した。フィッシュ夫人はまた、これは〝賃金切りか首切りか〟の世界であるとも言ったが、それは〝食うか食われるか〟という格言を彼女なりに言い換えた表現だった。そんな世界に出ていくための準備ができる一番の方法は、これまで何度もフィッシュ夫人の経験が証明してきたように、みんなが食べられるだけの十分な食べ物がない、一三人の子どもがいる家庭に生まれることだった。

一九二九年が過ぎて、これまで成功してきた人々が大損を出すと、シドニーの皮肉は新たな高みに達した。一九二九年以前、彼は〝制度〟を軽蔑していたが、誰もうまくいっていない今では、この国の恐慌を個人の正当性を証明するものとして受け止めるようになっていた。何らかの不正を働いた銀行家やブローカーは、シドニーにとって自分の誠実さを示す実例だった。もし自分にそんなことをする覚悟があれば、彼らの成功を手にできたのかもしれないと暗に示したりもした。

今ではもう、バウマン氏は怠け者の息子を養えなくなっていた。厳しい時代が到来し、人々は保険を手放したり、それを担保に金を借りたりするようになっていたからだ。父親が抱える苦労と息子の傲慢な態度から、二人の口論はさらにひどくなっていった。ある土曜日の夜、誰かの家を訪問するためにバウマン氏が身支度を整えていると、履こうと思っていた靴が見当たらない。いつものように身だしなみを気にする彼は、靴が見つからないことにひどく苛立っていた。息子の寝室に行って靴を見かけなかったかと尋ねると、シドニーはベッドの上で大の字になりながら読書をしたりタバコを吸ったりしているところで、父親に邪魔されると腹を立て、あんな安物の靴なんてどうでもいいだろうと返事をした。靴は安物ではなかったし、クリスマスの時期になると洒落た洋服店で働き、そこでの経験からものを言う息子に自分の趣味を批判されたことで、バウマン氏の怒りは頂点に達した。彼はシドニーに平手打ちを食らわせ、夫人が叫び声をあげながら部屋に入ってこなければ、あわや殴り合いの喧嘩になっていたところだった。翌日、シドニーは目のまわりにできたあざを、白粉《おしろい》をはたいて隠そうとした。その日は日曜日で、バウマン家は一家揃って出かける予定だった。シドニーはどんな時でもひとりでいるのが耐えられず、その日の午後は特に何の予定もなかったので、みんなと一緒に行きたいと思っていた。しかし母親に目のあざのことを言われ、父親には続けざまに訪問先に見合った服がない、特に靴がないと言われた。深夜に帰宅したバウマン一家は、アパートメントの前に緊急車両と警察が来ているのを見つけた。シドニーがキッチンのガス栓を開けて自殺を試みて、爆発事故が起きたのだ。でも彼には怪我ひとつなかった。シドニーはワシントン州ベルビューに送られ、数ヶ月間そこで収容された。母親が面会に来ると、頭がおかしくなったのは父親のせいだということを〝忘れるな〟と言った。これを聞いたバウマン氏は、息子は落伍者以外の何者でもない、自殺すら失敗したんだからと言い返し、病院ではシドニーにどんな作業療法も受けさせることができないとみんなに伝えた。こんな崖っぷちに立たされても息子が、〝ほんの少しでも仕事らしい〟ことは一切拒むというのは、バウマン氏にとってはすべてを表す縮図のように思えた。人に対して氏がこれほど厳しい態度を取ることはそうなかったが、恐慌のはじめ、収入が急激に減りだした頃にシドニーに言われたことが忘れられなかったのだ。息子は父親に〝古い油〟はもう効かないと言い、困惑した父親が怒りをにじませながら「油？　何の油だって？」と訊くと、「バナナオイルさ！」とシドニーは全身を震わせて笑いながら答えた。そして、昔のように親交を深めて訪問先に長々と滞在しては、近所に住む賢人のごとく言葉を〝まくしたて〟、保険と〝詐欺〟とはほど遠いものであると説得しようとするのは愚かなことだと言い放った。

シドニーは観察保護下に置かれ、ディックは繁盛している妻の仕事を手伝っていた。今では子どもがひとりいた。マーサと夫はさらに成功していた。と言うのも、開業医の仕事は一般的な商売ほど景気に影響されなかったからだ。そして手術と大変な不安を乗り越えて、マーサも子どもを授かった。孫がどちらも女の子だったのは残念だったが、いずれにせよそれは、失望の原因は常に金銭にまつわるわけではないことを物語っていた。

よくディックが「金がすべてではない」と言うと、妹はいつも「でも役に立つわ」と皮肉たっぷりに、微笑みながら返事をしたものだった。

彼らはみんな、ディックが言うようにシドニーの〝大失敗〟を恥じていたが、だからといってそれについて友人たちに話さないわけではなかった。七〇歳になったバウマン氏は、今でもなんとか妻との生活をやりくりできていたが、心には失意と幻滅が渦巻いていた。あらゆることを、他人や息子たちのやる気の無さのせいにした。バウマン夫人はすべてを夫のせいにした。しかしシドニーについては、フィッシュ夫人にこう言っていた。

「いい？　私たちはこのために四五年前にアメリカにやってきたのよ、このためにね」

シェナンドーは母親の話にうんざりしていた。話を聞く雰囲気や、新しい出来事が語られるたびに込められる皮肉や軽蔑に嫌気がさしたのだ。これまでは、輪郭や風刺画や抽象的な形しか目に浮かばないくらいの距離感を持って話を聞いていた。もし彼らの人生を内側から見て、彼らの視点で世界を見たら、どれだけ違ったのだろう。

そして今、シェナンドーははじめて、自分がいかに彼らと密接に結びついているのかを実感していた。隔たりを感じているのは確かだが、そこには断ち切れないつながりもある。空気中にラジオから聞こえる見えない声が充満しているように、彼が吸収した人生もまた、彼らの生き様と彼らが苦しみながら生きた時代で満ちていた。

シェナンドーは自分の部屋に行き、一日をはじめるために着替えはじめた。話を聞くあいだ僕を支配していた蔑んだ雰囲気は、実は自己蔑視や無知の表れだったのだ。僕の人生はまさに同じいたずらな運命を辿ろうとしている。鏡のなかの僕は哀れだ。古い写真を見ながら、取り澄ました表情や、時代遅れの洋服や、その瞬間そのものが滑稽で無知に思え、確かにそこにあるその時代の本質や、そのあとに露呈されるであろう無駄や失敗の数々に、まだおまえは気づいていないんだよと言ってやりたくなるような不思議な全能感をシェナンドーは覚えていた。

フィッシュ夫人は話をこう締めくくった。なかにはせっかくの素晴らしい資質に滅ぼされてしまう人間もいるというのはおかしなことだけど、確かな事実なのよ。この衝撃的な発言はシェナンドーの頭のなかで、全人類と自分の運命についての一般論に変わっていった。

「僕はどうなるんだろう？」彼は鏡を見ながら、自分に向かって尋ねた。

「将来、自分の子どもたちに、僕はどんなふうに映るんだ？　今の僕が、自分自身のなかに見えていないものはいったい何なのだろう？

僕は自分のことが見えていないし、自分のことがわからない。本当の自分の姿を見れていないんだ」

シェナンドーは鏡に背を向けると、母が語ったバウマン家を想像しながら、こう自分に言い聞かせた。「誰も本当の意味では現実世界に存在していないってことさ。他の人間にとって自分が何者なのか、陰で何を言われているか、どんな愚かな将来が待っているのかは、誰にもわからないんだから」

この世界は結婚式

The World Is a Wedding

この世界は結婚式

ジュリエット・バレットへ

1「彼女にあって、私にないものって何？」

人生にはじまりというものはなく、あるのははじまりという名の旅立ちだけだ。僕たちのこの人生は、お誂《あつら》え向きだがときに押し付けられたようにも思える、うわべだけの感情で飾られている。それまで生きてきて、これからも生き続けていく人生の瞬間瞬間が暗く心に浮かび上がってくるのは、どの出来事も重たい頭のなかで永久に生き続け、認識されるのを待っているからだ。

ラディヤード・ベルが大学を卒業して旅立つと、人々がサークルに集まるようになった。そうする必要があったし、みんなそうしたかったからだ。ちょうど大恐慌がはじまった頃の話である。ラディヤードはそのなかのリーダー兼キャプテンで、姉のローラが住むアパートが溜まり場だった。卒業後、ラディヤードは戯曲の執筆に専念することにした。おばには劇作家として一人前になるまでは公立高校の教師になることを勧められたが、劇作家というのは高貴で難解な職業だから全身全霊をかけて取り組まなければならないと言ってその提案を撥《は》ねのけた。ラディヤードが四歳の頃から面倒を見ているローラ・ベルは、弟は天才だからあくせく働く必要はないと言っていた。彼は姉のそうした態度をごく当たり前に受け止めていて、自分自身と、他の人間を魅了してしまう自分の力についても同じように信じてやまなかった。

　つまりある意味では、ラディヤードが教師になって生活費を稼ぐのを拒んだことがサークルのはじまりだったと言えよう。

　正式にサークルに所属していた他の若者たちもまた、大恐慌の真っ只中にいた。エドマンド・キッシュは哲学教師になりたかったが、なかなか職に就けなかった。サークルの良心あるいは審判としてみんなに一目置かれていたジェイコブ・コーエンは記者になりたかったが、新人の仕事はほとんどなかった。フェルディナンド・ハラップは作家を目指していたが、書いた小説はどれも採用されず、代理店を営んで生計を立てていた。フランシス・フレンチとマーカス・グロスは公立高校の教師をしていたが、その仕事は彼らの野望とはほど遠く、「少年」と呼ばれていたロイド・テイラーはまだ学生で、ローラはデパートの仕入れ係として働き、そのなかの誰よりも稼いでいた。

　ラディヤードが初めて書いた長い戯曲がブロードウェイで不採用になった時、サークルの仲間は驚いた。彼はすぐに有名になって金持ちになると誰もが確信していたからだ。大学でもラディヤードはいつも賞を総なめにして、どんなことでも一番だった。マーカス・グロスは、初めて公立高校で彼と会った遠い日のことを懐かしそうに語った。新学期がはじまって一時限目が終わると、もうすでにラディヤードは教師や生徒たちから天才とみなされていた。つまり、ラディヤードはこれまでずっと、神童で、クラスの雄弁家で、表彰されるべき最も優秀な生徒だったのだ。だから毎年彼の作品がブロードウェイのプロデューサーに突き返されるたびに、サークルの仲間たちは困惑した。彼が朗読してくれる自作の戯曲は、面白いし深みがあるように思えたからだ。だが、エドマンド・キッシュはラディヤードの作品の弱点を見抜いていた——彼は登場人物や出来事を、ただ叙情的で哲学的な場面へ脱線させるための踏み台としてしか使っていないため、観ている側は夢を見ているようにぼんやりした印象しか受けず、説教がましく感じてしまうのだ。しかしエドマンドにとってはそれこそがラディヤードの戯曲の良いところであり、ラディヤードの哲学的な考えを叙情的に表現したいという思いには、エドマンドの哲学談義が大いに役立っていた。

　ローラはがっかりしていたが、しばらくすると、弟の書く戯曲はただの紙くず同然だと言うことでその気持ちを隠そうとするようになった。だが彼女は弟に対して寛大で、サークルの時間を楽しんでもいて、ラディヤードがいつも家に連れてくる新しい若者のなかに、いつか自分と結婚したいと言い出す人が現れるのを待ち望んでいた。

　不況が五年続くと、大半のサークルの若者たちの希望は絵の具のようにゆっくりとあせ、布のように擦り切れていった。サークルの一員であるというのが彼らの真の人生となり、下流中産階級の貧しさゆえに女の子を見つけたり、結婚について考えたりするのは難しくなっていた。時どき、女の子と知り合いになって、少しのあいだ一緒にでかけるようになった者もいたが、やりたいことをやれていたのはラディヤードだけだったから、結婚は外国くらい遠いものだった。当初から、因習的な行動を軽蔑していた彼らは、サークル活動を楽しむことでさらに軽蔑心を強めていった。

　自分には夫が見つからないのではないかと思いはじめると、ローラは酒に手を出し、ラディヤードが止めようとすると、パントリーにジンを隠すようになった。彼女はサークルの仲間が家にやってきて盛り上がる土曜の夜に酒を飲んだ。若者のなかには「僕らの土曜の夜」と呼ぶ者までいた。すっかり酔っ払うと、ローラは喧嘩っ早く、口達者になり、とりとめがないとはいえ、むきだしの真実を単刀直入に話した。青年たちはローラが言うことには関心がないふりをしようとしていたが、彼女が酔う理由は明らかで、いたたまれなかった。サークルの集まりに来たことがある男や女の結婚が話題に上がり、婚約のニュースが知れ渡ると、ローラはギリシャ神話のカッサンドラのごとくキッチンから叫んだ。

「彼女にあって、私にないものって何？」そしてその質問を何度も何度も夜じゅう、その他の発言や似たような発言と一緒に繰り返した。

ローラは質問に答えるよう無駄にみんなに無理強いし続け、ときには何かを敬うかのように両手を胸にあててみせたりした。しかし酔いが醒めると、性的な欲望を口にしたことを恥じるのだった。新しいメンバーや訪問客がやってくるたびに、ローラは新たな希望を胸に懐《いだ》いてディナーに誘った。彼女は優しさや良心に満ちた人で、いくら不機嫌になって不満を言ったとしても、その美点はほとんど隠れなかった。彼女は自分の何がいけないのかわからなかった。青年たちに金を貸して彼らがやろうとしていることには何でも手を貸してきたが、自分が利用されていることも、とりわけラディヤードにそう扱われていることもわかっていた。小言を言い、自分のことを愚か者だと言っていたが、いつも自ら人の役に立とうとして、ラディヤードの原稿をタイプしてやったりしていた——作品については、彼が哲学的な思考を叙情的に描こうとすればするほど、ますます理解できないただの紙くずだと言い放つ回数が増えていった。

サークルが賑わいを見せていた土曜日の夜、ローラは大声で話したりキッチンから叫んだり、会話の途中で自分の話をはじめたりしていた。

「チクタクチクタク」夜食をテーブルに運びながら、彼女は言った。

「何がチクタクだって？」エドマンド・キッシュは、ローラが不幸話をはじめるのを承知のうえで尋ねた。

「ああこれ？」とローラは言った。「私の人生が刻々と過ぎていく音よ！」

「一晩くらい人間でいるのをやめられないのか？」不幸話が嫌いなフランシス・フレンチが言った。

「そんなことできないわ」とローラは言った。「絶対にできない。どれだけ頑張っても無理ね。腐敗した真実についてずっと考えてしまうの。汚い真実、ひどい真実のことだけをね」

「僕らは覚えておかなくちゃいけないな」何でも楽しめるラディヤードが言った。「『楽しむことこそ我らの務め』という言葉に表れている深い洞察のことをさ」

「楽しいと思えないのよ」とローラは言った。「それに、無理やり楽しくしたいとも思わない。それが務めだろうがなかろうがね。人生が嫌いだし、人生は私が嫌いで、私は不幸なのよ」

「ローラの言う通りだ」エドマンドは、懸命に同情を示そうとして言った。「どんな感情でも彼女には抱く権利がある。子どもの頃、僕は怒りっぽくて、『何をすればいい？　何もすることがないよ？』と言っていたんだけど、母はいつもこう答えるだけだった。『壁に頭でも打ち付けてなさい』ってね。いつもそうだった。ありがたいことさ」

「チクタクチクタク」とローラは言った。「こうやって人生は過ぎていくのよ、一刻一刻とね」

2 「彼はいくら稼いでるの？」

その週、エドマンド・キッシュのもとをイスラエル・ブラウンが訪れていた。ブラウンはサークル仲間が知る教師のうちでも最も尊敬されていて、比類のない学識の持ち主だった。ひょろりと背が高く、頬はこけていて、キリストみたいな容姿をしていた。話をする時は、近い将来、彼の人生や世界が終わってしまうのではないかと思えるくらい気持ちを高ぶらせて早口でまくしたてた。この世のことなら何でも知り尽くしているように人々には見えていたが、この世界や人生には属していないようにも思える人だった。哲学教師だったが、古代の硬貨や法典、造船術、アメリカ合衆国憲法の言葉や、初期キリスト教教父の神学についてなど、さまざまな事柄についても話した。誰と一緒にいても、どこにいても、イスラエル・ブラウンは聞き手が関心を持ちそうなことをけたたましく話した。相手の気分を害することなく、聞き手の言ったことを訂正したり否定したりもできた。口早に「こんなふうに指摘するのをお許しください」と言って、聞き手がほとんど知らない、あるいは誰にも知られていない事実を伝えた。

　この日、イスラエル・ブラウンは最も熱心な生徒のひとりであるエドマンド・キッシュの家に、以前貸した概論を取りに立ち寄った。母親に紹介されるとすぐにいつもの調子で、彼女の世代、つまり一八九〇年から一九一四年に東ヨーロッパからアメリカにやってきた世代について、あれやこれやを熱く語りはじめた。この世代が生まれ育った古い世界を去ることになったさまざまな要因や、海洋定期船会社にまつわる問題、巧みな手口、移民たちが抱いていた期待、彼らが想像していた新しい世界、彼らが呼び寄せられるきっかけとなった労働力不足の問題、そしてやってきた彼らが緊迫するアメリカ社会や経済に与えた影響について話した。

キッシュ夫人はイスラエル・ブラウンの話を初めて聞いた人なら誰でもそうなるように、雄弁さと学識、そして自分が知っていることを全部打ち明けたいという貪欲さに、驚いて圧倒されながら聞いていた。エドマンドはそばで、母親の唖然とした表情を見て楽しんでいた。夫人は若かりし頃は急進的な思想の持ち主で、中流階級の身分に完全にとらわれていない知的な女性だったのだ。

イスラエル・ブラウンが帰るとすぐに、キッシュ夫人は安堵するように大きく息をついた。

「彼みたいなのを天才って言うんだよ」とエドマンドは母親に言った。

「彼はいくら稼いでるの？」と夫人は尋ねた。

土曜の夜、興奮したエドマンドはこの話をするために、ベル家での集まりにやってきた。

期待は裏切られなかった。話を聞いたサークルのメンバーは歓喜し、大きく沸き立ったので、すぐにラディヤードは大好きな分析をはじめて情報を付け加えていった。

「君のお母さんがした質問だけど」とラディヤードは、陽気さと教育者のような態度が入り混じった口調で言った。「質問そのものが聡明なだけでなく、いくらでも言い換えられるってことを示してもいるよな。エピグラムの新しいジャンルを発明したも同然だ。だから、誰かが褒められたり良く言われていたりする時はいつも、こう言うようにしよう。『そんなことはいいけど、彼はいくら稼いでいるの？』ってね」

「その通りだ」とフェルディナンドは言った。「いろんなふうに言えるよな。例えば、『その話にはちっとも興味がないが、これだけは教えてください。《彼の給料はいくらなんです?》とか、そいつを取るに足らぬ存在にしたければ、『今あなたがおっしゃったことには、まったく興味が持てませんね。ただ私が知りたいのは《彼の賃金はいかほどか?》ということなんです』なんてことも言える。他にも、『実際のところ、彼はどれくらいの金を銀行に預けているんです?』とかね」

「『彼の年収はいくらなの?』とか」と、ローラがキッチンから叫んだ。夜食の準備をしている途中だったが、話はひとつも聞き逃していなかった。

「今日聞くなかでも、とりわけ胸が痛くなる言葉だな」とジェイコブ・コーエンは低い声で言い放った。「もしそれが涙を誘うのなら、その涙は明らかにエドマンドの母親のために流されるのであって、イスラエル・ブラウンのためではない」

「金をいらないなんて言う人は見たことないわ」と、コーヒーと紅茶とココアをテーブルに運びながらローラが言った。「ジェイコブは別だけど」彼は父親から小遣いをもらうのを拒み、そのうえ、兄たちが大きく繁盛させた家業に携わるのも嫌がっていた。そして、その理由として、自分は自分がなりたい人間になるか、何にもならないかのどちらかだと言っていた。

「何もやらないのは、あまりにも楽すぎやしないか」とジェイコブは言ってテーブルについた。自分のなかで最も個人的で重要なことに、誰かの関心が集まるのが気に入らなかったのだ。

「成し難い美徳とは、金儲けの可能性をないがしろにするということ。金儲けが頭や心や想像力に何の影響も与えないような人生を送ることだ」そう言いながらラディヤードは、自分が自分の姿を念頭に置いて考えていることに、ほとんど気づいていなかった。

「お金のせいで劇が書けないんじゃなくて、どうやって書いたらいいかわからないだけでしょ」とローラは声を上げた。「だから抵抗したい衝動もないのよ。そんなの美徳でもなんでもないわ」ローラには弟を愛し称賛する気持ちはあったが、ラディヤードが何よりも誇りに思っている姿勢を崩そうとするのはやめなかった。これは彼女にしてみれば、弟への愛情と、彼を受け入れる懐の深さから自分を守ろうとするすべだったのだ。

ラディヤードは何も言わなかった。関心はすでに自分の作品へ移っていて、棚から最後に書いた戯曲の原稿を取り出すと、寝椅子に座って読みはじめた――真剣な面持ちだったが、口もとには笑みが浮かんでいた。

他の青年たちは、食卓についてゆっくりと夜食を味わいながら、キッシュ夫人の質問について愉快そうに話していた。ローラは青年一人ひとりの凝り固まった嗜好に合わせて、手厚くもてなした。エドマンドは薄めのコーヒーが好きで、ラディヤードは濃いめ。フェルディナンドは中国茶しか飲まず、エドマンドはトーストが食べたいと言って聞かなかった。でも大半のメンバーが気に入っていたのは、ライ麦のプンパーニッケル〔ドイツの伝統的なパン〕だった。ローラは彼らが一番好むものを出してやったが、それでも彼らの好みを皮肉っていたし、寛容に受け入れられたり注目を浴びたりすると、渋い顔をして嫌がった。

「なんて美しい作品なんだ」とラディヤードは原稿から目を上げずに大声で言った。「それなのに誰もこの戯曲をいいと言わない。仲の良い友人たちですらそうだ。でも一世代が過ぎて五〇年も経てば、今世紀最高の戯曲だと称賛されるだろうね!」

その時マーカス・グロスが、その晩ずっとそこにいたかのように大声を上げながら入ってきた。

「君の戯曲が上演される劇場は、『後世』って名前に違いない」

「結構だ」とラディヤードは言った。「君は僕を非難しているつもりかもしれないが、作家に投げかけられた素晴らしい言葉として受け取ることにするよ！」

それは申し分のない返答のように思えた。

ラディヤードとマーカスは長いあいだ互いに敵対心を抱いていたが、大抵、ラディヤードがみんなの前でマーカスを馬鹿にすることで小競り合いに火が着いた。実はマーカスはラディヤードをすごく尊敬していたが、称賛する気持ちは隠すほかなかった。

「君は、まったくもって安全な場所にいる」とマーカスは、湧き上がった笑い声に応えるように言った。「何のリスクも負っていないじゃないか。君が正しいのか、正しくないのかが判明する前に、僕らは全員死んじまうよ」

「今の時点で僕にはわかっている」とラディヤードは、時どき発作のように自分を信じられなくなることはおくびにも出さず、偉大な劇作家として認められないことへの怒りを抑えながら穏やかな口調で言った。

「実際のところ」ジェイコブが静かな声で、自分たちの人生について考えながら言った。「僕たちにはそんなに選択肢がない。これは金と命のどちらを取るかの問題で、メキシコの悪党どもがする質問だよ。やりたくないことをやるか、何もしないかのどちらかなんだ」

「先週」と、サークルのなかでもとりわけ寡黙なロイド・テイラーが口火を切った。「父が毎年恒例のアイルランドの宝くじを買ったんだけど、また最初から同じことの繰り返しさ。毎年同じだよ」

そして、アイルランドの宝くじをめぐる両親の会話を話して聞かせた。

「もし一五万ドルが手に入ったら何に使うのよ？」と夫に尋ねたテイラー夫人の声には、残酷なまでの皮肉が込められていた。と言うのも彼女は、人生が思い通りにならなかったと言って夫をひどく恨んでいたからだ。大金を手に入れたとしても、この人はきっと何に使ったらいいかわからないに違いない、という思いが込められていた。

「何に使うのよ？」夫人が語尾を強めてもう一度言うと、夕刊を読みふけっていたテイラー氏は一旦顔を上げた。

そして「ただ寝て過ごすね」と平然と強い口調で言った。自分の能力と生き方を批判されていると察したのだ。

「今だって十分寝てるじゃないの」テイラー夫人は、はぐらかされてたまるかと言うように答えた。「この人ほどよく寝る男は見たことがないよ」彼女は二五年繰り返されてきたかのように感じられるこのやりとりに、できるだけ関わらないようにしているロイドに向かってそう言った。

「普段とは違う眠りになるだろうな」とテイラー氏は言った。「一五万ドルもあれば、同じ睡眠になるわけがない」

「あなたほどよく寝る人はいませんよ」とテイラー夫人は言ったが、言い負かされたと察したのか、口調には力が感じられなかった。

「圧倒的な勝利じゃないか！」と嬉しそうにエドマンドは叫んだ。「スウィフトですら、そんなにうまく答えられやしない」

「そうだな」とラディヤードは言った。「君のお父さんのために勲章を作らなくちゃならないな。僕らのことを正当化してくれたんだから」

「いったい彼は一五万ドルを何に使う気なのかな」とマーカスは言った。

「公正さと自己達成の眠りを味わうのさ」とジェイコブが答えた。「三〇年間も働き続けてきたってどう証明できるんだ？　彼には何もないじゃないか」

「彼自身がその証さ」とラディヤードは言ったが、彼はよく物事を理想的に捉えるきらいがあった。

「父さんは自分が好きじゃないんだよ」とロイドが言った。「自分のことはどうでもいいと思っているんだ」

「そうだとしても、それは自分のせいだろう」とラディヤードは言った。

「本当に父さんのせいなのかな？」とロイドは悲しそうに尋ねた。父親が大好きなのだ。「もし金があって、妹に持参金を持たせてやれたなら、父さんは妹やその旦那や孫たちにもっと会えたのにと思っているはずだよ。義理の息子はもっと優しく接してくれるだろうし、夕飯にもより頻繁に誘われるようになるってね」

「僕の意見では」ラディヤードがそう言う時はいつも独断的な発言になる言い回しを使った。「金は一切関係ない。個人的なことに首を突っ込むようで申し訳ないが、君の家が抱える問題は、君のお父さんが人の愛し方をわかっていなかったり、お母さんが夫に愛されたいと思っていなかったりすることに原因があるんじゃないのか？　それこそが、お母さんがお父さんに満足していない本当の理由だよ。愛があらゆることのはじまりだっていうのは、誰もが知っていることだよな。もしも君の両親のあいだに満足するだけの愛があったら、お父さんは出世していたし、お母さんが望んでいたくらいの金を稼ぐことだってできたかもしれない」

「それはひとつの考えに過ぎないわ。それ以外の何物でもない。お金はあらゆる善の根源なのよ！」立ち上がって帰ろうとする訪問客をよそに、もう一杯ジンを作りながらローラがキッチンから叫んだ。

「あらゆるものは他のものに混じり合っている」ジェイコブはローラがどれほど愛されたいと思っているのかを考えながら、自分自身にそう言い聞かせた。

3 「自分ほど騙しやすいやつはいない」

サークルのメンバーもサークル自体も、ジェイコブ・コーエンにとってはある意味で自分だけのものとして存在していた。サークルの他の若者たちは、しばしば互いについて議論していたが、ひとりの時に仲間について考えることは滅多になかった。彼らはひとりにならないように、あるいはどうしようもない孤独から逃れるために集まっていた。しかしジェイコブは朝と午後の早い時間をひとりで過ごすのを楽しみ、そのあいだに近所を散策してニューヨークの人々の暮らしを観察しながら、サークルの友人たちのことを考えた。彼らはひとりでいる時のジェイコブの意識が集まる的《まと》であり、彼の頭のなかでは有名画廊にかけられている名画のようだった。しかしこれらの絵画は、単に好奇心や楽しみのために研究するものというだけでなく、あらゆる絵画と人間の秘密がにじみ出ているかのようでもあった。友人たちについて考えながら何ブロックも歩くジェイコブは、自分と似ていたり違っていたりさまざまであったりする彼らを通して、自分自身の運命がわかるかもしれないという思いに突き動かされていた。

いつものように出かけることにした九月のこの日は、子どもたちがしばらくぶりにまた学校へ通いはじめる日だったので感慨深かった。ジェイコブと友人たちは学校で、それも大半は大学にいるあいだに、卒業してからは経験することのない成長を遂げた。五年が経過した今では、すっかり消耗されていた。彼らはみな、学生でないことにどこかしら落胆していた。学校は心からやりたいと思ったことができて大人の社会に出る準備を整える場所で、彼らにとっては実社会とは違うもうひとつの社会みたいなものだったのだ。

セントラルパークに到着した。西側には重厚な高級マンションが建ち並び、目の前には木立と人工の湖、その隣には誰もいないテニスコートがあった。ジェイコブは公園のベンチに腰を下ろし、子どもたちが最初の登校日を迎えた九月の朝に駆り立てられた感情に心を委ねることにした。

でもすぐに、これまでもよくあったように、サークルの友人たちの性格や運命について自分が考えているのに気づいた。

ますますサークルに顔を出さなくなっているフランシス・フレンチは、当初は一番恵まれた人間で、いわゆる中流階級の人々に誰よりも大きな影響を与えた人物だった。ずば抜けてハンサムで、ニューヨーク州を離れることなく身につけたオックスフォード大生特有の英語を完璧に話した。その存在感、振る舞い、話し方もあって、卒業後はすぐに街で一番優秀な大学の英文学科の教師に任命された。誰もが彼のことを、学者としての輝かしい将来が待っている若者だと確信していた。

ところが一学期が終わる頃、大勢の候補者のなかからフランシスを選んだ学部長は、やむをえず彼を呼び出して、何人かの学生とふしだらな関係を持っていると彼を告発する匿名の手紙について問いただすこととなった。面談でフランシスに必要だったのは、何の苦労もなく長い時間をかけて培ってきた行儀の良さと機転だけだった。しかし突きつけられた事実に衝撃を受けた彼は、手紙は事実無根で、学生と育んできた友情が誤解されただけだとは答えられなかった。形だけでも否定すればよかったが、その代わりに傲慢な態度で誇らしげに、性癖は自分自身の問題であると言い放ち、他人が自分の私生活について問う権利は認めないと述べたのだ。学部長はフランシスをとても気に入っていたし、優れた教師でもあったため、彼の性癖はあまり気にしていなかった。しかし形式的にも否定しないというのは、将来また厄介を起こす可能性があるかもしれないと考え、自分の立場を守るためにもフランシスを解雇するほかないと思った。そこでもう一度、名目上否定してくれるだけでいいと遠回しに伝えようとしたが、フランシスは動じなかった。毅然とした態度を取ることで、彼はひとりよがりの快感を覚えていた。長いあいだ固く信じてきたのだ——同性愛は真に正しく、高貴で貴族的なものだと。自分と同じような偉大なる作家や芸術家の言葉を拠り所にしながら、抱き続けてきた考えだった。

　振り返って考えると、フランシスは想像力が欠如しているようにジェイコブには思えた。なんせ、複雑ではあるが十分都合が良いとも言える学部長の心情を想像できなかったのだから。さまざまなやり方で自分を他人に印象付けることに必死だったフランシスにとって、これは重大な失敗だった。

　ジェイコブは、ラディヤードがフランシスの取った態度を称賛していたのを思い出していた。そのせいでフランシスは、手に入れたくて仕方がなかった地位を失うことになったというのに。ラディヤードは自尊心を完全に失わない限り、他の答えはあり得ないと断言していた。しかし、もし同じ選択を迫られたら、ラディヤードは間違いなく、何の躊躇もせずに都合が良くて自分に利益をもたらす答えを口にするだろうとジェイコブは確信していた。ラディヤードがそれを自分の真の姿だと自覚していようがいまいが、彼もまた同じように想像力が欠如しているように思える。フランシスがどれだけ自分自身を傷つけたのかもわかっていないようだ。「自分ほど騙しやすいやつはいない」とジェイコブは自分に言い聞かせた。「僕はどんなふうに自分を騙しているんだろう?」

フランシスはやがて公立高校の教師になって精力的に性生活を謳歌するようになった。毎週五日間、九時から三時まで教鞭をとると、四時から夜中まで性の快楽に取り憑かれたようになり、それまでの関心事を全部忘れてしまうほど熱中した。退屈でつまらない高校教師の仕事は、彼が現実と向き合うための重大な仕組みを支える基盤となった。教師としての務めを徹底的にこなしたのは、そうすれば仕事終わりに自分を解放する時に安らぎを覚え、自分の人生を思い通りにできていると実感できたからだった。

彼はさらに自分を解放していった。土曜日の夜のサークルの集まりにはあまり顔を出さなくなり、現れたかと思えば、ラディヤードとどんな珍しい経験をしたかや、何を克服したかについて話すことが多くなった。自分の正統な欲望に対して豪快で威勢のいい態度を取っていたマーカス・グロスには、同性愛者にならなければ性の快楽を知ったことにはならないと言い、さらには、誰もがみんな実は同性愛者なのであり、恐怖や、無知、愚かさ、羞恥心のせいで、人間は真の情熱や満足感にただ気づけずにいるのだとも言い放った。

しかしジェイコブは、フランシスは自分自身に知的な疑問を投げかけないようにしているのかもしれないと思った。彼の性への執着は、アヘン中毒者が他のことからますます距離を取るようになるみたいに、あらゆる他の考えを無効にしてしまう固定観念となっただけでなく、太陽の光のようにもなっていった――フランシスははじめ、どんなこともその光に照らして見ていたけれど、終《しま》いには太陽の光以外のものが一切見えなくなってしまったんじゃないか。

「もしかするとそこまで愛を崇《あが》めないほうがいいのかもしれないな」とジェイコブはつぶやいた。

「二〇年後、フランシスはどうなっている？　中年になる頃には？　妻はいないだろうし、家もなければ子どももいない。ひとつのことに完全に身を委ねた結果、何も手に入れられないかもしれない」

　ジェイコブは公園のベンチから腰を上げると、自分の心の動きだけに注意を払いながら、歩きはじめた。

「でもその一方で、少なくとも自分が一番欲しいものを手に入れているフランシスよりも、さらに多くを持っていたり、将来的に手に入れたりする人がいるのかどうかはわからないよな」

　次に、マーカス・グロスについて考えた。フランシスと同じく公立高校で教えていたが、それ以外の点は違っていた。マーカスはいわばサークルにおける贖罪の山羊で笑いの種にされていたが、その役割をしばしば楽しんでいるように見えた。何事に関しても真剣で、ユーモアが通じるかどうかを試すための冗談に対してもしかりだった。誹謗中傷や侮辱の言葉が向けられても、計り知れない無神経さに守られていた。それどころか、侮辱されるのを喜んでいた。と言うのも、そうやって注目を浴びるのは、自分が興味深くて奥深い人間であることを示しているように感じられたからだ。だから、彼が売春宿に行った際に、連れてきてもらった青年に裏切られたという話になった時、宿を訪れた彼がぎこちなく服を脱いで愛の行為に及ぶ様子のものまねが身振り手振り目の前で披露されても喜んだ。そして売春婦がマーカスに「素っ裸になるのが好きなの？　お兄さん」と言った場面になると、他の人間のことを見ているみたいに笑い、このセリフに誰よりも大声で笑ったのだった。

　同情や良心の呵責とは無縁の残酷さで攻撃されると、マーカスはよく耐え難いくらいに人を挑発した。騒然として不快なニューヨークの夏のあいだ、彼はよくベル家を訪れては挨拶や説明もなしにバスルームへ直行して風呂に入り、裸足のままリビングに戻ってくることがあったが、なぜ自分の行動が粗野で自己中心的だと思われてしまうのか理解できずにいた。サークルでの出来事をすべて知らされていないことがわかった時や、ラディヤードに攻撃された時だけ心を乱し傷ついた。でもその時ですら、しばしば自分では面白いと思う方法でラディヤードに応えて自分の身を守った。それに対してラディヤードがただ困惑した表情を見せると、マーカスは今言ったことを繰り返し、さらにこう付け加えた。「君の問題は、ユーモアのセンスがないところだよ！」さらにみんなを驚かせたことに、彼は誰もが予想もしない時に腹を立てた。彼の傷ついた心には、わかりやすい原則や一貫性がなかったのだ。でも、それまでは満足げに微笑みを浮かべながら聞いていた言葉となんら変わらない言葉に急にかちんときて、足早に家を出ていってしまい、そのまま数週間戻ってこないと、みんなは何がマーカスの気分を害したのかを突き止めようとした。そして戻ってくると、彼は不在になどしていなかったかのように振る舞い、ずっとその場にいたみたいに会話に加わった。厳然と舌戦を展開するマーカスに苛立ったラディヤードが「どうして君にわかるんだよ？」と言うと、彼は短くこう答えた。「聞いたんだよ」マーカスはどんなに促されても、自分がいなかった時のことを話すのを拒んだ。

フランシスとマーカスが違うように（二人とも極端で、ひとりは礼儀正しく、もうひとりは無骨だった）、エドマンド・キッシュとフェルディナンド・ハラップもかけ離れていた。

「なら僕はどうだろう？」とジェイコブは自分自身に尋ねた。「それにラディヤードとローラは？」

エドマンドは四年間、哲学を勉強しながら、教師にならないかと声をかけられるのを待っていた。そもそも得られる仕事は多くなかったが、あったとしても、その職を得たのはエドマンドとは別の学生だった。しかし彼は明らかに他の学生よりも優れていた。あらゆる便宜を図れる権力者である教授らは、はじめ、エドマンドに魅了された。エネルギーに満ち溢れているし、誰とも異なり、感心するところが多く、学識もあり、哲学を心から愛する学生だったからだ。でも議論好きで、議論となるといつも、相手は愚かに違いないという思い込みが裏切られるまで興奮して話し続けた。

「だからと言って彼は、他の人間が全員愚かだと思っているわけじゃない」とジェイコブは心のなかで言った。「そんなことはないんだ。彼はただ、自分のほうが利口だと思っているだけ。それならどうしてあんな態度をとる？　もしかすると、自分は頭が良いと自分に言い聞かせようとしているのかもしれないぞ。確信が持てないのかもしれない」

他の学生たちとの議論では得意げになっていたエドマンドだが、教師と話す時にはうやうやしい態度でいるよう努めた——特に何年も仕事を断られ続けたあとでは。しかし必要とされる資格や条件についてほのめかされるとすぐに、礼儀正しくあれという誓いを忘れてしまった。そして教師に対して、あなたは何もわかっていないと言わんばかりに、話題についてのいろはを詳述して異論を唱えるのだった。

結局、教師たちはエドマンドを恐れ嫌うようになり、直接とがめはしなかったものの、彼の推薦状には「才能はあるが難しい人間」と記した。そうすることで、自分たちは正しいと納得できたし、エドマンドが求めているどんな仕事にも就けないようにできたのだから満足だった。

「いったい何なんだ？」とジェイコブは自分自身に尋ねた。「エドマンドがあんなに自己主張するのは、僕らが生まれ育った家庭環境における闇が関係しているのか？　二人の兄弟、横暴な父親、母親の不平等な愛情のせいなのか？　またひとつわからないことが増えたな」

ジェイコブは軽く昼食をとるために立ち止まった。食べ物を選ぶあいだは、フェルディナンド・ハラップのことを考えた。

ラディヤードが劇作家になろうとしているように、フェルディナンドもまた作家を目指していた。

彼はラディヤードのように豊富な経験がないわけではなかった。ラディヤードはどんな状況でも、自分がすでに持っているものや魅力、ウィット、自分が大好きであることを表現するための背景にした。一方のフェルディナンドは控えめだった。欲張らずに、目の前にあるものには何でも強い関心を示した。しかし彼の書く物語は、母やその家族とともに暮らす自分自身の人生という小さな領域の話だった。そうした物語は、古い世代の人間に対してフェルディナンドが感じている軽蔑と優越感が重要なモチーフとなっていて、登場人物たちが繰り広げる人を小馬鹿にしたようなやりとりや、お互いに対する残酷さや無知ぶりが垣間見えるような、ウィットに富んだ口論がいつも描かれていた。

「人間についての話を書きたいんだったら、人間を好きにならなくちゃならない」とジェイコブは思った。「まあ、少なくとも好きになりたいと思わないとな。あるいは、せめて好きになれるかもしれないと想像しなくちゃならない。そんなこともないのだろうか？　でもフェルディナンドがサークル以外の人をみんな嫌っているのは事実だ」

　フェルディナンドの小説が出版されることはなかった。彼はラディヤードと違って、それでもやり続けようとはしなかった――彼ほど文章を組み立てる過程を楽しみ、自分を信じてはいなかったのだ。しばらくは特に何もせずに過ごしていたが、おじの仕事を手伝いはじめると、生産者と小売店とのあいだを取り持つ代理店が必要なことに気づいた。こうした需要に気づくためには、鋭くも特異な知性、つまり、目を細めるような知性が必要だった。フェルディナンドは実業家のように金持ちになることには無頓着だったが、おじを手伝ううちに、無関心と優越感のおかげもあって、他の誰にも見えていないものが見えてくるようになった。小さな事務所を構えて郵便物の処理係として女の子を雇うようになる頃には、年間五千ドルを稼ぐようになっていた。やることといえば、毎日事務所に少し顔を出して、女の子がきちんと仕事をしているのかを確認するだけでよかった。

事業がうまくいくと、フェルディナンドは上質なものを求める感覚を研ぎ澄ましていった。より堅苦しく刺々《とげとげ》しく振る舞うようになり、ダンディらしき格好をしていたが、どこか変で、ひと昔前のダンディみたいだった。使える金が手に入ると、持つなら何でも最高のものを、さもなければ何も持たざるべきという信念が満たされないと気が済まなくなった。劇場ではオーケストラの演奏を聴くのに最高の席を取り、最高のレストランで最高の夕食をとった。

「彼はひとりっ子か」とジェイコブはつぶやいた。「しかも、四歳の時に離婚した母親に育てられたんだよな」

最高のものは何でもフェルディナンドにとっては欠かせず、取り上げられるとひどく苦しんだ。彼はまた、サークルの友人たちにも同意を求め、自分の基準を受け入れてもらいたがったが、ほとんど金がないか無一文だった彼らには難しい要求だった。彼らのためにフェルディナンドが金を出すこともしばしばで、特にすごく尊敬していたラディヤードのためにはいつも支払っていた。しかしレストランでも劇場でも、仲間に金を出す気にならなかったり、仲間たちがもっと安い所なら行けるなどと言ったりすると、ならば来なくていいと厳しく言った。そして誘いを断り、ひとりで最高のレストランに行ってひとりでブロードウェイ劇場の一等席に座った。なぜそこまで良い食事にこだわるのかと知らない人に尋ねられると、いつもどおりぶっきらぼうに厳格な声で、夕食は非常に重要だと答えた。良い食事をすれば気分が良くなるが、そうでなければ気分が悪くなると。

あらゆる点でフェルディナンドは厳しく、他人を寄せ付けず、理解できない掟にがんじがらめになっていた。特定の行為を善行とみなし、それ以外のことは全部——どんな違いも変化も脱線も——恥ずべきで非難されるべきと考えていた。たびたび、サークルに新しく参加した人や知らない人たちに対して、正気を失ったのかと思えるほど残酷な言葉を浴びせかけるのを、仲間たちは阻止しなければならなかった。と言うのも彼は、認め難い態度やいい加減な態度を相手がとろうものならば、君らは救いようのない愚か者だと言い出しかねなかったからだ。すべての行動や発言を判断する、フェルディナンドだけが知る厳格な基準を、訪問客や他人が知るよしもなかった。幸い、彼は自分に課した制約や堅苦しさのせいで話す時はかなり小声になったため、最も辛辣で侮辱的な言葉が人の耳に届かずに済むこともよくあった。そうするとラディヤードやジェイコブは、とどめを刺すような非難の言葉を、耳あたりが良い表現に置き換えてやった。例えば、フェルディナンドが見ず知らずの人に向かって「君はどうかしている！」と言うとラディヤードは、彼はただ反対意見があるだけだと説明した。そのあいだ、フェルディナンドはどこか違うほうを向いていて、自分の立場をはっきりさせたいがために放った侮辱の言葉や感情の効果が薄まってしまったことには無関心だった。

ジェイコブはリバーサイド・ドライブに到着した。ハドソン川を覗き込んで偉大なる都市の圧倒的な佇《たたず》まいを感じながら、そこの市民である友人たちや、そのなかで彼らが生き、道を見失っている都市そのものに思いを馳せていた。

「ニューヨークには」と彼は言った——よくこうした独り言で、のんびりした散歩を締めくくることがあった。「一万九千頭の馬がいて、三〇万匹の犬がいて、五〇万匹のネコがいて、百万本の樹木があって、百万羽のスズメがいる。もう十分だ！

一方で、少なくとも人間は六百万人いて、休暇のあいだはさらに増える。でもある意味、そんな数字なんてものはほとんどないに等しい。なぜなら完全に把握しきれないからだ（みんな、多かれ少なかれ、四人か五人くらいの友人が遊びにやってくるものだ)。人間は誰も、そうした集合体を把握しきれない。僕たちにわかるのは、いつもさらにもっと多いということだけ。何を見ていたとしても、このもっとという感覚を僕らは意識している。それこそがこの偉大な都市の真の姿で、だからこそある意味で、この都市は存在していないと言えるんだ。僕たちの家族や友人や隣人たちのようには、まず存在していない」

ジェイコブは、自分や友人を包み込んでいる影を説明できるようになったと思った。僕らは真のコミュニティには住んでおらず、それぞれとその家族、家族と友人、家族と学校のあいだにはよそよそしさがある。最悪なのは、この都市は僕らのなかの誰のことも必要としていないという事実に滲み出ている疎外感だ。大恐慌の間は、それがさらにはっきりと感じられるようになった。

「でも」とジェイコブは偽りのない真実を探し求めるように思った。「いつだって、それとは違う反対側が存在する。ニューヨークはアパートメント・ホテルのようだと言われているよな。それに『訪れるにはいいけれど、住むのはごめんだ』とも。でもそんなのは間違っている。ここは住むにはいいが、訪れるにはくたびれてしまう場所だ。

かつてニューヨークは、豪商とオランダのパトルーンのひ孫たちがいる、小さくて美しい自給自足の都市だった。それに昔は、南北戦争の勝者たちが支配するブラウンストーン貼りの建物ばかりだった。何百万人もがヨーロッパから押し寄せてきたことで都市は変貌し、ブラウンストーンの屋敷が下宿屋になってしまったんだ。そして今この大恐慌の時代、〝金さえあれば〟自分の好きなようにできる。金さえあればね！　ペンシルベニアの石炭、カリフォルニアのオレンジ、中国のお茶、ハリウッドの映画、各方面の音楽家や医者たち！　あらゆる機械、バスや自動車、電車や飛行機、コンチェルトやバレエ！　太陽と海の贅沢もなく、この都市の生活がガラスのように壊れやすくても、あらゆる乗り物が市民を連れ出してくれる。金さえあれば！　この都市は本質的に、旅立ちと帰還のための手段もすべて備えている。だから都市は市民に解放の自由を与え、人はここを旅立ちの都と呼ぶのかもしれない。でも僕の友人は誰ひとり出ていかない。お互いに離れようとしない。お互いを必要としすぎていて、全員がそれぞれの存在の一部になっている」

ジェイコブ・コーエンの一日は終わった。言いたいことは全部自分に言い聞かせた。自分が思い描くような市民であろうと身を粉にして努力してきたこの数年間は、こんなふうにして自分自身と向き合ってきたのだ。思いを誰かに話すことはほとんどなかったが、その思いは他の人間の目に映る彼の姿に鮮明に表れていた。それもあって、ジェイコブは変わり者と思われていたし、何かに気を取られているとか、秘密と沈黙に取り憑かれているとかと思われていたのだった。

4 「お互いに何も言うことがない人々のために涙を流しただろうね」

ジェイコブ・コーエンは長いあいだ、サークルにおける良識人で崇高な批評家だった。誰もどうしてそうなったのか正確には知らなかった。学生時代は大学新聞の編集者を務め、学生たちもまた、彼にこれでもかと言うくらい献身して忠誠心を抱いていたから、彼のためなら何でもやると言われていた。ジェイコブの家族に関しては、彼が家業の一端を担うことを拒んだ時も父や兄弟は動じなかった。彼らはジェイコブが近所や街をぶらつく以外に何もしていなくても、時間を無駄にしているとは思っていなかった。他の家ではそんなふうに若い男が、生活の糧を稼いで出世する努力を怠るような素振りを見せると、心配して怒ったものだったが。ジェイコブがすることは何であっても正しいと思われていた。ハースト社の新聞はファシズムに共感しているようだと言って記者になるのを拒んだ時も、誰も驚かなかった。記者になるのはジェイコブの夢で、それ以外の職業には就きたくないと言っていたが、それでも誰も驚かなかった。

　サークルでも、ジェイコブの卓越した良識は絶対的で、それを理解できる者はほとんどいなかった。彼が判断したり、承認したり、また承認しなかったりすることは、正当だと受け入れられていた。そうした判断は、個人的な欲望や歪《ゆが》みとは無関係な原理に基づいていると自然に思えたのだ。確かにみんな、ジェイコブのような人間が存在するべきだという無意識に近い願望があるのは気づいていたが、だからと言って自然にジェイコブをそういう人間だと認めたわけではなかった。

　ジェイコブ以外は誰も、彼が時おり絶望し、落胆していることを知らなかった――圧倒されるような底なしの感情に襲われて、あらゆるものへの好奇心や関心を抱く気力がなくなり、自分にしか興味が持てなくなるのだ。何ヶ月も他人から自分を遠退《とおの》けてしまうこの感情が何なのか、彼は理解できなかった。しかしそれがあったおかげで、ジェイコブは崇高な無関心――彼を道徳者たらしめている重要な部分――を貫けたのだった。

　ラディヤードとローラが何週間も口論を続けた末、ジェイコブに意見を聞くのは自然なことだった。言い争っていたのは、ラディヤードが夕食時に、ローラしかいないテーブルで新聞を読む習慣についてだった。

「私と話をしたらいいじゃない」とローラは言った。ラディヤードは姉との会話を楽しむ時もあったが、大抵の場合は新聞を読みたがり、ローラが仕事から戻ってきてから準備した夕食を食べるあいだは話をしたがらなかった。彼女にとってみたら、ラディヤードの夕食を作るために帰ってきたのだから、あらずもがなの侮辱のように思えたのだ。

ラディヤードは、新聞を読む習慣を諦めたくないあまり、こう言った。「まず、夕飯の席で僕が新聞を読むのは、真の人間である証だ。もし僕が動物なら、食べ物をどこかへ持っていってひとりで食べるはずだと姉さんもよくわかってるはずだろう。すごい速さで食べるだろうし、他の動物に食べ物を取られるんじゃないかって恐れもする。でも僕は人間で、頭脳があるから……」そう言って彼は頭を押さえると、「食べることは僕という人間を十分満足させてはくれないが、読むことは僕にとって不可欠なんだよ」と付け加えた。

「じゃあ会話は？」と、むっとしてローラは尋ねた。だが、これまで一度もラディヤードを説き伏せられた試しがないので、説得できるなどという希望はないとわかっていた。「会話は純粋に人間の行動じゃないってこと？」

「いやいや、行動だよ！」ラディヤードは答えた。「でも読むことは一般的にそれに勝《まさ》るんだ。作家が他の人間よりも勝っているみたいにね。それに僕においては、理性的な部分を満足させるために、思想や文学の偉大なる作品を尊重しなければならないのだよ」

「半分くらいはただ新聞を読んでいるだけじゃないの」とローラは言った。

「そうだね」とラディヤードは落ち着きはらった様子で言った。「でも他の人が新聞を読むのとは違う。僕は都市で暮らす庶民の生活に再び加わるために、新聞を読んでいるんだ」

こうした大げさな答えをラディヤードは偉そうに、かつおどけた口調でまくしたてるので、ローラは怒りを覚えた。しかし同時に感心もしていて、弟は天才だと長いこと確信していたのを思い出してもいた。

夕飯がちょうど終わった頃にベル家に到着したジェイコブは、意見を求められた。

「弟と姉のあいだに話したいことが大してないのなら、誰にならあるって言うんだ？　耳が聞こえず喋れないのと大差ないじゃないか！　実際のところ、死んだも同然だ。会話は文明なんだから」

ラディヤードは概してジェイコブの見解を受け入れたが、ローラは自分は他の家の姉たちとは違うし例外だと思っていた。でもそれを口にしなかったのは、真に人間らしくあるということにその時はそれほど関心がなかったからだ。他の若者がアパートメントに到着すると、ラディヤードは彼らをそばに呼んで事情を説明し、彼らもまたそれを聞いて喜び、彼が一人ひとりを呼び止める時に見せる親しげな様子にも気を良くしていた。

ラディヤードはどんな考えでも、それが自分にとって大切であればあるほど真剣に向き合うのを嫌ったので、この話も面白おかしく聞かせてはいたが、そこでエドマンド・キッシュがＢ・Ｌ・ローゼンとプリシラ・グルドが結婚するという朗報を持ってやってくると、一旦話は中断した。

「二人は同じレストランで、二週間ディナーを一緒にしたらしい」とエドマンドは息を切らせながら言った。

この遥かかなたで起きた結婚話に、最初サークルのメンバーは驚きを隠せなかったが、すぐに聞き入った。なかにはＢ・Ｌ・ローゼンと大学で知り合い、卒業後も長いこと学生による政治運動の主導者として活躍する彼のことを馬鹿にしていた者もいた。

「彼は正式に若者になりたいんだよ」とエドマンドは言った。

「彼は永久に若者でいたいのさ」とラディヤードは付け加えた。

B・L・ローゼンを知る者はみな、生まれもっての大物ぶりを感じ取りながらB.L.と呼んでいたが、案の定彼はニューヨークじゅうの大学で行われている急進的な学生運動の長になった——若者や学生を代表する声となったのだ。一方で、誰もプリシラ・グルドのことは知らなかった。成功したブロードウェイの劇作家である父親が、自分の娘が大学で共産主義、無神論、自由恋愛について教え込まれているという記事を書いて全国紙に掲載されるまでは。プリシラに会って、大学と教師を擁護するよう彼女を説得してほしいと任せられると、B.L.は巧みにやってのけた。プリシラは急に注目されるようになって戸惑ってもいたが、その状況に魅了されてもいた。実際のところ、彼女はずっと引っ込み思案で控えめな学生だったため、このまま何の仲間にも入れずにいることを恐れて大学生活の一環として急進的な学生運動に参加していたのだ。B.L.から父親への返答文を書くように勧められると、「父は不誠実な人です」と書いた。その言葉は、父親の欠点——例えば、子どもが必要とする関心を一切向けてくれなかったなど——を詳細に説明する文章のなかで、コーラスのように何度も繰り返し使われていた。

　返答文は驚くほどの効果を発し、B.L.は政治の天才と称された。しかしB.L.は、プリシラの執筆を手伝うのと同時に、いつもの癖からなのか彼女と寝てもいた。学生運動の主導者だった頃は、いつもよく考えずに女の子を口説いていたのだ。プリシラが恥ずかしそうに結婚しないかと提案すると、B.L.はあまりにも驚いて結婚について考える時間をもらい損ねてしまった。彼は慎重さと周到さをもって長いあいだ、国際的ではないにせよ感情を交えない問題に専念してきたが、プリシラにすぐに返事をしてやらなければならないと思うほどには、慎み深く本質的に優しい男だった。プリシラの顔に恐れや悲しみを感じ取るとすぐに承諾して、彼女は結婚相手として見ても他の人には劣らないだろうし、あるいはそれ以上かもしれないと自分に言い聞かせた。それに結婚すれば、本当に興味のあることにもっと時間を割けるかもしれないと。

二人の結婚の知らせは最初、サークルのメンバーには青天の霹靂《へきれき》だったが、ここ数年間で語られた他の出来事と同じくらい熱のこもった解釈を生んだ。

B.L.がプリシラと結婚せざるを得なかったのは、何らかの病的な感情、つまり同性に対する性的な感情、あるいは完全にされるがままの妻を持ちたいという願望のどちらかがあったのではないかと言う者もいた。またフランシス・フレンチは、B.L.が乳飲み子だった頃の母親にプリシラは似ているのかもしれないと言った。ラディヤードは、プリシラは父親への近親相姦的な欲望から逃れる道を探していたに違いないと思っていた。と言うのも、プリシラが手に入れられるもののなかでも、B.L.は父親から実にほど遠い存在だったからだ。ラディヤードはまた、B.L.がプリシラと結婚したのは社会的地位の向上を望んだからではないかとの見方を、平凡で陳腐で明白であるがゆえに真実ではないとして退けた。一方でエドマンドは、新婚の二人がどんな動機にあと押しされたとしても、この結婚は、まさに支配階級への挑戦だと言い切った。プリシラが支配階級に属していると推測するのは、いささか突飛な話だが、二人の組み合わせはアングロサクソンの消滅のはじまりという明確で象徴的な意味を帯びていた。フェルディナンドは二人が結ばれるのは、社会問題や政治に関心を持つすべての人々を襲う堕落の顕著な例だと考えていた。そうした推測が生まれたのは根本的に、サークルのメンバー全員にとって結婚がほど遠いものだったからで、「プリシラはB.L.が好きで、彼も彼女を好きなだけかもしれないわよ」と言ったローラは、うわべだけの人間とみなされたのだった。

エドマンドが持ち出した、彼らとはほど遠いこの結婚についての面白い知らせとは、B．L．とプリシラは二週間同じイタリアンレストランで夕食をともにし、毎晩、夫と妻はそれぞれ同じ新聞を読みながら終始一言も言葉を交わさなかったというものだった。

「できすぎた話だよ」とエドマンドは嬉しそうに言った。「何しろ、二人は結婚してまだ半年だ。でもきっともう、結婚していなかった時期のことを想像すらできないんだろうね」

「そこから見えてくるのは、同じ新聞を読むというのは、夫の知的関心を共有しようとする妻の崇高な努力さ！」とラディヤードが芝居がかった調子で言った。

「この上なく下品だよな！」とフェルディナンドは言った。

「もし僕たちに分別があったなら、お互いに何も言うことのない夫や妻たちのために涙を流しただろうね」とジェイコブは言った。

「二人が一日にあったことを最後に話し合ってから何ヶ月経つんだ？」

「あなたはどうなのよ」とローラはラディヤードに言った。「あなただって夕飯の席で新聞を読んでいるじゃない」

「それとこれとは別さ」とラディヤードは言った。「僕は姉さんと結婚しているわけじゃないだろう」

この無神経な発言は、フランシス・フレンチが珍しく姿を現さなかったら、見過ごされていただろう。彼にもまたすごく興味のある話のネタがあった。先週末に、彼は優秀だと評判な批評家でもある、若き教師モーティマー・ロンドンに遭遇していた。「僕は長いこと信じていたんだ」とフランシスは言った。

「誰もが自分自身についての最悪の話をするものだって。ロンドンは僕に言ったんだ（この話はロンドンがまさに彼自身について語った話なのだけど）。去年イギリスに滞在した際、彼はT・S・エリオットのもとを訪れて、ジェイムズ・ジョイスを紹介してもらう手紙を書いてもらったってね。彼もまたパリに行く予定にしていたからさ。ロンドンは残酷な選択を迫られたそうだよ——その手紙を使って『ユリシーズ』の作者と話をしに行くか、偉大なる作家が偉大なる作家に自分を推薦してくれた手紙を大切に取っておくかって。それで結局、手紙を取っておくことにしたんだ！」

「なんて間抜けなやつだ」と経験豊かな学者のエドマンドは言った。「そんな問題は未然に防げたことを、彼は知っておくべきだったね。複製を作っておけばよかったじゃないか！」

「それはもういいよ」と現実的なことを考えるのを好まないラディヤードが言った。「実に興味深いのは、モーティマー・ロンドンがどうかしてるってことだ。大そうな自信があるからそんな話をしているんだろう。彼は知らないんだよ。偉大な作家と会話するよりも、むしろ手紙を持っていたいって思ったこと以上に、自分について悪く言えることが何もないのを」

「それはもういいけど」とローラはラディヤードに言った。「あんたが自分の才能を暗いクローゼットの中に隠しているところなんて、一度も見たことがないわ」

ラディヤードは返事をしなかった。こうした利己主義的なたとえに、利己主義者にしかわからない魅力を感じていたのだ。

「思うに」とジェイコブは言った。「僕たちが自分自身について語る最悪な話ってなんだろうね」

「誰でもいいから、たまには他の人の良いところを言ってみましょうよ。誰でも人は見下せるし、それはパラシュートで降下するくらい簡単なこと。難しいのは、他の人間を愛してその人について良く言うことよ」とローラが言った。

「なんだか偉そうだな」とラディヤードは言った。「人間は善良というより、むしろ邪悪というのは明らかな事実だから、他の人間のことをあまり良く言うのは間違っているだろうね。まあでも、僕は何でも一度は試してみようと思っているけど」彼はよくこんなふうに、他人から言われるかもしれないことから事前に自分を守ろうと、自分に対する皮肉で話を締めくくることがあった。

　訪問客が帰り支度をはじめると、ジェイコブが言った。「実際、僕は自分自身についての最悪な話なんて思いつかないし、そんなのは憂慮すべきことでも何でもない。僕らはみんな、自分自身の世界に住んでいるんだから」

「そうだな」ジェイコブの考えを聞いてラディヤードは嬉しくなって賛同した。「ある意味で、僕らはみんないかれてるんだ！」

5　「僕らはこのままでいい」

　日中、朝食後の余韻を味わいながら新しい戯曲の執筆に取り組んだあと、ラディヤードはサークルとは別の生活――彼の別の部分が現れる生活――に勤しんだ。この生活は、近所の子どもや青年たちが関わるものなので、大人と遭遇すると侵入されたように感じて苛立った。その大人が友人の親だった場合、彼らはラディヤードに出くわすと、中流階級特有の作法から、さも関心があるかのようにこう訊いてきた。

「君は今、何をしているんだい？」つまりそれは、どうやって生計を立てているのか？　どうやって出世するつもりだ？という意味だった。

「父を手伝っています」とラディヤードはいつも答えたが、それは自然に口から出てくるまで育み続けてきた言い回しだった。

「お父上は何をされているのかな？」ラディヤードの父親は亡くなって二〇年も経つというのに、それを知らないどうしようもない大人はしばしばそう尋ねてきた。

「父は何もしていません！」とラディヤードがお決まりの返事をすると、罠にかかった相手から辛辣で勝ち誇った笑いが起きた。だが一方のラディヤードは、相手を感心させるようなことが何ひとつ言えないのを恥じていた。

ラディヤードにとって最も扱いやすかったのは、近所の子どもや青年たちだった。春と秋になると、ハンドボールの試合の合間にアパートメント近くの校庭で、そのなかでも純粋な心を持ち、賢いと思える人たちと話をした。彼自身もまた、彼らからそう思ってもらえているだろうと思っていた。

ダブルスの試合のあと、ラディヤードは友人のチェスターやジェレミアと一緒にアスファルトのコートに座って、学校のスターでハンドボール、バスケットボール、高跳び、百ヤードダッシュの名手である一二歳のアレクサンダーという少年について話していた。アレクサンダーには素晴らしい将来が待っていると誰もが思っていた。

「例えば、アレクサンダーが少なくとも今より百倍優れていたとしたら、試合は常に全勝するだろう。でも彼がそこまでうまくて、毎回勝って、試合に全勝すると確信していたとしたら、それほど試合を楽しめないだろうね」とラディヤードは言った。

チェスターは、アレクサンダーはニューヨーク・ヤンキースに入団して、大統領以上に素晴らしい年俸を得られるかもしれないとほのめかした。ジェレミアはそれに加えて、あらゆる新聞に彼の写真が掲載されて映画女優と結婚するかもしれないと言った。

「そうだね」とラディヤードは辛抱強く聞きながら、世間の栄光を示すこうした考えを払いのけるかのように言った。「彼が打席に立つたびにホームランを打ったとしたら？　ホームランを打つと確信していたら？　そうしたら野球が退屈に思えてくるんじゃないか？」

「確かに」とチェスターとジェレミアは答えた。「でもそんなことはできないし、そうはならないよね」

ラディヤードはそんなふうに事実を指摘されても、少しも不安になったり、気分を害したりしなかった。

「こう思えばいいんだよ」と彼は続けた。「僕らはこのままでいいってね。まったく試合ができなくなってしまったら意味がない。でも、勝つか負けるかわからず、僕らの力には限りがあり、他のやつらも僕らと変わらない力を持っているからこそ試合に興奮するんだ。だから僕たちはみんな、あるべき姿になっているんだよ」

「それでも、毎回ホームランを打ちたいよな」とチェスターは言った。

「僕も」とジェレミアが言った。「とりあえず一年間はやってみたいね」

そんな話を聞くと、ラディヤードはすがすがしい気持ちで戯曲の創作に戻っていった。テニスの試合のようにぽんぽんと交わされた会話を仕入れて帰ってきたわけだが、頭の活性化こそ、彼が求めて満足を覚えることだった。こうした欲求と満足感のために、彼はいつでも他の人間との交流を求めていたが、真に関心を持つことはなかった。旅する名演奏家よろしく、素晴らしい演奏をしたと思ったら、聴衆と深く知り合う前に去ってしまうのだ。

何年かぶりにラディヤードに会った老教師は、名声も金も得られず、上演されることもない作品を書き続けるのは少なからず勇気がいることだと言った。

「それは違います」とラディヤードは答えた。「勇気なんてものは必要ないんです。僕は心が動かされた時に書くだけですから。気が乗らなければ書きません。だから、僕は他の作家とは違うんです。戯曲を書くのは仕事ではなく、ゲームをするようなもので、勇気ある行動でもなく、ひらめきというまったく違う興奮なんですよ」

この返答は、彼にとってしかるべき高貴さをもって伝えられた。しかしこのやりとりのあと、彼は本当のことを話したかどうかを自分自身に問うた。自分のなかに、他の作家と同じように称賛されて有名になりたいという熱い思いがあるのは十分わかっていた。勝ち誇った気分ですっかり有頂天になったラディヤードは、劇作家として認められたいのではなく、戯曲の創作を心から望んで楽しんでいるのだと思うことにした。その活動だけで十分満足だと。

このやりとりに鼓舞されたラディヤードは、これまで書いた多くの戯曲とよく似た戯曲の一幕を書いた。ひとりの有名な叙情詩人しか登場せず、場面も彼の書斎だけ。そこで詩人はたくさんの本や写真や美術品に囲まれ、黒い記念文集には彼の名声を物語るエッセイや詩の批評が収められている。日よけは下ろされていて、市井の生活の光を遮っている。

著名な詩人は頭を抱えながら机に向かっている。空虚な絶望に満ちた独白がはじまり、二年間も詩が書けていないという事実が語られる。

「私が詩を書くか書かないかで、何が変わるというのか」

そして自分が書いた詩を手に取り、こう言う。

「もし何か価値のあることをしたとしたら、それが今、私にどんな利点をもたらしているというのだろう？　心の奥から良い詩を引き出してきたとして、今、達成感や充実感を味わえないのなら、何のためになる？　声を失った歌手に、どんな舞台でも彼は抜群だったと伝えたり、飢えている男に二ヶ月前に宴会で見かけたと言ったりするほうがましだ」

詩人は、書評家たちが書いた最大級の賛辞を読み上げる。

「彼らの言うことが正しいと、どうしてわかる？」と彼は言う。「大抵の人は間違っている。重要な作品を書いたと確信している詩人なんていない。生きているうちに有名になった者は忘れられ、墓に入った誰でもない者が、真の詩人として立ち現れるのだ」

「もしこの称賛が真実だとしても」と詩人は文集から別の書評を選び、読んでから言う。「私の心に重くのしかかる痛み、退屈、虚無感を少しも和らげてはくれない。もしこれが正しくないのなら、私は酔っ払いのようにつかの間の空想に騙されているのだろうか？」

詩人は立ち上がり、長い姿見の前に立つ。

「私はたくさん金を稼いだかもしれない。金持ちになる快楽、もしくは一般的な人間であることの満足感を味わったのかもしれない。海辺にいる子どものように、輝く日の光のなかで一日じゅう砕ける波打ち際で楽しめたのかもしれない。でもその代わりに、私はこの部屋のこの机でへそまがりになり、視野を狭くし、弱り果てている」

片手で眉を押さえるようにして、詩人は自分の姿をじっくり見る。

「過去を振り返るにはもう年を取りすぎていて、輝く希望を忘れてしまうには若すぎる。知性が邪魔をして、自分の名声を批判せずにはいられないし、過去に獲得した名誉のために安穏としているには、現在が重要に思えてならない。称賛に価値はないが、無価値ゆえ、新しい作品を生みだせない今、生まれてはじめて理解するのだ——まるで人生で初めて迎えた朝のように。詩を書く理由はたったひとつで、それは詩を書く時に全身全霊で味わう活動のためだと。それが唯一の正当な理由だ」

　詩人はまた机に向かい、こう言う。

「静寂が、朝四時のように私を包み込む」

　詩人は一枚の紙を引き抜いて、筆立てから鉛筆を取り出す。

「白い紙の静寂は、いつまでも変わらない私の居場所。私には他に何もない。他のものは全部この活動のためにある。詩が書けず、心に虚しさしかなくなると、何も良く思えなくなる。一方で、心のなかに燃えるような興奮が躍ると、幸せが感じられなくなる。と言うのも、あらゆる労力、希望、幻想が再び私の背に伸《の》し掛かってくるからだ。そのあいだ私は、天地創造前夜のような静寂に包まれたまま、ひとりで座っている」

　それから幕が下りると、詩人は紙に何かを書きはじめる。

　この短い戯曲がサークルのメンバーの前で朗読されると、ラディヤードが最近書いた多くの作品と同じように受け止められた。彼らはラディヤードとの会話でもこうした考えを聞いたことがあったので、劇として聞かされても大して興味を示さず、感心もしなかったのだ。

　ラディヤードは自分の戯曲がこんなふうに受け止められたことに動揺した。友人たちからの称賛は、変わることのない強度で続いていくと思っていたからだ。これまでもエドマンドに苛立つことはあったが、それはエドマンドが彼を喜ばせようとして、こう言うからだった。

「この新作は君が去年書いた一流の戯曲と比べると、それほど良いとは思えないな」

するとラディヤードは「この作品は、これまで僕が書いたなかで最高の出来栄えだよ」と、きっぱりと言い放ってエドマンドの落胆を打ち消すのだった。

ラディヤードが戯曲を二作朗読した時には、エドマンドはこう言った。

「一作目よりも二作目のほうが好きだな」ラディヤードはこの評価に批判の影を感じ取り、また腹を立てた。

「君ならわかるだろう」と彼はフェルディナンドに言った。「どうして僕が、ひとつではなくて二つ戯曲を読むのかを。そうすればいつだって、一作目のほうが二作目よりもいいって言われるんだ。もしかすると一度に三つの戯曲を読むべきなのかもしれないな。そうしたらきっと、二作目よりも一作目のほうが好きだけど、一作目よりも三作目のほうがいいって言われるようになる。それはつまり、そのなかのどれが良いと思うのかという質問に答えなくてもよくしてしまっているんだよ！　友人たちに気転を利かせるために、僕はなんと堂々巡りをしていることか」

しかしエドマンドが、新作はラディヤードが書いたなかでおそらく最高の作品だと言った時もまた、ラディヤードは褒め言葉に気を悪くした。自分が以前に書いた作品を全部批判されているように聞こえたからだ。ラディヤードが腹立たしいほどの失望を覚えた瞬間、マーカス・グロスが大声をあげながら部屋に入ってきた。

「君の劇についてだけど」と彼はラディヤードに言った。「他のものはどう関係しているんだ？　上演されないのも納得だよ。本当に君が優秀なら、成功しているはずだろう」

「君はただの実利主義者だ」とラディヤードは怒りに震えながら答えた。「刻々と君は愚かになっていくな。地面にあいた穴と考えとを見分けることすらできないんだ！」

「さっきの僕の言葉に傷ついたんだろう」とマーカスは何かを発見したかのように、落ち着き払った様子で厳粛に応えた。

「君はこの戯曲を最初からは聞いていないじゃないか、それに……」とロイド・テイラーが言い出した。

「必要ないさ」彼を遮るようにマーカスが言った。「全部似たようなものだからな」

「僕がここに来る夜はいつも、最後まで言いたいことを言い終えられたことがないな」と言葉を中断されたロイドが言った。

フェルディナンドはこの発言を大いに喜んだ。「ロイドが言ったことの意味がわかるか？」と大声で尋ねてから、本人以外の人間には、並外れて聡明に感じられたロイドの言葉を引用した。

「私は一九二八年以来、最後まで言いたいことを言い終えられていないわ」ローラは酒を飲みながらキッチンから叫んだ。この発言が火種となり、すぐに大騒ぎとなった。

「ローラはまた飲んでるのか？」とマーカスが尋ねた。そして彼女がテーブルを整えだすと、その姿をじっと観察した。

「結婚したらどうだ？」とマーカスはローラに訊いた。「そうしたほうがずっといいだろうに」

エドマンドはマーカスに「黙れよ、ふざけたことを言うな」と言ったが、その夜がお開きとなってもまだ戒められたことに驚きを隠せずにいたマーカスは、エドマンドに何がいけなかったのか、どうローラの気分を害したというのかを尋ねた。そしてようやく理解すると、エドマンドにぽつりと言った。「そんなこと、考えもしなかった。気づきもしなかったよ」

6「愛は誰にも知恵で勝てない影の勝者さ」

エドマンドはとりわけ重要な発見をしたと思った。

土曜日の夜にその話をしにベル家を訪れると、みんなの注目を浴びるのが待ちきれなかった。そして話を聞くみんなの態勢が整うまで、話し出そうとしなかった。

「革命が起きたんだ」とエドマンドは言った。「でもこれについてはあまり話されない。愛には恥がつきものだからね。愛はかつてないほど純粋なものになった。愛はただの愛で、愛以外の何ものでもなくなったんだ」

「なぜだ？」とラディヤードは尋ねた。

「薬局だよ」とエドマンドは言った。「避妊具の売上がそうさせてるのさ」

ラディヤードとフェルディナンドは物知り顔で顔を見合わせた。そして、内向的な学者のエドマンドがついに純潔を――頭では完全に理解しているほんとうの純潔を――ついに失ったということだろうか？と顔を見合わせながら言った。

「避妊具は、間違って子どもができてしまうことから愛を解放し、純粋なものにした。これでもう、分別ある人なら誰でも、真に愛する人を見つけられる。子どもは衝動的な性欲や我慢できない欲望がもたらす結果ではなく、選択可能な存在となりうるんだ。もはや愛は愛で、愛以外の何物でもないのさ！」とエドマンドは続けた。

「そうだな」とラディヤードは言った。「ただの物質的な道具が男女の関係を完全に変えてしまった。単なる『もの』がね！」

「一方で」とフランシス・フレンチは言った。「不貞や乱婚が可能になるよな。だからと言って、僕は乱婚に反対じゃないけど」

「僕は妻を愛している、でもああ、イド〔フロイトが分類した心の領域のひとつで、意志によるコントロールができない領域の意〕よ」と、フロイトとティン・パン・アレーを学んだフェルディナンドが言った。

「そうさ。避妊具のせいで、あらゆることが簡単になり過ぎて、疑念や心配を生み出す原因になる。愛は何よりも難しいものなんだ。愛は誰にも知恵で勝てない影の勝者さ」とジェイコブが言った。

「そのとおり」とエドマンドは言った。「あれは、すごく小さくて安価な道具だけど、愛の勝利を約束している。愛は防げないし、無視できない。役に立つかどうかや、恥なんて考えはどこにも入り込めないんだ」

「そんなことはないわ。自分のことを愛してくれる誰かを見つけなきゃならないっていうのは変わらないんだから」とローラが言った。

ジェイコブは少し離れたところから、言いたい放題の憶測がメンバーのあいだで飛び交うのは、彼らが現実の愛からあまりにも遠いところにいるからだと思って見ていた。

「どれくらいで愛にたどり着く？」と彼は心のなかで考えた。「誰にも逃れられない影の勝者である愛に到着するのはいつだろう」

エドマンドは希望的観測という名の風船が割れてしまったように感じた。ラディヤードは、これまで一度も会ったことのない訪問者がやってくることに気をとられており、ジェイコブは自分の世界に引きこもっていて、ローラは悲しみ、フェルディナンドは何か気の利いたことを言おうとしていた。でもエドマンドは、もう一度言わなければならないと思っていた。

「ローマ教皇にこのことを伝えるべきだよ。そうだ、正式な手紙を送ることにしよう。教皇は神がエデンの園でアダムを見て、こう言ったのをご存じだろうか？『男がひとり身でいるのはよくない』って。純粋で清らかな避妊具の使用を禁止することで教皇は、人間が結婚するのは、子どもを持つべきだからであるという神の言葉を誤解している。子どもを持つために結婚するのではないし、人間は孤独であってはならないのなら、結婚だけで十分なんだよ」

ラディヤードとフェルディナンドは、エドマンドの私生活に何か新しいことがあったのだろうかと、不思議そうな顔でお互いを見た。

いつものように遅れてやってきたマーカスが、騒々しく入ってきて何を話しているのか知りたがった。

「簡単に言えることじゃないんだ。でも少なくとも表面上は、愛についての学問的な議論だな」とジェイコブは言った。

「愛と言えば、今日、良い記事を読んだよ。フロベールについての……」とマーカスが言った。自分の考えをまくしたてるために、ちょっとした口実が欲しかったのだ。

「期待されているフランス人作家のことだろ」フェルディナンドが言った。

「フロベールは」とマーカスはフェルディナンドを無視して続けた。「葉巻を吸いながらセックスをして、同時に手紙が書けるのかを二人の友人と賭けたんだ。売春宿へ行って一番好みの女の子を見つけると、フロベールは手紙を書いて、葉巻を吸って、セックスした」

「でも彼が一番楽しんだのは、葉巻だったってね」とラディヤードは言った。

「当然さ」とマーカスは言った。「僕が知りたいのは、彼が手紙に何を書いたかってことだ。それに誰に宛てて書いたのか。どんな調子の手紙だったのか。葉巻の銘柄は？　吸い終わることはできたのかな」

「手紙と言えばさ」とこの話題にうんざりしながらラディヤードは言った。「今夜、客人が来ることになっているんだ。よく知らない人なんだけど、手紙をくれてね」

手紙は見知らぬ外国人からで、サンフランシスコで小劇場を主宰する三〇歳の青年、アーチャー・プライスからだった。ラディヤードの戯曲を二編、原稿で読んだことがあり、ニューヨークを訪問中にぜひ会いたいと言うのだ。

ラディヤードはその手紙を喜んでいたが、それでも笑いの種にしていた。

「アメリカの極西部地方《ファー・ウエスト》の人間に僕の戯曲が理解できるわけないだろう？」と彼は言った。「彼らにとって芝居とは、手に汗握るようなテニス・トーナメントの最終戦みたいなものなんだから」

しかしラディヤードは、この見知らぬ男の訪問をとても楽しみにしていた。

アーチャー・プライスは、ポーリーン・テイラーという名のニューヨーク在住だが、カリフォルニアを訪ねた際に彼と知り合ったという可愛らしい若い女性と一緒にやってきた。知らない二人が部屋に入ってくると、愛についての議論はやんだ。自己紹介のあいだにみんなが立ち上がったところで、落ち着かない様子のアーチャーが、訪問前から言おうと決めていたことをラディヤードに言った。

「お会いできてとても嬉しいです。あなたの戯曲が本当に大好きなんですよ」

「それはそれは！」と、驚いたようにラディヤードは言った。エドマンドには、アーチャーの発言をラディヤード自身も突飛だとは思っていないことを示そうとしている言動に思えた。

「彼は僕の書いた二つの戯曲をとても気に入ったと言ってくださっていてね」ラディヤードはエドマンドにそう言うと、口を尖らせて、あごの下に指を一本置き、まるでお辞儀でもするみたいな仕草をした。

「本当にあなたの戯曲が大好きなんです」と、気分を害されたアーチャーは戸惑いながら言った。

「そうでしょうね」ラディヤードはそんな繰り返しは不要だとでも言うように、「そうでなければあなたはここに来ていないでしょうから」と言った。

アーチャーは寝椅子に腰掛けてから、ポーリーンのほうをちらりと見て様子を窺った。彼女は憐れむように視線を返した。それは、ラディヤードではなくアーチャーを心配していたからで、彼が発した称賛の言葉に対するラディヤードの返答に、どれだけ彼が動揺しているのかわかっていたからだった。新参者の二人はどちらも、ラディヤードの態度は極度の喜びが引き起こしたものだとはわからなかった。あまりにも長いあいだ見知らぬ人からの称賛を待ち望んでいたために冷静さを失って動揺し、こうして褒められるなんておかしいと思うことで心のバランスを取り戻そうとしていたのだ。新参者の二人は、そうした感情や態度はよく理解していたが、ラディヤードのような振る舞いは馴染みがなかった。と言うのも、それは自分本位きわまりなく、しかも訪問者二人にではなく、エドマンドとローラに向けられた態度だったからだ。

「なんて不愉快な人なの」とポーリーン・テイラーは思った。

アーチャーは好奇心を諦めず、話の流れに乗ることにした。アパートメントの部屋を見わたすと、家具は使い古された中古品だったが、興味深い背景や装飾になっていた。壁際にはアップライトピアノ、その横には蓄音機が置かれ、壁の掲示板には新聞の切り抜きや手紙が貼ってある。アーチャーはこのような場所を一度も見たことがなかったが、奇妙だとは思いながらも、そこにひとりの人間の選択と習慣によって生まれた統一感を感じ取っていた。

会話をしようとラディヤードが横に座ると、アーチャーは彼の戯曲がひとつも上演されていないことに驚いていると述べた。ラディヤードは一年以上も前から毎月、新作をある有名な劇団に送り続けているが、毎回一週間もしないうちに送り返されてくるのだと話した。

「僕はきっとブラックリストに載っているんです。積まれたマニラ封筒の一番上から僕の原稿を取り出して、すでに宛名が書かれて切手が貼られた同封の封筒に入れて返送するまでもないんですよ！」ラディヤードは嬉しそうな顔で言った。

「もうすぐ、辞表を送ってやりますよ、そうしたらきっと困惑するでしょうね！」と彼はとりすましたように天井を見つめながら、陽気に言ってのけた。

アーチャーは安堵の笑みを浮かべた。ようやく、滑稽だと理解できる発言が出てきたからだ。

エドマンドとマーカスは、すぐにでも伝えたい話で頭がいっぱいだった。その週、彼らはマディソン・スクエア・ガーデンで、宗教と共産主義についての討論を聞いていた。スース教授というマルクス主義で有名な学者と、アダム教授という神学者がやり合っていて、主な争点は子どもたちに宗教を教えることを命じたり、否定したりする社会主義国家の権限についてだった。スース教授は社会主義国家が宗教教育について決定する権利を肯定し、アダム教授はこれは思想・信条の自由の否定であり、よって彼らはファシストであると主張した。そして自分は九九・五%はマルクス主義者だが、〇・五%は神のために取ってある。もし神のために何も残しておかなければ、国家が神になってしまうからだ、と勝ち誇ったように言い放ったのだ。

ラディヤードとエドマンドはこの話に大喜びで、特に〇・五％を神に取っておくという部分に興味を持った。

「どれくらい神に取っておけばいいのかを、彼はどうやって決めたんだろうね？」とエドマンドは尋ねた。

「計算尺を使ったんじゃないのか？」とラディヤードは言った。「それか、所得税を計算するみたいに、扶養家族の分を差し引いたのかもしれないぞ？」

こうした分析や意見の交換は、長椅子に座って黙りこんだまま、決まり悪そうに困惑している訪問客を誰も気にしていないことにラディヤードが気づくまで続いた。ラディヤードは立ち上がると自分の部屋へ行き、客人に読んでもらう新作の原稿を持って戻ってきた。そして再びアーチャーの隣に座ると、彼が原稿を読むのを彼の肩越しに見つめた。そのあいだもずっと、アダム教授が神に残しておいた割合についての会話に耳をそばだてていた。

「そこの一節は実に見事に書けている！」アーチャーが読みはじめてしばらくすると、ラディヤードが突然声を上げた。そして、菓子を与えられた子どもみたいな顔でにんまりと笑った。

「ほら、この場面さ。こうした無知と皮肉は、英語で書く戯曲家のなかでも僕が長《た》けているところだ」話しながら、ラディヤードはアイスクリームでも舐めているような表情をしていた。

「今世紀には、まだこの作品と並ぶ戯曲は出て来ていない」とラディヤードはまた口を開いた。ポーリーンは彼の発言に神経を逆撫でされていたが、アーチャーにとっては、こうした声明は自意識を感じさせない確信に満ちたもので、喜びと自信に溢れているように思えた。ラディヤードが聞き手に意見を求めていないのは明らかだった。彼はそうした発言を、ただ楽しむために口にしていた。しかしアーチャーは、ラディヤードの身振りや笑顔や自己満足の表情を見ずして彼の発言を聞いた人が、どう思うのかについても思いを馳せていた。

「ぜひお持ち帰りください」とラディヤードは新しい原稿を差し出して言った。「僕にとっては、英語で書かれた史上最高の劇ですからね！」そして笑った。

「あなたにとっては、でしょ」とローラが念を押した。「他の人はそう思っていないわ」彼女は弟の口から出た最上級の褒め言葉を聞いた訪問者たちの顔に、困惑の表情が浮かんだのを見逃さなかった。

アーチャーは腕時計を見ると、立ち上がった。

「彼は時計に支配されているな」ラディヤードは、そこにいない人のことを話すように言った。そして「もしかすると、お会いすることはもうないかもしれませんね」と言ってまた笑った。

「ラディヤード・ベルは、いけすかない男ね」ポーリーンは、アーチャーと一緒に家を出ると言った。

「彼は間違いなく難しい人だね」とアーチャーは言った。「もしかすると、才能があるのに認められていないからかもしれないな」

しかしアーチャー・プライスはカリフォルニアに戻ると、次にニューヨークを訪れてもラディヤードには会わないことにした。つまるところは今回の訪問に疲弊し、当惑したのだ。サークルの人々は彼のような見ず知らずの訪問者に対して、自分たちが何者で、どんな人生を歩んでいるのかを示す真の姿を見せようとせずに彼らだけの領域にいるように思えた。彼が彼らに再会することはなかった。

7　「天国という王国は君のなかにある。地獄という王国もね」

「僕たちに必要なのは、ノアの箱舟だ」とラディヤードはみんなに向かって言った。「島でも、植民地でも、都市国家でもなく、ノアの箱舟だよ」

　彼が希望や思いを込めて書いた戯曲がまた不採用となったのだ。朝は静かに怒っていたが、午後になる頃には、まだ見ぬ未来で頭がいっぱいになり、夜には――この日は土曜の夜で、サークルの大半のメンバーがアパートメントに集まっていた――いつものように仲間に囲まれて楽しんでいた。しかし、彼のなかに腫れ物のように残っていた怒りや失望が、ノアの箱舟という考えに姿を変えて表れたのだ。

「昔の古典的な表現だよ」とラディヤードは言った。「そろそろこれについて考えてもいい頃だ。屋台船か荷船を手に入れて、この社会は悪だから僕らはここから旅立つと宣言するのさ」

　ラディヤードといつも親しいフェルディナンドは、それを聞いて喜んだ。

「『もううんざりだ！』って言ってやろうか」と彼はぶっきらぼうに付け加えた。「巨大なポスターに大文字で『もうたくさんだ』『こんな時代はいやだ』と書いて掲げるんだ」声はだんだん大きく、強くなっていった。「『一顧の価値もない！』ってね」

「支配的だし、卓越した考えだな」とエドマンドは言い、同じように喜んだ。「過去と未来、経験と可能性について、明確な判断が下せるくらい包括的な概念だ」

じきに真夜中になろうとしていた。彼らは夜食を囲んでコーヒーを飲み続け、ノアの箱舟の構想が休日の前に覚える興奮のように彼らの心を捉えていた。

「僕たちは何を持っていくんだろう？」ラディヤードは続けた。「ノアの箱舟には何を持っていき、誰を連れて行ってもいいことにする？」

「正確に言えば、この構想の本質には差別がある。僕らが最も純粋で正確で厳密に差別しない限り、ノアの箱舟は成立しない」とフランシス・フレンチは言った。

「冗談とはほど遠い話だよ」感動はしていたものの、ずっと黙っていたジェイコブが言った。「これを笑い話だと思うのは、まったくの愚か者だけだ」

「選ばれし者になるのは誰なんだろう？」とフランシスは尋ねた。

「そして誰が拒まれるんだ？」マーカスが付け加えた。「下層階級のくずどもや、ゴミ、代用品、二流品、次善の物、中古品はごめんだ」

「最高級のものばかりじゃ、僕らにとってよくない」とラディヤードは言い、「いやその、ノアの箱舟にはってことだが」と付け加え、あたかも謙遜するように笑った。

「あらゆるものを批判し、評価する必要があるな」とエドマンドは言った。

「この数年間、あなたたちはそればっかりしてきたじゃない」とローラは言ったが、彼女もまたこの構想に心を奪われていた。

「そのとおり。まさにそれこそ僕たちがやってきたことだ」とラディヤードは答えた。「こうやって実現するのは当然のことさ」

「それに、どうしてあなたたちが判断して批判する側だってわかるの？　あなたたちはノアじゃないのよ」

「ただ、ノアの箱舟の概念が頭に浮かんだってだけだよ。そんな発想が僕らのあいだで生まれたっていうことは、僕らがそれにふさわしいからだ。どんな概念にも言えるわけじゃないが、すごく高貴な概念に当てはまることだね」とラディヤードは冷静に言った。

「あなたはただ不満なだけでしょ」とローラはむなしく言った。

「ノアはどらを発明したよな」とエドマンドは考え込むように言った。「それに最初にワインを作った人でもある」

「無理ないわね。彼にはお酒が必要だったのよ。誰だって飲みたくなるわ、あんなことを経験したら」とローラは言った。

「でも僕らにとっては、何を受け入れるのかではなく、何を拒むかが重要なんだ」ラディヤードは姉を無視して言った。

「すべてを手に入れることはできないからね。それに間違いなく、必要以上に手に入れることもできない」と言ったのはジェイコブだった。

「僕らはもう十分に持っているよ、多すぎるくらいにね」とフェルディナンドが口を挟んだ。

「私に言わせるなら、あなたたちは誰も欲しい物を手に入れていないから、そうやって怒っているのよ」とローラは言った。

「怒りは、紳士の悪徳さ」とラディヤードは言った。「でも真に崇高な者が持つ豊かな力でもある。まずは受け付けないものから挙げていこうじゃないか」そしてノートと鉛筆を手に取った。

「自動車はいらない。とにかく僕は好きじゃないんだ。どんな愚か者でも、車を運転すると自分が王様にでもなったように思うからね」とエドマンドが言った。

「どっちにしろ、船の上で車は役に立たないしな」とマーカスが応えた。

「あまりにも多くの人間が車の事故で死んでいる。車のために死ぬなんて、理性的な生き物としてあるまじき行為だよ！」エドマンドは言った。

「それに結婚はもういらない。離婚や不貞の主な原因は結婚だろう。天国に結婚はないわけだし、それなら、どうして僕たちに結婚が必要なんだ？」とラディヤードが続いた。

「結局、家族や家庭生活はいいもんだってことさ」とジェイコブは言った。

「僕らだって家族は持つよ。だけど、結婚はいらない」とラディヤードは応えた。

「蓄音機はどうする？」すでにみんなから離れたところから、ジェイコブが尋ねた。「自動車を拒むのなら、蓄音機も持てないよな。蓄音機なくして、偉大な音楽をどうやって聴けばいい？」

「一貫性なんてなくてもいいだろう」とラディヤードは言った。「そんなものは、想像力が熱を上げるような素晴らしい可能性から恐れを抱く人々を守るために使われる、過大評価された美徳にすぎない。自動車は拒否するが、蓄音機は受け入れよう」

ジェイコブ以外のメンバーには、それは正しくて合理的で洞察力に富んでいるように聞こえた。

「動物はどうする？」とエドマンドが言った。「オスとメスと、各種二匹ずつ連れていかなければいけないことをお忘れなく」

「動物はいい。僕は動物が好きだ。面白いし、のびのびしているし、誠実だからね」とフランシスが言った。

「動物と、子どもたちもだな」とラディヤードは言った。「彼らに新しい教育を施《ほどこ》そう、ノアの箱舟の教育をね。自分たちの本質を潰したり、ひどい中産階級の一市民へと仕向けるような技術を教えたりはしない。僕らはあらゆる美徳と悪徳を教え、そうした真の教育によって、子どもたちは本当の意味で自由になるんだ。素晴らしいものからそうでないものまで、あらゆる可能性について知らなければ、いかなる意味で自由だと言えるのだろうか?」

「あなたは子どもたちに、自分みたいになってもらいたいだけでしょ」とローラは言った。

「姉さんは世界がこのままでもいいと思っているのか?」とラディヤードは熱っぽく言った。「姉さんは幸せか? 幸せな人なんているのか?」

ローラは答えが見つからなかったが、弟の発言は間違っていると思っていた。

「僕はね、この人生に唾を吐いてやるよ」とフェルディナンドが言った。

この宣言は絶賛された。

するとフェルディナンドがさらに付け加えた。「この人生は、空飛ぶラ・ロシュフコー公爵フランソワ六世〔一七世紀フランスの貴族でモラリスト〕を捕まえられるよ」

この発言も絶賛された。

「好きなように言えばいいさ」拍手が鳴り止むと、ジェイコブは言った。「この人生には言わなきゃならないことがある。ノアの箱舟の構想はただの考えに過ぎないのに、みんな口に出さずに留めているんだから。拒絶と放棄の洪水はないのさ。僕らはみんな、多くを愛しすぎている。それを持っていようが、いなかろうがね」

「ノアの箱舟が嫌いなんだろ」ラディヤードはジェイコブが背を向けているのを見ると、危機が訪れるのを察して言った。

「ノアの箱舟はすごく好きだよ」とジェイコブは言った。「でも乗ったことがないから、確信が持てないんだ。でも他にもたくさん好きなものがある。それほど良いものではないとしてもね」

「違う」感情が徐々に薄れ、サークルのメンバーがノアの箱舟の案に退屈してきたのを感じとりながら、ラディヤードは言った。

「天国という王国は僕たちのなかにある」とジェイコブは言った。「でも同時に、地獄という王国もあるんだ」

「なんの王国だって？」とラディヤードは言った。「君は誰か王様を知っているのか？　自分自身のなかに王国を築いた人を知っているって言うのか？　僕のなかにあるように思えた時もあったけれど、あれは間違いだった」

もう手遅れだった。ジェイコブは辛抱強く、憐れむように微笑んでみせた。

「ここが僕たちの居場所なのさ」とジェイコブは言った。「これからもずっとここにいて、これからの人生に起きることを、希望と恐れのなかで待ち続けるんだ」

「僕は、そろそろ失礼するよ」とエドマンドは言い、メンバーたちは帰るためにいっせいに立ち上がった。ノアの箱舟の構想には、もううんざりだった。

8 「できるんだったら、誰だって自分のやりたいことをやるさ」

ラディヤードが人を訪ねて長く不在にしているあいだに、その後広く知られるようになった論争とスキャンダルが勃発した。

スキャンダルの発端は、マーカス・グロスである。その年の厳しい冬のあいだ、彼はアイリーンというふくよかで可愛らしい女の子に夢中だった。彼女は活発で、有能で、さまざまなことに興味を持ち、特に急進的な政治に関心があった。マーカスは所属する急進派の会合で彼女と知り合うと、彼女が美しかっただけでなく、友人のアルジャーノン・ネイサンからすでに彼女の話を聞いていたこともあって、言い寄るようになった。アルジャーノンはよく知られている人物で、全クラスで最高の成績を修める完璧な学生だった。高給取りではあったが、薄い唇をして、プライドに苛《さいな》まれていて、記念碑のように面白みがない男だった。几帳面で、なぜ学生時代のように大きな世界では完璧な成功を収められないのかを理解できずにいた。アイリーンとはすぐにうまくいった。彼の両親は店を経営していたため、両親が店に出ている午後や夕方にアイリーンを家に連れてくるのは容易《たやす》いことだった。ある日、両親が突然帰ってくると、アルジャーノンは寝室から出てきてガウンに腕を通しながら、廊下で両親を呼び止め、セックスをしているから家から出ていくよう言った。アルジャーノンを崇拝する両親の畏敬の念は大きく、完璧な学生である息子が正しいと言うのなら正しいに違いないと、すぐに家を出ていった。

アルジャーノンはマーカスに、アイリーンと過ごした時間について詳しく話して聞かせた。そしてアイリーンは「満足できるくらい情熱的」だが、一緒にいるところを友人に見られるのはごめんだと言った。しかしアイリーンはアルジャーノンと外出したがり、一緒に友人を訪ねたいと思っていた。そのうちアルジャーノンは、自分が心からアイリーンに求めているものを、実は彼女はあまり好んでいないことに気づいた。セックスをする時に、本当はアイリーンを鞭で打ちたくて仕方なかったのだが、提案するまでには至らず、彼女の顔ににじみ出る痛みを見ながら、体をつかんだりつねったりする程度で自分を抑えていた。アイリーンは彼を喜ばせたいと強く思った時だけこれに耐えたが、こうした態度はアルジャーノンのプライドを傷つけた。もし自分を心から愛しているのなら、自分が望むものは何でも一緒に望んでくれるはずだと彼は思っていたからだ。

しばらくするとアルジャーノンは、満足感を得るにはお金を払うほうが、一緒にいるのを友人に見られるのを心配したり連れ出したりしなければならない女の子と付き合うよりも、賢明で効率的だと考えるようになった。そこで自分の望みが叶う店を調べて規則正しく週に二回、地下鉄で勉強するための本を片手に通った。その本は、ある時代の相対性理論物理学や数理論理学などについての知識を広げてくれるものだった。

アルジャーノンは、従来の成功者である自分をすごく尊敬しているマーカスには、こう説明していた。「でも大抵の場合、僕はただ地下鉄で人の顔を研究し、どんな人生がそういった顔を生み出したかについて考え、家に帰ったらその顔についてのソネットを書いているだけなんだけどね」

アルジャーノンがアイリーンについてどこかそっけないような話をするのを聞いていたマーカスは、欲望に火がついてギラギラしていた。正統派でわかりやすい欲望を抱えたマーカスは、まさにアイリーンのような女性を求めていたのだ。彼は彼女を口説くのに大金を費やし、毎晩毎晩、もどかしさを覚えながら劇場やオペラ、バレエに連れて行った。二週間が過ぎた頃、彼はアイリーンに、週末に一緒にアトランティック・シティに行かないかと提案した。だが彼女はそれをきっぱりと断り、半年後には気持ちが変わるかもしれないじゃないかと言われても、きっとそうはならないし、申し訳ないけれど、率直に言ってあなたには魅力を感じないと答えた。腹を立てたマーカスは、「君は、ハンサムを定義づける資本主義的でハリウッド的な概念の持ち主だな。僕はこれまで何人もの女の子に、ものすごく魅力的ねと言われたことがあるんだぞ」と答えた。でも「あんた、ハンサムねえ！」と言ってくれたのは、一〇ドルを手渡したばかりの有色人種の女の子だったとは言わなかった。

　マーカスがアイリーンとの交際をやめて間もなく、彼女はマーカスに紹介されたフェルディナンドと付き合いはじめた。実のところマーカスは、週末の提案を断られる前に、フェルディナンドがアイリーンを訪問したり捜したりしていたのではないかと疑っていた。

　マーカスは裏切られたかのように傷ついた。自分が失敗したのになぜフェルディナンドが成功したのか、そこには理由などないと思ったし、フェルディナンドのように尊敬できて好みのうるさい男がアイリーンのような娘《こ》と付き合うなんて、彼自身に対して不誠実だとも思った。そこで彼は取り憑かれたように、エドマンドとジェイコブに延々と抗議した。すると二人はマーカスの鈍感さや愚かさを曲解して、マーカスをさらに挑発した。

　フェルディナンドはアルジャーノンを嫌っていて、道ですれ違っても彼の存在を認めようとしなかった。その前年、アルジャーノンの父親が株の暴落で首を吊り、サークルではそれを面白おかしく話していた。と言うのも、アルジャーノンとは学生時代からの知り合いだが、誰も好きでなかったからだ。知人にアルジャーノンの父親の話を聞いたかと尋ねると、ほとんどの人が「ああ、首を吊ったんだろ！」と答えて大笑いした。だがその笑いは、堅物《かたぶつ》のアルジャーノンに向けられたもので、誰もよくは知らない小柄で無口でひどく神経質な彼の父親に向けられたものではなかった。

　突拍子もない答えと笑いが続くので、サークルの新入りが同じ質問をされて笑い出すたびにフェルディナンドは、「ほら、みんな笑いだすぞ」と言って喜んでいた。

内輪話にも世間話にもできないような悪名高い出来事も、これがきっかけとなって起きた。ある日、サークルの仲間とアルジャーノンの共通の知人で、内気で無神経なことで有名なハリー・ジョンソンが、父親が死んで間もないアルジャーノンに出くわした。アルジャーノンと話をしようと何度か試みたがうまくいかず、ハリーは見かねてこう尋ねた。

「ねえ、君のお父さんが首を吊ったという話を聞いたんだけど、何があったの？」

この件については半年前からみんなのあいだで話されていて、特にラディヤードはハリーのアルジャーノンへの憎しみの表れだと主張していた。

フェルディナンドがどれだけアルジャーノンを嫌っているのかを知っているマーカスは、アイリーンがアルジャーノンと親密な関係にあったと知れば、彼はアイリーンを捨てるに違いないと思った。きっと彼のなかの気難しいダンディズムが目を覚ますことになると。

ジェイコブはマーカスから相談を受けた。

「言いたければ言えばいい」とジェイコブは言った。「でも言ってしまったら、これから先、自分に誇りを持てなくなるかもしれないぞ」

「僕は彼の友人なんだから、伝える義務があるんじゃないのか？」とマーカスは言った。

「誰に向かってそんなことを言っているんだ？」とジェイコブは言った。マーカスは罪悪感をにじませながら、物知り顔でにやりと笑った。そして、同じくフェルディナンドの友人であるジェイコブに、アイリーンとアルジャーノンのことを話してもらうのはどうかと提案した。彼には個人的な利害関係がないのだからと。

それを聞いたジェイコブは、「君は死んだほうがいい」と言った。

そうこうしているうちに、二人の交際について耳にすることが増えてきた。ほとんど人に本を貸さないフェルディナンドが、長いあいだ大切にしてきた選《え》りすぐりの作品をアイリーンに貸していたという話も聞こえた。

「真剣に付き合っているに違いない」とジェイコブはエドマンドに言った。

また、ぎくしゃくしたりもじもじしたりしながら、フェルディナンドがアイリーンを連れてきて、彼が夢中になっている宝物や珍しい物を見せているのを見かけた人もいる。まるで、愛すべき息子が初めて意中の人を母や父に会わせているようだったそうだ。

「二人は結婚するに違いない」とジェイコブは言った。

フェルディナンドは、アイリーンの服の選び方を指図してもいた。二人で一緒に仕立て屋へ行き、派手な服から上品なものへ変えるように手際よく説得した。アイリーンは彼が洋服に詳しいのに驚き、そんなことにまで気をかけてくれるなんて嬉しいと言って喜んだ。

何度か婚外関係を持った時に学んだのだと、彼は何気なく説明した。なぜそんな話をしたかというと、自分が不倫していたのは、他の時代には純潔であることが不可欠で美徳であると見なされていたのと同じことだということを、はっきりさせておく必要があるように思えたからだ。

こうして正反対な二人――奔放で、明るく、充実していて、開放的で、快活で、豊満な女の子と、ぎこちなくて、神経質で、控えめで、苦悩に満ちた青年――が結ばれた。

サークルのメンバーたちは、アイリーンと一緒にいることでフェルディナンドにも奇妙な変化が現れているのを感じていた。彼はいつも政治、特に急進的な政治を嫌っていた。でも今は、かつてスターリン主義者の悪名を持つ無礼な給仕長に向けていたような毒舌を、日常的に吐くようになった。

「彼女が持っていて、私にないものって何？」とローラは言った。一時間もアイリーンの話題でもちきりだったのに、誰も答えなかった。鋭い沈黙が続いた。ローラは頭を前に突き出した。

「あなたはアドニス〔ギリシャ神話のアフロディーテに愛された少年〕と似ても似つかないわね」と彼女はエドマンドに言った。

「僕が何をしたっていうんだよ？」とエドマンドは答え、同情と笑いを同時に誘った。

「彼女は足首も太いし、顔色は悪いし……」とローラは言った。

「誰が？」とエドマンドが言った。

ローラは「これもまた過ぎ去るだろう」と聖書の言葉を引用しながら、自分の飲み物を取りにキッチンに向かった。

その時、銃声のような音を立ててドアが開いてマーカスが入ってきた。

「ハロー、ハロー、ハロー」とユーモアたっぷりに叫んでいる。

「今度は何だよ？」とジェイコブが言った。

「お次は何だ？」とエドマンドが言った。

「フェルディナンドがアイリーンと結婚したそうだ」とマーカスは言って、この知らせにみんなが驚くのを楽しんでいた。そしてフェルディナンドとアイリーンが土曜日の夜、自宅に友人たちを招くために作った刻印入りのカードを取り出した。

「君たちも明日には手に入るよ」とマーカスは言った。「通りでフェルディナンドに会って、一通もらったんだ」

「何がそんなに嬉しいの？　アイリーンと結婚したのは、あなたじゃないのよ」とローラは言った。

「僕には喜ぶべき正当な理由があるのさ」とマーカスは言った。「フェルディナンドが知らないことを知っているんだからね」

「黙れよ」といたずらにジェイコブは言った。

アイリーンがアルジャーノンと親しかったことを知らないロイド・テイラーは、「何を知っているって言うんだ？」と尋ねた。

話題を変えてジェイコブは、「このカードはかなり上質だな」と言った。「こんな立派なカードを送るなんて、さすがフェルディナンドだ」

「かなりの金額になったに違いない」とにやにやしながらマーカスが言った。

キッチンで酒を飲みながら話を聞いていたローラが戻ってきた。さっきのロイドの質問に、彼女はたった今聞いたかのように答えた。

「マーカスはアイリーンがアルジャーノンと寝ていたのを知っていて、それをフェルディナンドに言おうとしてるのよ」

「誰が言うって言ったんだよ？」マーカスは憤慨しているように見えたが、すぐににやりと笑った。

これ以上ないほど威厳に満ちた声で、「二人とも黙ったほうがいい」とジェイコブは言った。だが心のなかの声はこう言っていた。「できるんだったら、誰だって自分のやりたいことをやるさ。罪の意識や良心のご機嫌を伺いながらね」

「僕は何も言わないよ」とマーカスは言ったが、黙るよう彼を説得できたのはジェイコブだけだった。

「でも、フェルディナンドが飲む予定のシャンパンを僕が飲んだら、何が口から飛び出してくるか、どんな失言《ラプサス・リングワイ》をしてしまうかわからない。酔うと本音が出ちゃう《イン・ビーノ・ベルタース》って言うだろ！」彼はラテン語を使ったことに満足して、声高らかに笑った。

「ラディヤードがここにいなくてよかったよ」とエドマンドが言うと、みんなは彼が頭で考えていることを理解した――マーカス以上にこの結婚を延々と話題にしていたのはラディヤードで、ついにはフェルディナンドが、妻の過去がいつも話題にされているのを察するくらいだったということを。明らかにマーカスは、結婚が成立した今、フェルディナンドが彼の知らない汚名に対して何もできないことを楽しんでいた。

ちょうどその時、不在だった主役のフェルディナンドが玄関先に現れ、お祝いの声が上がり、すぐに喝采に包まれた。

「僕が結婚したなんて、誰が言ったんだ？」とフェルディナンドは冷たく問いかけた。

「僕さ。君がそう言ったんだろ。もらったカードにそう書いてあったじゃないか」とマーカスは困惑したように言った。

「封印されたカードがあるからって、根拠のない推測や思い込みをする理由はないと思うけどね」とフェルディナンドは言った。

「それは仰天だな」とエドマンドは言った。フェルディナンドが切り札を持っているのを見抜いていたのだ。

「実際のところ、僕は結婚していない」とフェルディナンドは宣言した。「近い将来、アイリーンと結婚する可能性はあるかもしれないが、今のところは一緒に暮らすことを決めたとても良い友人同士に過ぎないよ」

マーカスはソファにひっくり返った。歯医者に行った時のように口をあんぐりと開けた顔には、失望が広がっていった。

マーカスは「じゃあ、アルジャーノン・ネイサンをどう思う？」と尋ねた。

「君だってよく知っているだろう」とフェルディナンドは答えた。「彼は信用できないし、愚か者だ。気取り屋だし、間抜けだし、百歳まで生きたとしても、この先ずっと変わらないさ」

マーカスが、アイリーンがアルジャーノンと親密な関係にあったことをフェルディナンドに伝えたいという欲求を抑えようとしているのは明らかだった。フェルディナンドがアイリーンと結婚していないのなら、そんな情報には意味がないからだ。

フェルディナンドの宣言に、サークルの仲間はみんな唖然とした。彼らには空前の出来事のように思えた。本当に正しいのは、結婚したいと思うまでは結婚しないことで、そのあいだは好きなことを好きなように自由闊達にやることだ。これまでもフェルディナンドは、そんなふうに振る舞っていた。

「君はどう思う？」マーカスはローラに尋ねた。彼女だけは、結婚について従来の考えをよく口にしていたからだ。

「彼女の年収は？　一年で受け取る報酬額はいくらなの？」

「一〇年後も、今晩のことは議論の種にされて解釈が分かれるだろうね」とエドマンドは言った。ローラが本当は何が言いたかったのかは、誰も正確にはわからなかったが、概して彼女がこんなことをしていても何も良いことはない、という意味を込めて侮辱しようとしていたのは明らかだった。

ローラは夜食用にカップやスプーン、ナイフ、フォーク、パン、ジャム、チーズを運びはじめた。

すっかりやられたマーカスは、緊張し困惑していた。そこで以前からよく非難されてきた、用意周到なジョークやエピグラムを駆使することにした。

「結婚といえばこのあいだ、面白い話を聞いたよ。ある女の子が、もうすぐ結婚する友人にこう言ったんだ。『あなたの胴体は準備できているのかしら?』って」

他の人たちは、凍りついたような顔で彼を見ていた。

ジェイコブが「どこが面白いんだ?」と聞いた。

マーカスは青ざめた。非難を浴びているのはわかっていたが、今となっては自分の発言を正当化しなければならなかった。

「彼女は嫁入り衣装《トルーソウ》のことを胴体《トルソー》と言ったんだよ。これは正真正銘のフロイト的な言葉の言い間違い《ラプサス・リングワィ》さ」とラテン語を交えて言った。

「ラテン語はもういい」とエドマンドが言った。「もう死語だろう。それに君の文法力じゃ二世紀のガリア人に恥をかかせるぞ」

マーカスは粘り強くもう一度挑んだ。

「君はまるでアイルランド人みたいだな」と苦心して言った。「ジョンソン博士が言ったように、アイルランド人は公正な民族で、誰のことも良く言わないんだ」

「お決まりのエピグラムや引用はもう勘弁してくれ」とフェルディナンドは言った。「それじゃあまるでレコード音楽みたいじゃないか」

「君の問題は、ユーモアのセンスがないことだよ」とマーカスは言った。「アルジャーノンは君にはユーモアがないと言っていたけれど、僕は面白い人だと言っていたんだ。でもそれは間違いだったようだな」

この突発的な発言も効果があったようで、フェルディナンド以外の全員が笑った。フェルディナンドは、なぜみんなが笑っているのかわからなかったが、一枚上手で、これまでマーカスをたびたび破滅させた落とし穴を教えてくれとは言わなかった。

　今では全員がテーブルについて食べたり飲んだりして、踊りだすくらい心と体が高まっていた。フェルディナンドの隣に座ったマーカスは彼の肩に手を置き、フェルディナンドにはユーモアがないと言ったことが思いのほか成功した喜びを噛み締めながら、こう言った。

「君は立派だ、フェルディナンド。僕はいつも君を尊敬しているし、君が何を言おうが何をしようが、尊敬し続けるよ」

「黙れよ」とエドマンドは言って、テーブルの下でマーカスの脚を蹴り飛ばした。

　フェルディナンドは家具を購入した時のことや、いかに家具商たちを蔑んでやったかについて語った。とても面白い話だった。

「ねえ」一〇杯目の酒を飲んだあとで、キッチンから戻ったローラは、天気の話をするかのようにいつものごとく攻撃をはじめた。「アイリーンがアルジャーノン・ネイサンと一年間ねんごろだったって知ってる？」

「ローラ」とマーカスは言った。彼は罪悪感と咎めているように見せたいという思いのあいだで板挟みになっていた。

「知ってるよ」とフェルディナンドが言った。「アイリーンと初めて出かけた夜に全部聞いた」口調は実に淡々としていた。「それがどうかしたのか？」

「フェルディナンドは、ずば抜けてるな。アメリカでもヨーロッパでも彼みたいな人はいないよ」とエドマンドは言った。

　彼らはみな、フェルディナンドが無条件に勝利したのを目の当たりにした。彼が本当にアルジャーノンとアイリーンのことを知っていたのか、それとも自分の無知を認めてなるものかと機転を利かせて完璧に自分を抑えてみせたのかはわからなかった。

「家に帰るのか？」ジェイコブはエドマンドに尋ねた。「一晩には十分すぎるほどの同情と恐怖を味わったよ」

「ああ」とエドマンドは答えた。帰りたくはなかったが、ジェイコブが今晩についてどう思ったのかを聞いてみたかったのだ。

「僕も一緒に行くとしよう」とマーカスは言った。

「君はここに残るか、ひとりで帰れよ。一緒に来てもらいたくないね」とジェイコブは言った。そうして審判が下ると、若者たちはその場をあとにした。

9 「百万ドルは僕にとって、何の価値もない」

久しぶりにラディヤードは、学生時代に懇意にしていたパーシバル・デイビス教授を訪ねた。ラディヤードを部屋に通して椅子をすすめ、近況を尋ねると、教授は平然としているが落ち込んだ口調でこう言った。

「私は死にかけているんだ」

「僕たちはみんな、死にかけていますから」とラディヤードは言ったが、内心は落ちつかず、次に言うことを見つけようとしていた。

「だが、私は大半の人間よりも早く死んでいく」と教授は言って、ラディヤードが死という事実から自分を逃れさせようとするのを許さなかった。「半年後には死んでいるはずだ。実際にそうなるだろう」

「永遠に生きるのはつまらないと思いますよ」こう言えたことに得意げになりながらも、ラディヤードはまだ気が引けていた。

「永遠か……そうかもしれない。でも私は少なくともあと千年は生きていたいんだ」とデイビス教授は熱を帯びた声で語った。「少しも退屈なんてしないさ。ヨーロッパでも東洋でも、あらゆる偉大な絵画の流派を学んで最高のワインを作りたいね」

「ええ、そうですね」とラディヤードは、別の話題に切り替わることを願いながら言った。「千年も生きられたら、どれほど素晴らしいか！」そう同意すれば、失礼にはならないだろうと思ったのだ。

それから二ヶ月後、パーシバル・デイビスは予見通り、心臓発作で死んだ。知らせを聞いたラディヤードはジェイコブと散歩に出かけ、教授に会いに行った時のことを話した。

「先生らしくなかったよ、自分の死を僕に突きつけるなんて。何て言えば良かったんだ？　人生の重要な出来事に対して、まともな言葉が見つからないのは残念だな」とラディヤードは言った。

「こう言えたかもしれないよ」とジェイコブは言った。「先生がおっしゃっていることが間違いで、すぐにお亡くなりにならないことを願っています、ってね」

「そんなことを言って何になるんだよ」とラディヤードは答えた。

二人は墓地へ向かう霊柩車やその他の車が待機している教会の前を通り過ぎた。ジェイコブはいつものように、教会から霊柩車に運ばれる棺桶を見るために立ち止まりたかった。今も昔も彼にとって、徹底的に観察する喜びは相変わらず重要だったのだ。しかし、ラディヤードは立ち止まるのを嫌がった。

「そもそも、葬式なんて見たい奴はいるのかね」ジェイコブはラディヤードの声に過大な感情が込められているのを察して、彼に従った。

「二年前、すごく優秀な学生が急死した時、イスラエル・ブラウンは遺族から葬儀での説教を頼まれたんだ。家族はその学生と同じく、信仰を持っていなかったからね。葬儀の説教はエシカル・カルチャー・スクールの講堂で行われた。イスラエル・ブラウンは、いつものようにとてもうまく話した。死んだ青年の才能について語り、彼が特定の科目に生まれついての才能を持っていたことにも触れて、そうした科目を習得するのは一般的には難しいと説明した。でも参列した人たちはみんな、若者の死を悼む儀式ではなくて、教室にいるみたいに感じていた。人生とは、いったい何なんだ？　大事なこと、取り返しのつかないことが起きているのに、僕たちには何も言うことがないなんてね」とジェイコブは言った。

　そうした思いに駆られたジェイコブは、誰にも話していなかった、最近自分が力を注いでいたことについてラディヤードに聞かせた。半年前の真冬、近所を歩いて回るのが嫌になる時期に短編小説を書いたのだ。それまではそういう類の作家になろうとは思ってもいなかった。短編小説は、うまく書けているように思えた。そこで原稿を彼いわく「一旦温める」ために、机の引き出しにしまった。二ヶ月が経った頃、短編をもう一度読み返してみると、まったくの駄作だった。それは四月のある日曜日の午後のことで、ジェイコブは習慣と道義から、近所を歩き回って彼が「日曜日の顔」と呼ぶものを見ようとしていた矢先だった。

自分の書いた短編小説が何の価値もないことに落ち込んだジェイコブは、立ち上がって机から窓に向かい、公園を眺めていた。そこには、幼子や子ども、若者、親、中年、老人など各世代の人間が集まっていた。

その光景を見ながら、彼は「僕はこの社会の最高の賞である百万ドルを拒否する。百万ドル持っていたとしても、何の役にたつ？　この無価値な短編を、良い作品にする助けにはならない。百万ドルは僕にとって、何の価値もないとわかった。僕にとって重要で本質に関わる大切な願望と希望を満たすのには役立たないのだから」とつぶやいた。

ラディヤードは、ジェイコブがいない時に、この発見についてみんなに話して聞かせた。すると彼らはひどく感動して感銘を受けていた。そのあとも、彼らは見知らぬ人と一緒にいる時に、よく「あの偉大なる瞬間」や「あの偉大なる拒絶」について話した。知らない人たちが「あの瞬間」とはいったい何なのかと知りたがっても答えは出てこず、いつもエドマンドは、ジェイコブはこの社会の本質的な虚栄心と空虚さを見つけたと言うだけだった。こんなふうに「偉大なる気づき」へのひやかしが成功すると、若者たちは彼らが大好きな謎めいた言い回しの別の言い方を考えて、「ジェイコブは百万ドルを放棄した」「ジェイコブは百万ドルを拒絶した」「ジェイコブは百万ドルが無価値だと気づいた」などと言いはじめた。

こうした誤った理由から、部外者や関係のない者たちはジェイコブが素晴らしい継承者であるような錯覚に陥った。

しかしこの時、ジェイコブの自分自身やサークルに対する気持ちは変化しつつあった。

「僕らはみんな止まっている。エスカレーターに乗っているみたいに時間は流れているのに、僕らは動かないままなんだ」

「僕は何を求めているんだろう？」彼は続けた。「僕は自分の望みを知っているのか？ 誰もが自分の欲しいものをわかっているのだろうか？」

彼はエドマンドを訪ねることにした。エドマンドは再び奨学金や教員採用の時期を耐え忍び、またしても不採用になっていた。不採用の理由を探しているうちに、エドマンドはある種のヒステリー状態に陥り、誰にでもそのことを話してこれまでの稀有《けう》な苦労の数々を吐露し、同業者でなければ理解できない専門用語を使った。それは過去五年間、この時期になると繰り返されてきたことで、サークルの仲間はエドマンドの執着心にうんざりしていた。そうして終いには、独白の最中にフランシス・フレンチが衝撃的な知らせを持って入ってきたのをいいことに、みんなは聞くのをやめてしまい、エドマンドは大いに気分を害して席を立つと出て行き、それから一週間以上もサークルに顔を出さなかった。

そのため、サークルの良心であるジェイコブがエドマンドを訪ねたわけだが、エドマンドが怒って出て行ってしまったことについては触れなかった。

「知っているかい」エドマンドの書斎の肘掛け椅子に座ったジェイコブは言った。「実際のところ、みんな不幸なんだ。その事実を認める人はほとんどいないけどね」

「そうだね」と、またこの話題になったことを喜びながらエドマンドは言った。「ちょうどそれについて考えていたんだ。アメリカの不幸を過大評価するのは難しい。原因は不況だけではないはずだよ。不況を軽んじるつもりはないけど、明らかに金持ちも貧乏人と同じように不幸なんだから。それぞれにね」

「そうだな」とジェイコブは言った。「不況だけじゃない。不況は原因であると同時に結果でもあり、不幸の大きさは一九二八年も一九三四年も同じくらいだったのかもしれない」

「よくわかるよ」とエドマンドは言った。「先日、世界のバスタブの九五%はアメリカにあると知ったんだ。この興味深い事実についてよく考えてみれば、アメリカのすべてがわかるはずさ」

「誰もかもが、一定の品質や種類のものを持たなければいけないと思っている」とジェイコブは言った。

「バスタブは個人的な衛生へのこだわりから生まれたもので、ピューリタン的な感情の最たる形だ」とエドマンドは言った。「でも肝心なのは、人間がたった一度の人生における最良の年月を、最新型でピカピカの自動車なんかのために無駄にしているということだ。そんなものが本当に重要で、優れていて、価値あるものとみなされているのだから、実際問題、みんなが不幸になるのも何ら不思議ではないね」

「悪いのは物欲ではなく、競争という動機が人生の主な動機となっていたるところで奨励されていることだよ。競技でも、学校でも、仕事でも、ありとあらゆる活動で競争が称賛されているのを考えてみてくれ。その結果、成功と失敗というのがアメリカでは最も重要な二つの考え方になっているんだ。でも、ほとんどの人間が失敗するのは明らかだし、それこそが競争の本質だ。そうすると、成功や失敗の概念は不道徳なものとして確立されるべきなのかもしれない。僕にはすごく画期的な発想に思えるけど、他にも思い当たる節がある人はいるんじゃないかな」とジェイコブは言った。

「君にもあるんだな」とエドマンドは言った。「僕にもある。僕らが二人とも失敗しているのは、失敗と成功の時代、暗い大恐慌の時代に、若者でいなければならないからだよ」

「ああ、僕たちはそろって落伍者だ」とジェイコブは言った。「でも、僕は手に入るような類の成功だけを望んでいない。先日、想像もしなかったほど残酷な質問を耳にしたよ。昨年の夏、バークシャーで開催された音楽祭で出会った二人の作曲家のひとりが、もう一方にこう言った。『カルヴィン、どうして僕らは二人して出来損ないなんだ？』今まで聞いたどれよりも残酷な質問だよ。慌ててもうひとりはこう答えた。『僕は出来損ないなんかじゃない。成功したいと思ったことがないから失敗してるわけじゃない』ってね。僕もそう思う。でも、実際には誰もが不幸であることに変わりない。もし愛という概念が成功や失敗という概念に取って代わったら、みんなはどれほど喜ぶだろうね！　それに、人生の質はどれだけ変わるだろうか！」

「君は夢を口にしているだけだよ」とエドマンドは、またしても教職に就けなかったことを思い出しながら言った。

10「最高の喜びは、他者に喜びを与えること」

大恐慌が和らいで景気が安定すると、サークルは変わっていった。誰も成功していないから、ほとんどの人が挫折したから、親の世代が権力と誇りを失っているからという理由で非難されることのなかった怠けた生活は終わり、今ではそれぞれが望む仕事ではないものの就職していた。ワシントンに行って、ニューディール政策で必要となった連邦政府の新しい仕事をする者もいて、ニューヨークでも仕事を得るのは難しくなかった。ラディヤードは劇作家や作家、音楽家などの芸術家のための連邦プロジェクトでの職を拒み、これまでと変わらず自分の主義主張を語って拒否する姿勢を守った。ローラはそれに腹を立てていたが、しばらくするとまた「あの子は天才だから、生活費を稼ぐ必要はない」と言うようになった。

やがて、ラディヤードとジェイコブ以外のサークルのメンバーは仕事に就き、みんなはフェルディナンドがこだわっているような、ささやかな贅沢を賄えるようになった。劇場通いはフェルディナンドにとって儀式のようになりはじめていた。どんなにひどい芝居でも、ブロードウェイの初日に行くという儀式は彼にとって、作家になりたいという願望を諦めた時からずっと望んでいた、厳格に吟味された贅沢だった。彼の結婚は誰もあえて口にしないくらい目立たずに公認されたが、サークルには変わらず参加し続け、日々の生活も少しも変わらなかった。アイリーンはマーカスと同じようにサークルに受け入れられ、彼女に対するサークルの評価は、ラディヤードの「個人的に、僕は彼女が好きだよ」という言葉で公式となった。この発言は、彼がアイリーンを好きになれない理由を十分に理解していること、またアイリーンは憎まれて当然であることを意味していると誰もがわかっていた。

マーカスはクリスマスの休暇にはバミューダ島へ、復活祭にはキューバを訪れたが、それは公立学校の制度に従ってあくせく働いた金で賄った旅だった。キューバ旅行から戻ると、彼は豪華客船の世界観《ヴェルタンシャウング》や、そこでの時間の性質について語った。ラディヤードはマーカスを波止場のごろつきや怠け者みたいだと批判し、それに対しマーカスが、「君は誰かを怠け者と非難する立場にはない」と答えると、ラディヤードはばかばかしいと答えた。そして「あまりわかりやすくなるなよ。そうなりたいと思うのは当然だが、どこかで線を引いてくれ」と言った。すると唸り声をあげながらマーカスは答えた。「わかりやすい！　わかりやすいって！　それは君、いったいどういうことだ？　もし僕が太陽が輝いていると言ったら、わかりやすいと言うのか」「そうさ！」とラディヤードは勝ち誇ったかのように、嬉しげに言った。「誰が天気の話をする？　誰が太陽の話をする？　僕らは農夫じゃないんだ。天気なんてありふれた話だよ……陳腐さ」

　このやりとりのあと、ラディヤードはオハイオ州クリーブランドにある女子校で演劇を教えてみないかと誘われた。素晴らしい仕事の依頼に、ラディヤードは大喜びだった。「これだから、人生は謎めいてるっていうんだよ」と彼は言った。「有名な夜の女ミラディ・フォーチュンの秘密の任務や訪問は、いつだって驚きの連続さ。この仕事は、僕が探し求めていたとしたら得られなかっただろう。努力して求めなかったからこそ、与えられたんだ。良いものは全部与えられるのであって、努力して得るのではないのさ」

　誰もこの発言や解釈には気を留めていなかった。それよりも、ラディヤードが脱退したらサークルにどんな影響が出るかという話のほうがはるかに興味深かったからだ。エドマンドは、ラディヤードはこれまで劇の執筆に打ち込んできたのだから、教師になるべきではないと言った。そして彼の過去の名言を持ち出してその生き方を擁護し、サークルから遠く離れてしまったら、不幸になって疎外感を覚えるだろうと結論づけた。一番影響を受けたのはローラだった。この知らせを聞いて一瞬興奮して喜んだが、そのあとは恐怖に襲われた。雇い主のデパートにクリーブランドに派遣してもらえないか訊いてみると何度もラディヤードに言った。だが、ラディヤードは姉との生活にうんざりしていた。そこで、引っ越しするなんて賢い選択とは思えないと言い、夏になっても都会に戻るつもりはなく田舎に行くつもりだから、もっと小さなアパートメントを見つけるように勧めた。フェルディナンドは、ラディヤードとエドマンドの両方に賛成した。二人とも彼の友人であり、彼らの言動は何であれ正しいことだった。

エドマンドとジェイコブは、ラディヤードが去ったあとのサークルの行方について話し合った。ジェイコブは、サークルは確実に続いていくだろうと考えていて、ラディヤードのエネルギーに押され気味だった他のメンバーも、これからは自分の新たな可能性に気づいていけるかもしれないと思っていた。年々ラディヤードの権威が薄まり、今ではフェルディナンドが金を稼げば稼ぐほど、サークルのあり方に口を出すようになっているのを見抜いていた。このことを話す時、ジェイコブは自分がサークルに本当の意味で属していないことを、以前と同じように説明した。それは、他のメンバーは正式にサークルに属しているのに、ジェイコブは訪問者やよそ者に過ぎないという状態を維持するために、全員にとって必要なことだった。

ラディヤードは旅立つ準備をしながら再び姉に、もう二人で暮らすこともないだろうから、もっと小さなアパートメントに移ったほうがいいと言った。他の若者たちは何も言わなかったが、そうやって彼がローラに指示するのは残酷だし不要だと思っていた。エドマンドはフェルディナンドに、自分がいないのにサークルが続いていくのをラディヤードは望んでいないかもしれないと二人でいる時にほのめかした。ラディヤードがローラに、別の場所に引っ越さないのは馬鹿げていると四回目の小言を言うのを聞いたロイドは、それではみんなの居場所が奪われてしまうよ、と素朴に言った。「そうだ、まさにその通りだ」とラディヤードは、苛立ちと嫌悪感に満ちた表情で言った。「ローラにはもうクラブハウスを提供してほしくないんだよ」それを聞いてローラは激怒した。「今までは、すすんで私にやらせてたじゃないの」するとラディヤードは「そんなことはない。姉さんに、彼らのために第二の家を提供してほしいなんて思ったことは一度もないね」と言った。独善的な口調になったのは、これまでローラに依存してきたことを今まさに敏感に感じ取っているからこそだった。

ラディヤードがオハイオ州クリーブランドに発つ前の週末、送別会を開くべきだということになった。フェルディナンドはすぐに、シャンパンを一ケース提供すると言い出した。繁栄するにつれて彼の振る舞いはますます作為的で贅沢になっていった。ローラはみんなのために夕食を作ろうとしたが、エドマンドが止めた。サークルの端のほうにいる人たち、訪ねてきたよそ者、受け入れた新参者のうち誰をパーティーに招待するかについて、激しい議論がなされた。

そうしてサークルのみんなで近所で一番のレストランで食事をしたが、フェルディナンドが勘定を払うと言ってきかなかった。エドマンドはジェイコブに「彼は自分を見失っているよ。ラディヤードがいなくなるのは、彼にとっては自覚している以上に重要なことなのさ」と言った。

一同がベル家に戻ってきた頃には、ローラは酔っ払っていた。数週間前から毎晩のように酒を飲んでいたのだから、そうなるのはわかっていた。しかし、シャンパンを開けた途端に彼女が口にしたことは、誰も予想していなかった。

「五年前、ちょうど私たちがみんなで集まるようになった頃」とローラは体を揺らしながら話しはじめ、その声の大きさと甲高さに、みんなはいっせいに注目した。「リルケの短編を読んだのよ。あれは確かリルケだったと思う。とても短い話で、一ページ半くらいか、もっと短かったかもしれない。とても良かった。全部を覚えているわけではないけど、とても良かったのは記憶してるわ。放浪するシベリア人の物語だった。狩人が野牛を狩るの。シベリアの大草原かツンドラか、そんなようなところでね。とにかく、野牛を捕まえるのよ」

ラディヤードはイライラしたように、「姉さんは、彼らが狩人だったという事実を立証した。それはわかったよ」と言った。明らかに、姉に我慢がならないようだった。

「まあいいけど」とローラは言った。「肝心なのは、シベリア人は馬に乗ったカウボーイのように野牛を槍で突くということよ。かわいそうな牛が血を流して死ぬと、狩人は牛の片側に寝そべって、脇腹から大きな肉片を噛みちぎるの。ここは、よくある物語と同じ。だけど違うのは、牛の反対側では、馬も寝そべって大きな口で肉を噛み切っているってこと」

「その物語を書いたのはリルケではなくてカフカだし、姉さんは話を歪曲している」とラディヤードは言った。そして本棚から本を取り出すと、該当するページをめくって、一文ごとに間を空けながら読みだした。

「『彼らの馬は肉を食べて生きている。馬乗りはしばしば自分の馬の横に寝そべる。そしてふたりして同じ肉を食らう』」

「この物語は」ラディヤードは批判を滲ませた声で続けた。「シベリア人ではなく遊牧民の話だ。都に来るのは遊牧民で、彼らは肉屋の車から盗んだ肉を食べる。肉は屠殺場から運ばれてきたもので、血を流して死んでいくまだ息のある牛を食べることについては何も書かれていない。姉さんは僕になじみのあるように物語を変えたんだ。姉さんの記憶がいかにさまざまな出来事を歪め、起きたことを実際よりも残忍で残酷なものにしてしまうかを僕は知っている」

「まあいいわ」とローラは言った。「じゃあ、私がこの物語を書いたとしましょうよ。私は人生についての知識をもとに物語を書いた。でも私が牛で、あなたは……」そう言うと彼女はラディヤードを指差した。「シベリア人の放浪者で、そしてあなたたちは」そう言って他の若者を指して、「向こう側で肉を噛んでいる馬よ」と言った。

「僕は馬じゃないけどね」とマーカスが言った。この話を洒落た面白い話だと思ったのだ。

「いいから黙れよ」とエドマンドがマーカスに言った。

「人間に多くを期待しすぎると、がっかりするだけだ」とジェイコブは言った。

「変わったことは何も期待しなかったわ」とローラは言った。「私はみんなが持っているものを欲しがっただけ」

「これはえらく面白いことになってきたぞ」といつものごとく鈍感なマーカスが言った。「なんてパーティーだ！」

「僕たちのうちの誰かについて、何かひとつでも良いことを言うことはできない？」とジェイコブは優しい声で尋ねた。

「できるわ。でも、そうするために新しい言葉を思いつくには、もっと踏んぞり返らなくちゃならなくて、そうしたら転んで背骨を痛めてしまうわね」ローラはそう答えると、シャンパングラスに手を伸ばしたが、ラディヤードが止めようとした。でも、失敗に終わった。

「僕は欲しいものを手に入れていない。ここにいる僕たちの多くはそうだと思う」とジェイコブはローラに言った。

「そうさ」とラディヤードは、彼自身の話術を取り戻すように言った。「僕も失望していると言えるのかもしれない。書いた戯曲は上演されない。自分で言うのもなんだが、その多くは傑作なのにもかかわらずだ。僕は自分が生きている時代を超えて優れていると、恥ずかしげもなく言えるよ。ブロードウェイに対して優越感を覚える代償として、無名の人生を送っているのさ。でも、僕は姉さんみたいに生贄を探したりはしない。それにこの人生は、神からそれぞれ才能と欠点を与えられた神秘であることを忘れてはならない。生きることは何よりも素晴らしいんだよ！　生を謳歌しようじゃないか！」

「まあいいけど」とローラは言った。「言いたいのなら、神様は私に平凡な顔を与えて自己憐憫に浸るようにさせたとでも言えばいいわ。私はどうすればいいの？　それを楽しむべきなの？　私は他の女の子と同じように夫が欲しいの。ひとりぼっちになりたくないのよ」

「思春期の終わり頃」とエドマンドは言った。「僕は人生はシェイクスピアの劇のようだと思っていた。でも年を重ねるにつれ、人生はドストエフスキーの小説に似ていると思うようになった」

「文学への言及はもうたくさん」とローラは言った。「あなたはカラマーゾフではないのよ」

　彼女の名言「あなたはアドニスではない」を新たに言い換えたこの発言は、活気のない笑いを誘った。と言うのも、ローラが冷ややかな表情で立ちつくしていたからだ。

　ずっと黙っていたアイリーンが「結婚はそれほど重要ではないわ」と言ったが、新参者の彼女は、ローラが本当は何を言おうとしているのか、よくわかっていなかった。

「あなたにあって、私にないものって何？」とローラは再び自分の言葉を引用しながら、アイリーンに尋ねた。

　ジェイコブが立ち上がると、この瞬間は彼のものであると全員が自然と受け入れた。

「実際」とジェイコブが低い声で慎重に言った。「僕たちはみな、お互いを必要とし合っているってことだよ。ローラの話は、リルケが書いたものであろうとカフカが書いたものであろうと、とてもいい話だった。僕たちはみな、お互いを消費し合っていて、僕らみたいな友人のいない人生は耐え難いものだろう。最高の喜びは、他者に喜びを与えることだ。奇妙に思えるかもしれないが、僕は毎日、飼い猫に夕食をあげる時にこの真実を目の当たりにしている。帰宅した僕を猫が見つけて喜び、僕も猫が喜ぶのを見て喜ぶ時、孤独がいかに耐え難いかを知るんだ」

「私は猫じゃないわ」ローラはそんな言い回しに慰められずに言った。「私は女の子よ」

「僕らはおのおの失望してきたし、ほとんどの人がこれからも失望し続けるだろう。そんなのは辛くないとか、自分たちにとって良いだとか、必要だとか言うのは愚かだ。だが一方で、僕らのなかで本当に死んでしまいたいと思う人はいるだろうか？　幼い頃や赤ん坊の時に人生が終わり、今までの年月を生きてこなければよかったと思う人はいないだろう。過去がそうである以上、未来も同じようになる可能性が高い。同じようにというのは、欲しいものが手に入るわけではないし、欲望が十分満たされるわけでもないが、それでも年月を生き、毎日目が覚めてがあって、毎晩眠れることを喜ぶということだ」とジェイコブは言った。

「私は違う。勝手なこと言わないでよ」ローラはそう言うと、シャンパンをもう一杯飲んだ。

「君は自分が何を言っているのかわかってないんだよ、ローラ」とエドマンドが言った。そして、彼もまた手に持っている本を声に出して読み出した。

「『怒りで動揺している時、心は正しい場所にない。恐怖で動揺している時、心は正しい場所にない。愛に目がくらむ時、心は正しい場所にない。不安に駆られる時、心は正しい場所にない。そして心がない時、僕たちは見ているようで見ていないし、聞いているようで聞いていないし、食べているようで食べているものの味がわからない』」

「私は心情を打ち明けているのよ」とローラは動じずに言った。「どんな本に何が書かれていようと、私の落胆する気持ちは解消できない」

「愛ならどう？」とマーカスが尋ねた。

「恋人はいないわ」

「僕はいくら稼いでいるんだろう？」とエドマンドが言った。

「このまま続けていても、何もいいことはなさそうだな」とジェイコブは言った。

ローラは泣き出し、彼女の涙を見た者は見ていないふりをしようとしていた。

「ただ嫌なのよ」とすすり泣きながら彼女は言った。「この家から出ていくわ」そうしてドアのほうへ向かおうとする彼女を、エドマンドとフェルディナンドが腕をつかんで止めた。

「もっと飲んだら？」とマーカスは助けになりたいという気持ちから言った。

「僕はもう一度やってみようと思う」とジェイコブは言った。「もう一度やってみるしかないんだ」

独り言のようにそう言うと、次は大きな声ではっきりと言った。

「この世界は結婚式だ。先週この文章を古い本で読んだ。世界は結婚式とは何なのか、二日間考えなければならなかった。何か意味があるのかって？　あるさ、すべてを意味しているんだ。例えば、世界は神と自然との結婚式であるというようにね。すべての結婚のはじまりのことなんだ」

「おのずとピーテル・ブリューゲルの『農民の結婚式』が思い浮かんだよ。どんな絵だったか覚えてる？　長く観ていると、誰にでも持てるような部分ばかりが見えてくるんだ。でも、世界の結婚式に出席するためには、僕たちのような友人同士のサークルに属していなくちゃならない」

「この世界は都合のいい結婚よ」とローラは酔っ払った口調で言った。「世界はショットガンの結婚。世界は金目当ての卑劣な組み合わせ。世界はごまかし合い。誕生日はどれも葬式で、葬式はどれも偉大なる救いなのよ」

「僕は一度しか結婚式に行ったことがない」とフランシスは低い声で、でも誰もが耳を傾けるような強い声で話した。

「新郎の八五歳の母親はタクシーで式場にやってきた。彼女は式には目もくれず、僕の母に住んでいる老人ホームでいかに自分が苦しめられ、他の老人たちが甘やかされているかという話をしていたね。僕と妹は式よりも彼女の話の方が面白かったから、聞いていたんだ。ひとつだけ気になったのは、新婦のほうが新郎よりも頭ひとつ分以上背が高いってことだった。

それから、老女は老人ホームにタクシーで送り返されたんだけど、その前には母に会いに来るようにと約束させてたよ。彼女が去ったあと、披露宴の一行は新郎新婦が宿泊していたダウンタウンの大きなホテルに向かった。僕と妹はそれまで結婚式に出たことがなかったから、結婚式っていうのはみんなこんな感じなのかと、ますますがっかりしたね。手を洗うために通されたホテルの部屋ではツインベッドを見て、クスクス笑い合ったよ。でもその部屋も他のすべてのものと同じように憂うつだったから、笑うのをやめた。一階にある大きな食堂で、新郎、新婦、母、妹、そして僕の五人で夕食をとった。誰もあまり話すことがなかった。まるで、雨の日曜日に食事をしているみたいだった。夕食が終わると、僕たちは新郎と新婦に別れを告げて地下鉄で家に帰った。僕には宿題があったし、妹はピアノの練習をしなければならなかったからね。僕たちは母に、せっかくだから宿題やレッスンはあと回しにしてはどうかと訊いてみたけれど、『結婚式はもう終わったのよ』と言われた」

フランシスは一息ついた。話を続けるうちに息を切らしてしまったのだ。

「みんなに聞きたいことがあるんだ」と彼は言った。「世界は結婚式だというジェイコブの言葉に、僕は同意しているのだろうか、してしないだろうか。どう思う？」

「あなたが正しいわ」とローラは言った。「そして彼が間違っている」

ジェイコブは、フランシスとローラを無視してこう言った。「ピーテル・ブリューゲルの美しい絵には、甘いものでべたべたになった親指をしゃぶっている子どもが、床の上に座っている。テーブルのそばにはバグパイプを持った二人の音楽家が立っていて、ひとりは若くてハンサムで力が強そうで、茶色の服を着ていて頬を膨らませている。もうひとりの音楽家は、手入れの行き届いていない中年男だ。消えゆく希望に思いを馳せているみたいに呆然としている。給仕たちはパイがたくさん載った長いお盆を抱えている。花嫁は赤と白のヤドリギの下に座っていて、その顔にはまだ存在しないものを思い描いているかのように、微かな笑みが浮かんでいる。花婿は背もたれに寄りかかり、大きなジョッキでエールを飲み干している。まるで長いキスをしているかのようにね。近くには小人がいて、テーブルの先では司祭と尼僧が会話を交わしている。二人とも夫や妻を持つことはない。花嫁の右側では、祈るように手を合わせた老人が何もないところを見つめている。彼はこれまでたくさんの婚宴に客として出席してきた！　もう二度と若者には戻れない！　彼のなかで若さが暴れまわることはないんだ！

　花嫁の反対側には、父親と母親の四人がいる。人生を謳歌した、彼らの時代は過ぎていく。でも、これもまた喜びで、彼らの役割なのだ。花嫁が断った求婚者がどこにいるのかはわからないけれど、どこかにいるのは確かで、おそらく扉に押し寄せている人たちのなかにいるのだろう。彼は遠くから幸せを見守る死神のように見ている。一方、前のほうではハンサムな若い男が、女性の体のような美しい形の水差しから、全員に光のような高揚感をもたらすワインを注いでいる。彼の屈強な体は、ハープやバイオリンのような優美な曲線を描いている。マーカス、新しいボトルを開けてくれよ」

マーカスは言われたとおりにした。ポンと音を立てて栓を抜くと、泡と一緒にとくとくとワインをグラスに注いだ。

「何もかもうまくいってるのかもね」とローラが言った。「きっと順調なのかもしれない」

「いや」とジェイコブは言った。「この人生はただのパーティーで、どんな種類のパーティーでもいいと言うつもりはない。人生は結婚式で、喜び、恐れ、希望、そして無知に満ちた最も重要なパーティーなんだ。このパーティーでは、みんなのための十分な場所と役割があり、何の役割も果たせなくても誰もがパーティーに参加できて、ごちそうにありつける。自分が披露宴にいるとわからない人は、目の前にあるものを見ていないだけだ。この世界が結婚式であるとわからないのは、死んでいるのと同じかもしれない」

「私は言いくるめられないわよ」とローラは言った。「この世界は葬式なの。あなたが何と言おうと、私たちはみんな墓場に行く。ここにいるみんなにひとつだけ良いアドバイスをあげる。ご自分の良心を花嫁にするがいいわ」

大晦日

New Year's Eve

エドナ・フィリップへ

深遠なる大晦日の夜は、不幸せな午後や一週間や一年、そして長い時間を生きてきた人々の人生といった深みから、多くのしたたかさや不幸を引き出した。この世俗的な祝日は、終わりであると同時にはじまりでもあるため、苦痛に満ちている。そんなふうにこの日は、誕生と死の両方の奇妙さと難しさを有している。

この記念すべき夜に行われた年越しパーティーは、いわば面白くない企みとも言うべきだったかもしれない。パーティーは念入りに計画されたものでも、祝意に駆られたものでもなかった。ゆえに招待客のなかには、午後がふけるまでに他のパーティーに招待されることを漠然と期待している者もいた。こうした願いは、冬の午後に何人かの招待客が話をしているあいだも、騒々しい笑い声のように伝わってきた。みんな、このパーティーを心の底から一等賞を望むようには望んでいないという感じを、知らず識らずのうちにそれぞれの声のトーンで伝えていた。

グラント・ランディスは、このパーティーをそんなふうに思っていない唯一の人間だった。自分が経営者に名を連ねる小さな出版社、ケンタウルス・エディションズのオフィスで午後はずっと働きながら、誰かが電話をかけてきたり訪ねてきたりするたびに、パーティーに誘った。彼は他者への尽きない好奇心と無限のエネルギーを持った人間で、そのエネルギーは、現実が鬱々としていても、熱狂的な活動という新たな舞台《アリーナ》へと前進すれば、それに打ち勝つくらい大きかった。

午後の早い時間に、期待の若手作家シェナンドー・フィッシュがオフィスにやってくると、グラントはすぐに彼もパーティーに招待した。シェナンドーがオフィスに来たのは、他にやりたいこともなく、グラント・ランディスと話をしたかったからで、特にケンタウルス・エディションズが一〇月に出版した自分の小著について、賞賛の言葉を聞きたかったからだった。

小著についてもっと聞きたいと思っていたシェナンドーにとって、パーティーの誘いは嬉しいものだった。しかし、彼は喜びを隠そうとして、その晩は友人のニコラス・オニールとウィルヘルミナ・ゴールドと過ごす予定だと言ってしまった。

グラントは「二人も連れてきたらいいよ」と言った。その時、昼食から戻ってきた出版社のもうひとりの経営者アーサー・ハリスがオフィスに入ってきた。朝の九時から、アーサーはグラントが知らない人を立て続けにパーティーに招待するのを聞いていた。新たな招待客が追加されたと知った彼は、顔に浮かんだ苛立ちを隠しきれずにいた。とはいえ、それを打ち消すように温かくシェナンドーに挨拶し、今は何を書いているのかと尋ねた。「また対話劇?」

シェナンドーを襲ったこの問いかけがいかに手強いかは、彼が最初に書いた作品に言及することでしか理解できない。フロイトとマルクスの風刺的な対話劇で、フロイトが資本主義は組織立った肛門性愛であるという意見に賛同し、マルクスがエディプス・コンプレックスは生殖手段を有することに根ざした抑圧であるという考えに同意する、というものだった。シェナンドーに新しい対話劇を書いているのかと尋ねたアーサーは、皮肉を言うつもりはなかったが、実際のところ皮肉だった。新年のパーティーに新たな参加者が加わったことへの苛立ちが発端だったとはいえ、この皮肉の裏には、シェナンドーの最初の作品が偶然の産物であり、永続的な才能の証ではないかもしれないという客観的な根拠があったのだ。皮肉に気づいたシェナンドーは、やり過ごそうとしたが、その真の理由を誤解していた。風刺的な対話劇しか書けないとアーサーに思われているのかもしれないと思ったのだ。本当にそうなのかもしれない、という彼のなかに根づいた恐怖が引き起こした誤解だった。

それでもシェナンドーは何も答えず、下宿に戻ることにした。アーサーはオフィスのガラス戸を閉めると、やみくもに招待するものではないと言ってグラントを戒めた。すると二人とも知識人とあって、パーティーのあり方やお互いの性格についての理論を振りかざすことになった。アーサーは知らない人ばかりのパーティーはつまらないと言い張った。

そして「現代人の生活にはかなり疎外感があるよ」と断言した。「リビングルームに飾られていなくたってわかる」

「みんな面白い人たちじゃないか」とグラントは答え、彼は本当にそう思っていた。

アーサーは「君はいつも自分が喋っているから、みんなが面白く思えるんだよ」と厳しい口調で言い放った。

「自発性が出るんだよ」とグラントは、この言葉に自分の性格がよく表れているのを認め、笑いながら言った。「知らない人が来ると、パーティーがいきいきするんだ」

そんなふうに議論は続いた。抽象的な話ばかりだったが、それでも、人生に対する二つの異なる感情の対立に掻き立てられていた。彼らが議論し、お互いに苛立ちを募らせているあいだ、大都市に並ぶ別の建物の中では古い対立が再び掘り起こされ、新しい対立が生まれていた。グラントの妻マーサ・ランディスは電話で義母と激しく言い争っていて、アーサーの妻フランシス・ハリスはアーサーが時間通りに家に帰ってこないことに、怒りを募らせていた。

「彼はどこかで理論の話をしているに違いないわ」と彼女は自分に言い聞かせた。

　その頃、シェナンドーのもとを友人のニコラス・オニールが訪れていた。彼は不機嫌で風邪をひいていた。この日が誕生日だったからか、それとも二五歳でまだ成功していないことに鬱々《うつうつ》としていたからかもしれない。ニコラスとシェナンドーはある詩の良し悪しについて議論しているうちに、お互いに腹を立てた。苛立って落ち込んでもいるニコラスは、グラントのパーティーには行きたくないと不機嫌そうに言い放った。心のなかでは、大晦日の夜に家族と一緒に家で過ごすなんて耐えられないと思いながらも、何度もそう言った。

　一方、グラント・ランディスがオフィスからアパートメントに戻ると、妻のマーサが青ざめた顔で待っていた。圧倒的な勝利を収めたライバルである自分に対して、無意識に義母が発した言葉に腹を立てているのだった。マーサから話を聞いたグラントは母親に激しい怒りを覚え、それと同時に自分の三六年間の人生がよみがえってきた。母の発言について考えると、まだ自分は独身なのかもしれないと思えるほど怒りがこみ上げてくるのだった。

　すすけた昼下がりに、小雨が降り出した。冬の休日にふさわしい、冷たく輝く天気ではない。退屈な灰色の空模様だった。しかし、世界最初の首都であり、どんな体験もできるはずの首都であるこの都市の街角には、クリスマス休暇の余韻を残した陽気さがあった。夕暮れ時には、アパートメントの窓辺で、クリスマスツリーがおもちゃの国のような輝きを放っていた。とはいえ、一週間以上も前からそこにあったため、ツリーに目を向ける人はほとんどおらず、気づいている人も少なかった。

　そして同じ頃、ウィルヘルミナ・ゴールドはシェナンドーに会うためにダウンタウンに行く準備をしながら、両親と言い争っていた。口論の内容は、中流階級のしきたりに従ってシェナンドーがウィルヘルミナを呼びに来るのではなく、彼女が彼に会いにダウンタウンに行こうとしているということだった。こうした振る舞いについて、親子は何度となく衝突を繰り返していた。両親は、シェナンドーがウィルヘルミナの単なる友人以上の存在なのかどうか、確信が持てずにいた。彼は求婚者や娘婿候補のようには振る舞わず、夫婦の約五〇年の人生で出会った誰とも違う言動を見せていた。そのせいで、二人はあらゆることを疑ってかかった。そして結婚に関することとは別に、シェナンドーの行動を不可解に思っていた。例えば、彼はあまりに自意識過剰で、部屋を横切る時に誰かに見られていると思い込んで、つまずいてしまうくらいだったからだ。

　ゴールド夫人は、「いつかあの子は顔から転んでしまうわね」と言って、それを面白く思いながらもシェナンドーに恐れを感じてもいた。

　彼は落ち着いて「ごきげんよう」と言うことはできないが、一旦話しはじめると、話を遮るのが難しいくらいだった。決して身なりがいいとは言えず、二人には頭が良くていろいろなことを知っているように見えたが、熱のこもった斜に構えた話し方をして滑舌がひどく悪いので、成功して裕福になるとは想像し難かった。何よりもゴールド家から見れば、ウィルヘルミナとの結婚後はゴールド家からそう遠くない場所にアパートメントを借りて、毎週金曜日の夜に一緒に夕食を食べに来るような青年ではなかったのだ。

　両親と娘のあいだで繰り広げられている口論は、彼らが疎遠になった過去に遡る。シェナンドーはいつもウィルヘルミナを呼びに来るのではなく、街角で会ったり、寒ければカフェテリアで会ったりするので、両親は最初から痛烈に反対していた。ウィルヘルミナが、世紀末の若者しか知らない哀れな両親に、女の子が街角で若い男を待っているからといって必ずしもその子がふしだらなわけではないと説明しても無駄だった。しかし、人間の心というものは愚行に慣れるもので、両親はシェナンドーがいつも迎えに来るわけではないことを受け入れるようになった。実際、ウィルヘルミナの負担にならないようにと、彼が呼びに来ることもあったからだった。

ゴールド氏は、娘がこの変わった青年を受け入れたのは——もし受け入れていたとすればだが——四年間通った大学のせいで、そこで彼と出会ったからだと考えた。大学に入る前、ウィルヘルミナが両親の道徳観や倫理観を、暴力と軽蔑でもって拒絶していたことは忘れてしまっていた。そして、まともな若い男に出会いさえすれば、娘は変わって分別がつくようになるかもしれないと思っていた。

ウィルヘルミナの分別は、二四年間、両親に可愛がられ、世話を焼かれ、口うるさく言われてきたひとりっ子特有のものだった。ゴールド夫人はかわいい娘の着替えを手伝いながら、冷酷な批判とうぬぼれた賞賛のあいだを行き来するようなことを言った。娘が『ジーグフェルド・フォリーズ』に出演している女の子たちのような脚をして、毎週、日曜版の新聞の社交欄で何度も見たような洗練された顔だちをしているのを、改めてまじまじと見た。しかし、そんなふうに生まれ持っていながら、なぜ二四歳という未婚の女の子にしては遅い年齢で、プレスの効いていないパンツを穿いた風変わりな作家と交際しなければならないのか？　ゴールド夫人はこうした不愉快な娘の行動を突きつめられずにいた。裕福ではないがゆえ、彼女の目には負け犬としか映らない夫への失望が、娘への期待や失望と結びつき、結婚した最初の週から抱き続けている感情のすべてが、抑え難いほどまで高まっていた。

前にも娘を何度も激怒させ、また怒らせるとわかっていながら、彼女はある質問をした。

「どうして」と娘のワンピースを整えながら訊いた。「ハーマンをがっかりさせるようなことをしたの？　あれほどあなたと結婚したがっていたのに」

ハーマンは四年前に結婚していて、すでに三人の子ども——全員女の子——の父親になっていることからも、この質問がいかに奇妙かがよくわかるだろう。しかしそれ以上に、ハーマンは歯科医で、非常に成功していた。求婚中、彼はウィルヘルミナと、彼女がなぜ「コリアーズ」誌〔一九世紀にアメリカで刊行された、文学とジャーナリズムの雑誌〕を軽蔑するのかについて、長いあいだしつこく議論していた。彼はこの雑誌に押さえきれないほどの興奮を覚え、毎週夢中になって読み取り、新しい号が出るのを心待ちにしていたのだ。それからウィルヘルミナに、自分と結婚すれば歯の治療費がかからないと言い、「女性に向かってなんて下品なことを言うの」と彼女が答えても、今は下品だと思えることも、彼女が「人生の事実」に向き合うようになれば単なる良識にしか思えなくなるだろうと考えていた。しかしその言葉は歯科医のドリルみたいに、ウィルヘルミナの顔をしかめさせたのだった。

ウィルヘルミナがハーマンに感じた嫌悪感は、よくある典型的なもので、彼の名前を聞くだけで苛立つほどだった。自分でもよくわからない強迫観念に駆られた母親が、ウィルヘルミナがハーマンを拒絶したことを悔やむようなことをもう一度言うと、ウィルヘルミナはさっさとコートを着て家を出て、結婚したら両親とは一切関わらないと宣言した。そのせいで、ダウンタウンまで地下鉄で向かうあいだは罪悪感に苛《さいな》まれることになったが、一方のゴールド夫人は大晦日を泣きながら過ごし、その涙は娘を大学に通わせると決めた日を静かに呪っている夫に対するお決まりの文句を繰り返す時だけ途切れた。

この時、シェナンドーとニコラスは混み合った路面電車の中で、二度と会うことのない人たちと肩をぶつけ合いながら街を移動していた。表面上、二人の議論は、ニコラスはほとんど知らない人たちが集まるパーティーに行くべきか否か？　についてだった。これはある種の学問的な議論だった。路面電車がゆっくりと街を横切るあいだに、二人の若者は結論にたどり着くのだから。しかし議論は、それぞれの若者が虐げ合い、相手の欠点ばかりを引き合いに出して、心に刻みつけるところまで到達していた。そしてシェナンドーが、表面的には性格についての存在論的な議論をしている彼らの話を、周りの乗客たちが驚きつつも聞き入っていると気づきはじめた頃、路面電車は目的地に到着し、二人は降りた。すぐに彼らは街角に立っているウィルヘルミナの姿を見つけた。彼女は母親やシェナンドー、そして何よりも自分自身に腹を立てていた。だが、彼が到着すると怒りは消え、もはやイライラする理由もなくなった。

　ニコラスとウィルヘルミナとシェナンドーが、グラントが住んでいる改装した長屋に入っていったのは、ちょうど小雨が土砂降りになった頃だった。

「やあ」反響するブザー音とドアを押す音に続いて、グラントが階段の上から大声で呼びかけた。挨拶という行為が好きなあまり、たまらず踊り場から下に向かって叫んだのだ。しかしこの状況は、困ったような、あるいは不思議そうな声で下階に向かって大声で質問する、というまた別の同じくらいよく見られる習慣によって複雑になった。

「シェナンドーか？」階段の吹き抜けでグラントは、何か差し迫った問題を口にするかのように叫んだ。その質問にシェナンドーがくぐもった声で答えると――はっきりしない声だったのは、彼はいつも形式ばったことに窮屈さを感じていたからだ――グラントはかすれたような途切れ途切れの声でまた挨拶の言葉を叫び返した。そのあいだ訪問者たちは、何も見えず、姿も見られないまま上階に昇っていき、何も叫び返せずにいた。グラントの激しさや病的なほど過剰なエネルギーを楽しいとは思えなかったからだ。

　訪問者たちが四階の入口に到着すると、グラントとマーサ、それにオリバー・ジョーンズと妻のデリアがコートを着て出ていこうとしているところだった。グラントによると、アーサーから電話があり、アップタウンにあるグラントの家には行けないから、その代わりに自分の家に来てほしいと頼まれたという。

「アーサーは風邪をひいたと思い込んでいるみたいだな」と、グラントは明らかに心気症をほのめかすような口調で言った。そしてニコラスとウィルヘルミナに、「来てくれるなんて、大感激だよ」と言い、二人はその場に必要な活力をはるかに超えた、なんとも言えない発言を聞いて口ごもってしまい、ニコラスはパーティーに行くかどうか迷っていたことを、シェナンドーがグラントに伝えてしまったのではないかと不安になった。

　家を出てタクシーを探しているあいだ、グラントはオリバー・ジョーンズとの議論を再開しつつも、同時にタクシーに合図を送り、シェナンドーを議論に参加させようとしていた。背後には、青白くて、細くて、不安そうなデリア・ジョーンズが立っていて、彼らのなかの誰かが話しかけてくれることを願っていた。誰も自分の存在に気づいていないと確信していたのだ。そしてニコラスもまた、同じ思いに苛まれていた。

　いまだにグラントの挨拶とシェナンドーの裏切りの可能性に気を取られていたニコラスは、「そうとしか考えられない」と自分に言い聞かせていた。そして、誰も自分に関心を示さないなら、積極的に役に立って目立つことにしようと考えた。そこでタクシーを止めようと通りの真ん中に出て、ようやくタクシーを捕まえたが、同時に下水道近くの黒い水たまりに足を踏み入れてびしょ濡れになってしまった。そのせいで、今度は濡れた足と寒さのことしか考えられなくなった。みんながタクシーに乗り込むと、デリア・ジョーンズは他人の体が押し付けられてくる感じが気になって、家にいればよかったと思った。

アーサー・ハリスが住むアパートメントに到着すると、ニコラスは肺炎になるのではないかと心配して、フランシス・ハリスに紹介されるやいなや、足湯用にお湯の入った桶を貸してもらえないかと頼んだ。それを聞いたフランシスは愕然としたものの、至極真剣に頼んでいるように見えたので、機転を利かせて何も言わずに湯桶を渡した。

パーティーは、まだこれといった特長を感じさせるものになっていなかった。と言うのも、全員が揃っていなかったからだ。それでも、このパーティーの大きな心理的特徴が、「他に行くところがない」という感覚であることは、すでに明らかだった。

すでにその場にいた客は、軒並み何らかの感情に苦しんでいて、そうした感情に新参者は顔を歪めた。なかには到着する前から自分は必要とされていないと感じていて、実際に到着してみると、誰が来ているかなんて誰も気にしていないように思えて、自分の考えは間違いだったとわかった者もいた。そんな疑う余地のない感覚に認識が正されると、客のなかには、もしこれが重要なパーティー、つまり招待されて喜んだ時に想定したようなパーティーであれば、自分は招待されなかっただろうと感じた者もいた。

到着して間もなく、シェナンドーとオリバー・ジョーンズのあいだで長くて重要な話がはじまった。

オリバーは面白いが、運のない人間だった。シェナンドーは彼をとても気に入っていたが、そのことを恥じていた。好きなのは彼の人柄だけだったからだ。オリバーは移動図書館で成功したいという願望と、本格的に作家になりたいという願望がせめぎあうような小説を書いていた。小説家として真の才能があったが、そのことに無自覚で迷いがあり、不誠実さがさまざまな態度に表れていた。もし彼が自分自身に正直で、作家としての活動にも誠実でいられたら、不誠実さはさほど問題にならなかったかもしれない。だが、正直な人間なんてどこにもいないし正直さなんてものはどこにもない、と自分に言い聞かせなければ安心できないくらい、彼は罪悪感に押しつぶされていた。そのせいで、他人と自分は大して変わらないと切に思わざるを得なくなり、他人を理解するという生来の才能はしばしば打ち消された。それゆえ、多くの過ちを犯していると自らに有罪判決をくだし、誰彼構わず疑うようになったのだ。最近も、親交があって今後もたびたび会うであろう、影響力はあるがあまり賢くない文芸評論家の本を褒めちぎる書評を書いて、すでに酷使している良心を驚かせていた。この書評は、批評家自身が嬉しくなると同時に恥ずかしくなるほど嘘くさかった。しかし、オリバーは書評を書く前に、大勢の友人に本の一節を読み聞かせ、この本がいかにばかばかしいかを知らしめていた。他の多くの人たちと同じように彼もまた、ときには正直でありたいという切実な願望に苛まれていたからだ。酷評した時のことを憶えていた彼は結局、自分が正直かどうかなど誰も気にしていないことを忘れて、本を極端に褒めたことを何度も謝った。自分に才能があるとわかっていれば、そんなことをする必要はなかったのに！　自分の才能に自信が持てないオリバーは、妻のデリアを恥じていた。二人は、オリバーが言うところには、それぞれ自由に情事にふけっていい関係だった。ただ、この関係を理解していないデリアは、夫に何年も愛されていないことに苦しみ、オリバーが情事と呼ぶものに手を出そうと懸命に努力したが、うまくいかなかった。情事についてオリバーは、個人的な問題なのだから口外せず、秘めておくようにと言っていた。

シェナンドーがオリバーと話をしているあいだ、デリアはリビングを見回して今夜も情事ははじまりそうにないと言う自分の理性と戦っていた。

シェナンドーとオリバーは、最近読んだジッドの『日記』について話していた。シェナンドーはフランス語をよく知らないので間違っていたかもしれないが、ジッドがプルーストに嫉妬していたことについて言及した。直接的ではないが、プルーストの文法的な誤りを指摘するジッドの文章や、プルーストが『失われた時を求めて』で主人公の同性愛を隠したり伏せたりしたことに対する理不尽な怒りには嫉妬が表れていると、シェナンドーには思えたのだ。

「……作家同士の嫉妬なんて、ばかげてる」とシェナンドーはジッドについて話してから言った。「プルーストも、エリオットも、リルケも、マンも、ヴァレリーもみんな偉大な作品を生み出して、受けるべき正当な評価を受けている。文学は空き地や商売とは違う。偉大な作品が他の偉大な作品に取って代わられることはないんだ……」

こうした見解にオリバーは苛立ちを覚えた。もし彼がもっと健康で、あそこまで酒を飲んでいなかったら、苛立ちは隠せたかもしれない。そんな感情を覚えたのは、シェナンドーの発言は真実ではないと思ったからだったが、同時に、真実であってほしいと心の底で思っていたからでもあった。

「甘ったれたことを言うなよ」とオリバーは言い、「作家が名声を求めて競い合うのはわかりきっているだろう。それだけじゃない、ジッドが書くべき作品をプルーストが書き、ジッドから新しい世代の知識人たちを奪ったんだ……」

「僕は競争という幻想を否定するつもりはない」とシェナンドーは自分の考えに表れる博愛心に酔いしれながら言った。「それに、嫉妬する感情も否定しない。でも、二〇年後に、ジッドもプルーストも偉大な作家として研究されていることを考えると、どうだろうか。彼らはお互いを邪魔していないし、若い世代は同じように二人の作品に関心を持ち、賞賛しながら読むことだろう」

オリバーは何も言わなかった。必死に苛立ちを抑えようとしていたのだ。こういうことはよくあることだった。だからシェナンドーは、自分に言い聞かせるように、「僕らはおそらく二人とも間違っているのだろう」と言った。オリバーは、シェナンドーがライバルたちの感情を恐れて競争の実態を否定しているのかもしれない可能性に目を向けた。そして、シェナンドーがたった今言ったことは、たとえ無意識だったとしても、自分の鋭い競争意識に対する攻撃だと感じた。彼はシェナンドーが正しくて、何年ものあいだ自分が愚かだったのか、それとも自分が正しくて、シェナンドーが無知で無垢だったのかを見極めなければならなかった。でもすぐに後者の見解が勝《まさ》り、苛立ちに支配され、何がなんでもシェナンドーを傷つけてやりたいという気持ちに駆られた。

「君はいくつになる？」オリバーは見事に顔をこわばらせて言った。

「二四だ」とシェナンドーは言った。その質問が無礼であるのはよくわかっていたが、オリバーと口論をしたくはなかった。

「まだ子どもじゃないか」オリバーはシェナンドーを傷つけようとして言った。「まだ十分長く生きていないな」こう言い放つことで、僕の言うことは君にはわからないし、議論に勝ったのは僕だとシェナンドーに宣言したのだ。

「そういう君はいくつなんだ？」とシェナンドーは気まずさを覚えながら言った。怒らないでいようという決意はすぐに崩れた。
「僕の歳は知っているだろう。三四だよ」とオリバーは怒り心頭で言った。「これまで何十回と伝えたじゃないか」
「それなら」とシェナンドーは言った。「君だって僕がいくつかわかっていただろう。僕は礼儀正しいがゆえにその点には触れなかったんだ」この発言は独善的だと自覚していたが、止められなかった。
「まあいい」とオリバーは言った。三四歳であることに起因するさらに深刻な苛立ちに心が惑わされていたからだ。誕生日や大晦日になると、そうした思いは最も切実になり、不安や絶望が生まれた。カーペットをじっと見つめたままのオリバーを横目に、シェナンドーはその場を離れた。去っていくシェナンドーを見ながらオリバーは罪悪感を覚え、その結果、シェナンドーの悪いところをすべて思い出そうとした。

シェナンドーは彼が彼自身に関心を持っているのと同じように、誰もがみんな彼に興味があると思っている、とオリバーは罪悪感を減らす方法を探しながら考えていた。彼は競争など存在しないと決めつけているが、それは競争すると嫌な気分になるからだ。つまり、エゴイズムのひとつの表れで、自分を素晴らしいと思っているということ。エゴイズムの最悪の形だな。

表向きは飲み物のおかわりを取りに行ったシェナンドーだったが、実際は他の人と――特に自分が好きな人たちと――議論できない、ふがいない自分への絶望を隠すためだった。

彼は氷に手を伸ばしてハイボールのグラスに入れながら、都合の良い自己欺瞞に浸っていた。彼の自己欺瞞が便利だったのは、それ以上考える必要をなくしてくれるからだった。

僕は友達と一緒にパーティーに行きたかっただけだ、とシェナンドーはぶつぶつと独り言を口にした。面白くて才能ある作家であれば、みんなは自分のことを好きになるし、自分のようになりたいと思い、自分との会話を楽しむはずだと長いこと信じていた。

シェナンドーは自分のなかで涙を流している自己欺瞞を批判し、心の底から否定した。そんなことをしても意味がないのだからと。部屋の違う檻の中では、他の人間たちが試行錯誤を繰り返しながら親しくなろうとしていた。

ニコラス・オニールはバスタブの縁に腰掛けると足を熱いお湯の入った桶につけて、自己欺瞞と自己陶酔に浸りながら自分はどんな病気で早死にすることになるのだろうと考えていた。

アーサー・ハリスはウィルヘルミナ・ゴールドに、酒は安価な神秘主義の一形態であるという発言の真意については多くのことが語れるかもしれないと言った。ウィルヘルミナは安価とはとても言えないわと返事をした。酒を飲むのが好きではない彼女は、パーティーに退屈していた。

マーサ・ランディスはリビングの向こう側にいるデリア・ジョーンズを見ながら、彼女の着ているドレスを眺めていた。多勢の心に、ひょっとしたら脱がせられるかもしれないという楽しい可能性を抱かせるために作られたものだった。マーサはジョーンズ家が家庭内でもめているのを知っていた。と言うのも、オリバーは自分が関心のあることについて黙っていられないたちだったからだった。マーサはそのドレスに親密さと悲哀の両方を感じていた。デリアは二杯目を飲みはじめていて、まだ不機嫌で不安だった。あまり誰も話しかけてこないし、パーティーによくある沈黙に包まれていたからだった。不安に駆られ、酒を飲むペースが早まった。オリバーと出会う前に二年間交際していた男と結婚しなかったことを惨めに思いはじめていた。彼を拒んだのは、ディナーに出かけた時、グラニュー糖をポケットいっぱいに詰めていたのを見てしまったからだった。それは貧しくて甘くない幼少時代に身についた習慣だった。交際している時、彼は大金を稼いでいたし、砂糖を溜め込む必要はなかった。単に子どもの頃からの癖で、無意識に体全体から生じるやむにやまれぬものだった。他にも表には出ないが、彼にはいくつか癖があった。思い返してみれば、そこまで真剣に捉えるようなことではなかったのかもしれない、とデリアは思った。何年も経った今、その癖がどれだけ意味深長で、目立っていたかなど忘れてしまっていた。でも結局のところ、他人の幼少時代の代償を払う必要なんて誰にもない。自分の分は自分で払わなければならないし、出費が続くと借金を背負うことになる。そうしたことを考えるとあまりに心が痛くなったので、デリアはもう一杯酒を取りに行き、偽りの平穏と喜びを期待しながらすぐに飲み干した。

　デリアは頭が良くて魅力的な人だった。彼女はどうして情事が起きないのか理解できなかった。と言うのも、明らかにオリバーは微塵も困っていなかったし、あちこちで他の人たちの婚外恋愛の話を聞いていたからだ。デリアは、それは自分の欠点のせいではなく、現代の生活では直接的なコミュニケーションを取るのが難しいこと、つまり、自分の意思を明確にするのが難しいせいだとわかっていなかった。時々そう説明することもあったが、自分は魅力的でないかもしれないという恐怖のほうがはるかに大きく、そうした束の間の認識はあえなく消えてしまった。恋愛経験の乏しさを、魅力がないという存在しない事実のせいにすることで、彼女は自分の窮状を一貫してわかりやすいものとして捉え、自分からはさしあたり何もせずにただ悲しんでいればいいと考えるようになった。こうしたものの見方から、デリアは不幸が続くことを不安な気持ちとともに受け入れるようになっていった。

　そして今、パーティーは実体を持ち、大都市に降る雪のようになっていた。みんなは愛想をふりまくのに十分なだけ酒を飲み、輝いていた。一人ひとりの魅力が劇場の看板のようにきらめいている。

繰り広げられる会話は、心温かな有志者たちには、モーツァルトくらい見事に思えた。ある意味、会話のやりとりは社交ダンスにも似ていた。別の言い方をすれば、静かに降り続く驚くべき雪がこの偉大なる都市を圧倒し、純真さや、新鮮さや、思いがけない白さの驚異に満ちた、なにか新しいものを作り出す瞬間のようだった。

語られている話には悪意がないわけではなかったが、その悪意は穏やかで、謝罪の言葉が続き、そもそもそういう話になったのも、誰もがわかっているように、自分が尊敬し愛情を抱いている人間を攻撃せずに面白がるのは実に難しいからだった。

フランシス・ハリスはポーランドの女学生の話をした。その子は宗教について尋ねられると、自分は敵対者だと答えたという。

「僕たちはみんな敵対者だよ」とシェナンドーは、部屋の向こうにいるオリバーを見ながら、やすやすと落胆したように自分に言い聞かせた。

ウィルヘルミナはシェナンドーを見て彼の不幸を察すると、きっと報われない会話をしたのだろうと思い、またシェナンドーを知っているだけに、きっと野暮なことを言ったに違いないと思った。

「彼はいつも人に、その人にとって辛い真実だと思うことを伝えて、それでみんなが怒ると驚くんだから」

他の部屋ではグラント・ランディスが、労働組合の幹部たちの活動において市民の自由が抑圧されていることに抗議する嘆願書の署名を集めようと、ひっきりなしに電話をかけていた。崇高な目的のためだったが、彼はそれぞれの人に同じような口調で同じように話し、同じように笑い、同じように親しげに振る舞っていて、彼にとっては一人ひとりの人間が唯一無二なのは、限られた意味においてであることがよく表れていた。

デリア・ジョーンズは、あれほど苦しめられていた抑圧から解放されていた。彼女は強いハイボールを四杯飲んでいた。パーティーに来ている知らない男たちを見回し、彼らに愛されるのはどんな感じだろうと想像しはじめた。女友達は、人それぞれよ、と言っていた。オリバーは、みんな同じさ、と言っていた。デリアはすでに知っている男には目もくれず、自分は魅力が足りないから相手にされていないと思い込んでいた。

ニコラス・オニールは偽物、あるいはうわべだけの幸せという領域を出ないままだった。まだ浴室の縁に座っていて、誰かが入ってくる時だけ出ていった。みんなが酒を飲むほど、その回数は増えていった。何も飲んでいなかったニコラスは、あらゆる意味でパーティーから疎外されていた。周りの流れに翻弄されすぎて、ついに、これ以上浴室に居続けても仕方がないと思うようになった。あまりにも頻繁に、人の出入りに翻弄されていたからだ。そこで、濡れた靴下と靴を履き直してリビングに戻り、幸せそうな人々を批判的な目で見つめた。

ウィルヘルミナは自意識の歪みから解放されてくつろいで座っているシェナンドーを見ていた。今は魅力的とすら思えるが、他の時は違った。と言うのも彼は、マディソン・スクエア・ガーデンでアメリカ国歌が演奏されても、何千人もの人々と一緒には歌えないくらい自意識過剰だったからだ。ウィルヘルミナは自分が勤めている緊急救援局の、迷宮のような官僚機構の話をした。聖フランシスコは鳥に餌をやるような人だから、生活保護を受けることになれば、当局から厄介者と見なされるでしょうね、と彼女は言った。

ウィルヘルミナの話を聞いて、反響する彼女の言葉と、そこから連想される陳腐な言葉に苛まれながら、ニコラスがこう叫んだ。

「ジーザス！」彼にとっては、聖フランシスコがニューヨークのアイルランド系カトリック教会で救済を受けられないというのは、無原罪の聖母と同じくらい考えられないことだった。

　オリバー・ジョーンズは、シェナンドーの気持ちを傷つけてしまったことでますます気が動転し、なんとかしてまた彼と話そうとしていた。一方のシェナンドーは、イエス・キリストの神性を信じることができればどれほど幸せだろうという考えにふけっていた。そして「女の子の子宮に神が宿るなんて、考えられないだろう！」と、悲しげに、半ば声を荒らげて言った。

　シェナンドーの注意を引けなかったオリバーは、デリアに目をやった。彼女はホレイシオ・ラパンの隣に座っていたが、彼はパーティーには酒を飲むためにやってくるという割り切った人間だった。デリアはそれを知らなかった。他のあまり上品とは言えないパーティーで、ホレイシオはよく美しい若い女から声をかけられていた。そういう時、彼はその女を見てから酒を味わい、必ずもう一杯飲むことにするのだった。そのほうが面倒が少ないからだ。

　オリバーはデリアがすぐに色目を使い、目立った行動を取るようになるのが目に見えていたが、特に何もしないでいることにした。

「楽しい時間を過ごさせてやろうじゃないか」オリバーは思いやりを持ってそうつぶやいた。

　本棚に目を向けると、エドマンド・ウィルソンの『アクセルの城』が見えた。本を取り出してページをめくると、次の一節に目も心も奪われた。そこで立ち上がると、まるで無韻詩のように朗読をはじめた。

「プルーストの語り手は、ベルゴットの死の場面という、おそらく本書でもっとも高貴な一節において、ついには作家がなすべき仕事をなすという義務に触れながら、『どこか別の世界』に由来するような、『善意や綿密さや犠牲を土台にした義務の存在を認める。この不確かで自己中心的な人間性の世界では、ほとんど認められることはない。誰が刻んだのか知らないまま、自分のなかにその戒律があるがゆえに従ってきた法律——深遠な知性が行使されるたびに持ち出される法律、そして愚か者の目には見えない法律のことだ——でも本当にそうなのだろうか？』」

オリバーは高揚した声のトーンを落とした。本当は、今引用した感情に浸りきっていたのだが、自分と同じように感じている人は少ないだろうと思っていた。そこで迷った末、プルーストの言葉への忠誠を削ぐような、あるいは軽視するようなことを言った。

「こうした崇高な意見は、プルーストが同性愛者で、不正直で、不誠実で、俗物的で、文学界の政治家で、お利口さんのユダヤ人でなければ、より素晴らしいものになっていただろうな」と不愉快な賢さを思わせる口調で言った。

朗読するオリバーの喜びに圧倒された人もいたはずだが、彼の安直な皮肉とプルーストへの攻撃には誰もが不快感を覚えた。

「彼は自分の過ちを省みずに、真っ先に他人を非難したりはしない」とアーサーは自分に言い聞かせた。「特にあの書評を書いたあとは」

「彼の使い倒された良心は、顔につばを吐いて楽になったってことだ」とシェナンドーは心のなかで思った。

別の部屋ではグラント・ランディスが、収監された労働組合の指導者たちの窮地を救うために、必死で電話をかけていた。

オリバーが口にした皮肉は、概して、パーティーの良い雰囲気が終わることを示していた。そんな雰囲気は酒が進むにつれて、いずれにしても終わっていたのかもしれないが。

その時、電話の音が全員の耳に飛び込んできた。電話帳で番号を調べるために、グラントは一旦受話器を置いていたのだ。アーサーが電話に出ようとする頃には、みんなもうオリバーの発言を忘れてしまっていたが、その時の嫌な感情は僅かに残っていた。

電話をかけてきたのはレオン・ベルクだった。彼は作家に会うたびに、いかにその人に才能がないかを説明して聞かせるので、パーティーに参加している全員から嫌われていた。アーサーの返答から、レオンがパーティーに来たがっているのは明らかで、しかもパーティーに誘われなかった恨みを十分に晴らそうと、恥を忍んで「これから行ってもいいだろうか」と尋ねているようだった。

パーティーではレオンの性格についての議論がはじまり、真実が嘘のように話された。と言うのも、彼に対して不快で邪悪なところだけを横目で見て取ってしまうといった偏見があったからだった。

そのあいだ、レオンは自分の住む部屋を出て、しばらくすると、彼を尊敬するとともに怖がっている二流詩人クロード・カガンと言葉を交わすために足を止めた。クロードはレオンが何も書かず、シエイクスピアをも含む作家全員を非難していることに感心していた。レオンに行き先を聞いたクロードが、さほど期待せずに一緒に行ってもいいかと尋ねると、レオンはそんなことはまず無理だと答えた。そして早口で、労働運動家のジョン・L・ルイスや人気歌手のビング・クロスビーみたいに歴史に影響を与えられていないのなら、現代の詩人には全員価値がないとまくしたて、多くの人間が戦争になると思いはじめているが、彼らが何かについて正しかったことなど一度もないのだから、新たな世界大戦など起きやしないと言って話を締めくくった。

パーティーではレオンの話題が続いていて、オリバーは、レオンの姓は実はベルクソンだが、自分の野心とベルクソンの名声とのせめぎ合いに耐えかねて、自ら短くしたという噂を蒸し返した。公平を期して言うならば、レオンの良い話も引き合いに出された。特に、万国博覧会を訪れた男が、「この時代に欠けているもの、足りていない重要なものは、生活の質が低くて叫び出したい人のための場所、つまり悲鳴館《スクリーマトリウム》だ」と言ったという、以前レオンがしていた話が披露された。

レオンは街を歩きながら、パーティーに行く喜びを失いつつあった。一杯飲むためにと立ち止まってみたが、あまり効果はなかった。腹立たしい気持ちが膨れ上がってきて、パーティーに行ってもいいかと尋ねたことで、みんなに笑い者にされているのではないかと思いはじめたが、それは自分の迫害意識から来る考えであり真実ではないと思うことにした——だが確信は持てなかった。

そんな思いに剣のように貫かれているレオンをよそに、パーティーにいるデリア・ジョーンズは次から次へと男を誘惑しようとしていたが、大抵の場合、単に機転を利かせているようにしか思われなかった。

「あなたはどなた？」デリアは知らない男たちに声をかけると、目の奥をじっと見つめながらそう尋ねた。シェナンドーはこの様子を遠くから見ていたが、ニコラスが次の標的になると察すると、彼ならデリアの申し出を大げさに歓迎するかもしれないといらぬ心配をして、阻止するために前に出た。そしてニコラスの袖をつかんで、できるだけ声を潜めて言った。

「馬鹿なことはよせよ、彼女はすごく酔っ払っているんだ」

自分がデリアの申し出を喜んで受け入れるかもしれないと心配されていることは、すぐに納得できるものではなく、ニコラスは静かな怒りを込めてシェナンドーに食って掛かった。

シェナンドーの動きを見ていたオリバーは、動揺していた。何か手を打たなければならないと思っていたが、実際のところ、みんなの前で騒ぎが起きるのを恐れていた。

「あなたはどなた？」開いたドアの先にいるレオンに、デリアが言った。

一瞬、レオンは間違ったドアの呼び鈴を鳴らしてしまったのかと思った。でもドアを開けてくれたアーサーが斜め先に立っているのが見えた。レオンはひどく面食らっていた。期待はしていなかったが、歓迎されるかどうか不安だったせいで、新たな攻撃かと思ってしまうほどだった。

しかし彼のなかのありとあらゆる機知と怒りが、ひらめきとなって現れた。

「あなたはどなた？」彼はデリアに叫び返した。

彼女はがっかりした顔をした。レオンの声が大きかったせいで、みんなが見ていた。二人は笑った。デリアが困惑しているのは、レオンの勝ちほこったようないやらしい目つきのせいなのか、それとも実際に自分が何者なのかわかっていなかったせいなのかは誰にもわからなかった。

オリバーはデリアの顔に安らぎと敗北を見た。そして彼女を正したりなじりあったりせずに家に連れ戻すには、今がちょうどいいと判断した。そこで寝室のひとつにデリアを引きずりこむと、頼むから行儀よくしてくれと言った。優しく理性的な口調で話すように努めたが、残念なことに、心の奥の皮肉が声ににじみ出てしまうのは抑えられなかった。

「みんな君と同じように感じてる。そこまで身勝手にならなくていいだろう」と彼は愚かにも口をすべらせた。

するとまたデリアはヒステリーを起こした。

「わがままなのは私じゃない、あなたよ！」溢れんばかりの憎しみを込めてそう言った。

「わかったよ、君じゃない。わがままなのは僕だ」とオリバーは言った。「でもいずれにせよお願いだから、行儀よくしてくれないか」

「なぜ？」と怒りに打ち震えながらデリアは叫んだ。「なぜ？　なぜお行儀よくしなければならないの？　そんなことをして何になるわけ？　どうせみんな私を否定するのよ。誰も私のことなんて気にしていないし、これからもそうよ」

　オリバーは同調して聞いていたが、彼女の叫び声が隅々まで響き渡っていることの恥ずかしさには耐えられなかった。

「なぜ？」デリアはそれ以上何も言わずに叫び続けた。

「君をここに連れてきたのは僕なんだから、行儀よくしたまえよ」とオリバーはぶっきらぼうに言った。

「なぜ？」彼女はこれまで以上に大声で叫んだ。

「抱かなくてもいい同情心から君をここに連れてきたら、こんな羽目に遭わされるなんてね」とオリバーは言った。

　デリアはオリバーの顔をひっぱたくと、死んでやると言いはじめた。そして彼に両腕をつかまれると抗った。そこで、アーサーが部屋に入ってきた。

「おいで」と彼はデリアが誤解するくらい優しい口調で言った。「大丈夫だから」

「誰が来てって言ったのよ？」と彼女はまた叫んだ。

「ここは僕の家なんだよ」とアーサーは彼女の攻撃的な口調に面食らいながら言った。デリアはオリバーの腕を振りほどくと、アーサーに平手打ちを見舞った。彼は今、この部屋に入ってきたこと、それから今言ったことを心から悔やんでいた。

それからフランシスがデリアに保冷剤を持ってきた。これまでも彼女は優しくしてくれたので、デリアもようやく自分に味方がいると思えた。

「あっちへ行ってちょうだい」フランシスはオリバーとアーサーに言った。

「あなたは私の味方ね」とデリアはフランシスに泣きながら言い、また体をぐったりさせた。少しすると、フランシスのおかげで冷静さを取り戻して次にひどく恥じ入りはじめたが、フランシスは、みんなは彼女の振る舞いを病気の発作だとしか思っていないと言って安心させようとした。

そのあいだ、リビングでは目に見えない光景について議論されていた。ウィルヘルミナはパーティー用の角笛を吹いたり、ホイッスルを鳴り響かせたり、みんながキスをしたり、「蛍の光」を歌ったりする新年の瞬間を迎えていないことに気づいた。ラジオがかかっていたのは、年が変わる瞬間とそのたまらない美しさを正確に知るためだった。でもデリアの叫び声のせいで、みんなはそれ以外のことには何も気づけなくなっていた。

みんなは窓際に集まって、すでに新年になったことを確かめた。雨は雪に変わり、自然界がもたらすあらゆる幻想のなかで最も美しい光景になっていた。そう、一九三八年だった。一九三八年だとは、なんて奇妙なことだろう。言葉で聞いても事実としても、不思議だった。

この年が悪名高いミュンヘン条約の年になるとはまだ誰も知らなかったが、まもなく新たな世界大戦が起きることは誰もがわかっていた。なぜなら、神や公正な社会の必要性を十分に信じ、そのためにどんな大切なものでも捧げられると思っていたのは、重要とされていない、無力な少数の人々だけだったからだ。

シェナンドー、ニコラス、ウィルヘルミナが虚しさと憂うつを胸に抱えながら別れた時、シェナンドーはすでに、まもなくミュンヘン条約後の感性と呼ばれるようになるもの――知覚と感情におよぶ完全なる絶望感――に囚われていた。

「どこか別の世界、善意の世界」と彼は自分に言い聞かせた。「違う人生、僕らが称賛するような高貴さが感じられる人生、意識の研究に人生を捧げた人たちが、節目という節目で直面する法則に従って生きるような人生」

「何をぶつぶつ言ってるの?」とウィルヘルミナが言った。

「『全世界を哀れに思う』とサディー・トンプソン〔サマーセット・モームの短編「雨」の主人公〕は言った」とシェナンドーは答えた。しかし彼は、自分が一番哀れに思っているのは自分自身であることを十分承知していた。それでも抜け目なく、ニコラスやウィルヘルミナの前ではそれを認めないことにしたのだ。

「来なければよかった」ウィルヘルミナは言った。「子どもなんていらないわ」

「子どもを作らないんだったら、君とは結婚しないよ」とシェナンドーは口を滑らせた。

「あなたとなんて、結婚したくない」とウィルヘルミナは言った。

「みんなぽっくり死んでしまえばいいんだ」揃って地下鉄の駅へ降りていく時、ニコラスが言った。

「なぜ?」とシェナンドーは尋ねた。

「あなたはどなた?」ニコラスはそう答えると、シェナンドーとはこれ以上関わらずにひとりで家に帰ることにした。

卒業式のスピーチ

The Commencement Day Address

この日は、まさにその手の行事に絶好の日だった。後に起きた数々の出来事さえ、この日がしかるべき時間にしかるべき変化を遂げたことで、ふさわしいものとなった。緑のあたりが波や泡のようになっている、大きくて華やかな雲が静かに空を進んでいき、穏やかな空の支配を際立たせ、キャンパス周辺の木々は、絹のような風を受けて軽やかにたなびいている。キャンパスは、仮置きされた木製の座席や演説台、そして卒業生が多いために作られた、これまた仮設の特別観覧席が大部分を占めていることで形が変わっている。しかし、キャンパスを見守る重厚な建物が、女性たちが着ているサマードレスや日傘が醸し出す園遊会のような雰囲気からこの場を守っていた。すべてが予想通りで、これ以上望むことは何もない六月の午後だった。

卒業式のスピーチは、当初選ばれていた人が急に体調を崩したことで、直前になって急遽代理の講演者が立てられた。アイザック・ダスペンサー博士という、長いあいだ無名だったが、最近八巻本の『米国史』を出版して有名になった人物だった。風変わりな人で、大成功を収めたことを取材しに来た記者たちに極端な皮肉を言ったり、熱が入りすぎた発言をしたりして驚愕させ、それが新聞のネタになって世間に知れ渡っていた。この評判が今回の講演の依頼につながったのだが、それと言うのも、学長はいつも広報のことばかり考えていて、そういう講演者を登壇させれば、この大学は都心にあることからも、都市部の記者たちは式典により興味を持つだろうと踏んでいたからだった。

　紹介を受けると、ずんぐりとした猫背の老人は（晩年のジョルジュ・クレマンソーやA・N・ホワイトヘッドに似ていた）話しはじめた〔前者は一九世紀のフランスの政治家で、後者は一九世紀の数学・哲学者〕。

「誰ひとり、この日を忘れることはないでしょう。とても複雑で、感動的な、今の時代を象徴するような日ですから。みなさんの関心からは逸れるかもしれませんが、体調不良の前触れや、今、我々がいる下層社会の寸景くらいには、みなさんの意識に残ることでしょう」

　なんておこがましい思い上がりだろうと誰もが思った。すると、そんな私たちを前に老人は、あからさまな含み笑いを漏らし、さらに私たちを愕然とさせた。

「麗しき少年少女のみなさん、いや、紳士淑女のみなさんと呼ぶべきかな。あなた方は今日も、未来の見えない花を見つめておられる。だから、今日は過去についてお話ししようと思います」

　くすくす笑う声が聞こえたが、彼は続けた。「どうしたら、あなた方に関心を持ってもらえますでしょうかな？　大部分が未来でもある過去に、どうしたら関心を持ってもらえるでしょう？　あなた方が普段どんなことに興味を持っているのかは、存じていますよ。何かおかしなことを言ったり、卑猥なことを言ったり、不可解なことを言ったりしたら、聞く耳を持ち、気ままな関心を向けてくれるのでしょう。ジョーク本や、停電、難問といったようなことはいつでも注目されますものな。さてと！　私が旅回りのセールスマンに扮してみなさんに話をしに来たんです、と言ったら、どうか信じてやってくださいませ！」聴衆は素直に笑い、今では演説に興味を持ちはじめていた。

「私は時間と真剣に向き合いながら日々を過ごしてきました。今はご覧の通り、時間が私と真剣に向き合っております！」そう言うと老人は、自分の年齢を示すように皺だらけの腕を伸ばした。くすくす笑いがまた起きた。

「いいですか、旅するセールスマンなんですよ！　あなた方に私なりの時間についての考え方を売り込むつもりです。このなかに、時間について真剣に考えたことがある人はおられますでしょうか？　おられんでしょうね。何も知らないところからはじめればいいんです。我々が吸っている空気のように、慣れ親しんでいるのによくわからないことは、たくさんありますから。

　一八九七年八月の夜、オハイオ州シンシナティでのことです。私は友人二人と一緒に真夜中過ぎまでオハイオ川の岸辺にあるレストランの空中庭園で、ビールを飲んでおりました。ひどく悲しそうに手をつないでいるカップル以外は、みんな帰ってしまってね。ウェイターたちは私たちにも、もういい加減出ていってほしいと思いながら、日本風の提灯の火を消して、あと片付けをしておりました。するとほろ酔いの友人のひとりがこう言ったのです。『男はみんな俺の兄貴だ』と。すかさず私は『男はみんな俺の親父だ』と下手な冗談のつもりで言いましたが、もうひとりの友人がそれに続いてこう言ったのです。『男はみんな俺の姉貴だ』と。そこでみんなで大笑いしたため、彼はもう一度『男はみんな俺の姉貴だ』と言いました。そこで私はあらためて時間に目を留めたのです。そして『これは冗談なんかじゃないぞ』と言って、二人が笑うのをやめさせようとしました。『確かに男はみんな俺の父親なんだ！』と。考えてもみてください！　あなた方一人ひとりは、重たい胸に、男たちが築いてきた時代という途方もない重りを抱えているのです！」

　聴衆は、豹変した講演者の態度に愕然としていた。爆弾が爆発しても何の騒ぎにもならないだろうというほど、私たちは話に聞き入っていた。

「昨晩は、ブロードウェイ近くのホテルの部屋で、ここで話すことについて考えようと思って、早めに床につきました。プラトンの洞窟に置かれたむきだしのベッドで、壁に反射したヘッドライトを見ていました。そして、歴史を支配しているものは何か？　と自分に問いかけたのです。何度も、何度も夜な夜な自分の存在について考えてきました。〝歴史〟は多くの原因から成るのは誰もが知っています。偉人、王、英雄、哲学者のような作用因、天候や地理などの質量因、進歩、地上の天国、無階級社会のような目的因や、最後に人間性、生産関係、弁証法などの形相因……」

　ここで老人は咳き込んでしまい、落ち着きを取り戻すあいだ、あちこちで雑談がはじまった。みんな、講演の最初のほうで成された約束は守られず、その代わりにこの老人がさっきまで話していたような退屈な話が続くのだとうすうす気づいていた。

「このなかのどれが最も重要な原因なのでしょう？　私は何年ものあいだこんな質問を自分に投げかけてきました。このなかのどれかが一番重要だと、果たして言えるのでしょうか？

　しばしこの問題は、頭上の青空と同じくらい謎めいているように思えました。

　時が動き出す瞬間を求めて、数え切れないくらいの眠れぬ夜を過ごしました。いつも、眠りと覚醒のあいだで、夜通し雨が窓をたたいて風がカーテンを揺らし続けるなか、窓の下で大工が釘を打ち付ける音が何度も聞こえました。そしていつも、朝の実体のない灰色が、夜の誤謬に柔らかく溶け出して浸透し、椅子にかかった洋服を海中から持ち上げ、壁の鏡に火を点《つ》けるのを見ていました。それでも眠れないと、いつも牛乳配達人のパタパタという足音や、彼が懸命に階段をかけ上がる時にミルク瓶がカチャカチャ鳴る音を聞いていました。そしてベッドから起き上がり、タバコに火をつけると、窓辺に行って眠らない街灯や馬の辛抱強さを見ていました。ベッドに戻ると、いつもトラックの一行がギアをセカンドに入れて坂道を登っていく音が聞こえ、きっと貨物は防水シートで覆われているに違いないと想像するのです。こんなことが、何年も前から幾晩にもわたってありました。早朝の苦労、家を建てるとか引越しするとかという噂、同じ自分で目覚めるという不思議。いつもいつも、眠りの灰のなかから八〇万の記憶を持つ不死鳥が現れるのです！」

今では聴衆は、すっかり煙に巻かれたような気持ちになっていた。と言うのも、老人の口調はだんだん優しくなり、感動して涙すら流しているように見えたからだ。彼は黒で縁取られた巨大なハンカチを取り出して、目頭を押さえていた。

すると突然「私は夢遊病者だったのだろうか？」と叫んだので、恥ずかしくなるような発言が終わったと安堵した聴衆は、またあけすけに笑った。学長が立ち上がり、私たちみんなに聞こえるような大声でダスペンサー博士に、ご気分でも悪いのですか？と形式張った口調で尋ねた。しかし老人は、「違う、大丈夫だ！」と言って、邪魔者扱いするように学長を払いのけた。

「違う！　今ならわかる。私はもはや盲目ではない。私が知っていることをあなた方に伝えようと思う。

歴史は孤独な男たちに支配されていると言う者がいる。彼らは細胞の中に、社会が新たに形成されたり、改革されたりするほど美しく魅力に溢れたアイデアを抱いている。このように、存在するものはすべて、はじめは誰かの知性が思いついたものだと言われている。アメリカ大陸の発見は、最初はコロンブスの頭のなかの考えだったのだ。

他にも、〝歴史〟は生産手段の違いによって区分されていると言う者もいる。どうやって？　手作業か機械か。誰によって？　ギルド組合員か賃金労働者か。誰のために？　荘園領主か大富豪か。どうやって、誰が、誰のために、食料品、衣服、道具は作られたのか、まさにこの構造は、〝歴史〟の原動力だと言われている。かくして、アメリカ大陸が発見されたのは、インドへの貿易路が必要だったからなのだ。

　こうした話は、ある意味でどちらも正しい。真実の裏と表を示しているゆえに恐ろしい。老人である私は、子どもであるあなた方に、不安定で、危険ゆえ恐ろしい真実を語らなければならないのだ」

　聴衆のなかには、老人の演説を退屈だと思う者もいれば、素晴らしいと思う者もいた。

「何年も前から、誕生日や記念日、大晦日などの祝賀の最中に、突然何の努力もなしに、自分の存在に個性や目的や苦痛を与えているのは何なのか理解できる瞬間が訪れるようになった。そうして己の存在が己の身に降り掛かっているあいだ、恐ろしいことに私は何年も眠ったままでいたかのように感じ、一瞬だけ目を覚ますが、すぐにまた眠らなければならず、自責の念に駆られたリップ・ヴァン・ウィンクル〔アメリカ版浦島太郎ともいえる同名小説の主人公〕のようになるのだ。このような感情は、想像もしなかった妻の不貞を発見した夫のそれに似ている。自分の意志を失い、そのまま道の真ん中で倒れるような心境だ。まさにそれは私がよく知る恐怖で、五七階から下の通りを見下ろすと、ミニチュアの大通りを人々がまったく無関心にせわしなく行き来しているのがよくわかるような恐怖だ」

　老人はまた話を中断すると、ハンカチを取り出して額を拭った。親や来賓が座っているあたりがざわつきだした。特別観覧席にいる卒業生たちは話を聞いていなかった。頭上では一機の何の飾りもない飛行機が、花のような雲が浮かぶ空を抽象的かつ幾何学的に舵切りしていて、その音が午後の時間の経過を際立たせていた。聴衆のなかには、狭い都市を肌に感じている者もいた。深くて狭い川に縛られた橋、どこもかしこも狭く、背の高い建物の中も狭く、ドラッグストアやアパートメントが何千軒も立ち並び、何千もの狭い通りがある――そのすべてが牧歌的なキャンパス風景の背後に立ちはだかって、虚しさを表していた。

「そこでだ。いったい何が〝歴史〟を支配しているのか？　アメリカ史がはじまる最初の朝のことを思い浮かべていただきたい。何週間も前から、コロンブスは虫の知らせに取り憑かれていた。『我々はナイチンゲールが歌う夢を見た』と彼は言う。一〇月九日には、『一晩じゅう、鳥たちが通り過ぎていく音が聞こえた』と。そして、ついに上陸する。でもなぜ彼はやってきたのか？　結局、彼の独断と偏見に満ちた危険な野心の根底にあるものは何だったのか？　金《きん》、金、金だよ！　金属としての金《きん》ではなくて、彼が他のどんなものよりも価値があると見なした金《きん》、つまり彼の心に描かれた欲望の金《きん》だ。そこで最初に行われたのは、物々交換だった。『私が先住民に赤い帽子や数珠首飾りの紐、それに大した価値のない細々《こまごま》したものを贈ると、彼らは大層喜んで我々に親しみを覚えるようになった』とあるが、これほど自然なことはない。すべての航海は価値のありそうなものに向かって矢のごとく進んでいくのだから」

　まだ耳を傾けていた人たちは、講演者が何を言っているのかはよくわからなかったが、話しぶりからにじみ出る紛れもない情熱にますます驚きを隠せなくなっていた。その頃、雲行きが怪しくなり、空が暗くなった。キャンパスにはひんやりとした静けさが漂い、聴衆は心配そうに様子をうかがっていた。

「コロンブスがあたりを見回すと、至るところに価値あるものがあった。海岸に木が生えているのが見えた。『これまで見たなかでもっとも美しい木立ちだ。真水が溢れるくらい湧き出る水源があって、何百種類もの木々が空に届きそうなくらい伸びている。あの木々からは、葉が落ちることはないだろう。五月のスペインでも同じくらい美しい青々とした葉を茂らせているところが想像できるのだから。

それから一一月にはナイチンゲールや、その他にも何百種類もの鳥が歌っているところも』しかしコロンブスにはもうひとつ気になっているものがあって、こう尋ねた。『この島には金鉱はあるのか？』数え切れないほど金《きん》がある、と先住民たちが答えると、彼はそれをルイス・デ・サン・アンヘルやスペインの王たちに伝えた。『まさに手に入れるべき土地で、一度見てしまったら決して手放せませんぞ』と。なぜなら、彼いわく、ここにはかなりの金《きん》があるというのに、先住民たちは価値のない破片などと交換しているのだから。『割れた大皿や、割れたガラスの破片、迷子になった留め金』なんかとね。自分たちを欺くのはやめようではないか。コロンブスは黄金を求めてやってきたのだ。そして〝歴史〟は、その時々の人間の心が黄金とみなすものに向かって進んでいく。

〝歴史〟を支配するものは、何らかの金《かね》を求める厚かましい心なのだ。〝歴史〟は望まれる方向へ動き、時には選ばれた方向に動く！　莫大な財やそれなりの財、あるいはごくわずかな財に敏感な心が望んだり選んだりした方向にね！　中世ヨーロッパを聖地へ駆り立てたのは、望まれたことだった。西洋に機械が生み出されたのも望まれたことで、違うものが望まれていた東洋では同じようにはいかなかった。浮き沈みする不安な心、眠るあいだの不安な心、我々が話す言葉やまなざしに隠れた不安な心が、善の総体と考えられるようになった金《かね》に集中し、人間社会の形を不格好に歪めるのだ。私はすべての〝歴史〟を、暗闇のなかで自分の性を弄ぶ、恋する少年のように考えている」

　学長は慌てて進み出て行くと、こう言った。「どうか、お控えください、ダスペンサー博士！　ご婦人方もいらっしゃいますので」聴衆は唖然として、会場は大きなざわめきに包まれた。一瞬、立ち上がって発言する者が出るか、ブーイングが起きるかと思われた。だが老人は続けた。

「なかには、十分な食べ物と小さな庭がほしいという者もいるだろう。暖炉の傍に座って長い小説を読みたい人もいる。あとは、イギリス海峡を泳ぎたい人もいるし、田舎に屋敷を構えて使用人に敬服されたいと思う人もいる。自動車を猛スピードで運転したい人や、日本の版画やかよわい女の子を夢見る人もいるだろう。アクロバットのような身のこなしや、億万長者の虚栄に憧れる人もいる。コーラス・ガールとのエクスタシーを夢見たり、社交界での交流や、競走馬の厩舎を夢見たりする人もいる。なかには質の良いタバコにしか興味がない人も」

聴衆は話の流れにすぐにはついていけないようで、不服そうな声も聞こえた。

「動物を大事にする人もいれば、あの世のことを考えたり、カントを研究したりする人もいる。物事を理解したいと願う人もいれば、石鹸で彫刻をする人もいるし、中世を夢見る人もいる。学識があったり、寛大だったり、威厳があったり、機知に富んでいたりする人もいる。まだ生まれてもいない息子を求める者や、一〇年前の父親を求める者もいる。注目されたいと思っている人もいれば、単にそこにいることを許されるのを願っている人もいる。初版本を誇りに思ったり、金歯を自慢したりする人もいる――なぜなら歯は自我により近いからだ。酔っ払っている人がいたり、病気だったり、希望がなかったりする人もいるが、財への欲望がない人はいない。なぜなら、それこそが時間の原動力だからだ。ただ眠りたいと思っている人もいるだろう。

誰もが鏡の前で多くの時間を過ごしている。誰もが死を恐れている。誰もが笑い声に傷つくのは、自我はひとつの傷口だからだ。最も恐ろしく最も忌むべきことは、何かを欲して選択するという意志の死だ。すべての人は、強迫観念にとらわれた猥雑な心のなかの憧れに導かれて、別々だが同じ道を進んでいく」

暗くなった空とキャンパスを走る寒気からして、間違いなく嵐が迫っていた。

「でもなぜわざわざ私はこんな話をするのか？　あなた方は関心がないし、どうでもいいと思うだろう。それよりもすぐに楽しめるような、例えば食事でもしたほうがいいと思うだろう。それなのになぜ、私は敢えてこんなことをしているのか？と」

　でも老人は度を超えていた。カメラが帽子とガウンをまとったような、教員と思《おぼ》しき若者が怒りを顕《あらわ》にして立ち上がった。

「あなたは知性をひけらかすくたびれた老人だ。礼儀というものがあるのにそれを無視して、この場のご婦人たちを侮辱している。僕らが懸命に学び、考察し、認め、批判してきた学問を、あなたはいくつかの中途半端な真実と、多くの陳腐な言葉と、メロドラマじみた振る舞いでもって称賛するふりをしている」

「哀れな青年よ」と老人は答えた。「誕生日パーティーでスピーチができる聡明な人を羨んだのか？　正装閲兵式で楽隊長を恨んだのか？　劇場で匿名の誰かでいようとすることが多いのか？　私も、君の子ども時代の代償を支払わなければならないのか？」

　これは聴衆にはあまり意味のないことだったが、抗議のために立ち上がった男は動揺し、老人は人騒がせな反論と見なしたようだった。

「私があなた方にこんな話をする理由が何であれ（ちょうど今、どこでその理由が見つけられるのかを述べたが）、これから、あなた方が私の話を聞き、私の言うことを理解しようとする理由を思い起こさせてさしあげよう。

　あなた方はここに座って話を聞きながら、時間のなかを進んでいる。刻々とあなたの存在は呼吸している側から離れていっている。あなたの存在は、ある意味で、数えることができる有限の総体だからだ。一時間は六〇分で、一日は二四時間。一年は三六五日。そして存在には恐らく七〇年の時間がある。あなた方はそのことをよくご存じだろう。しかし、このなかでふと手を止めて、与えられた時間はたった三六七九万二〇〇〇分だと考えたことがある人はいるだろうか？　こうして話しているあいだにも、この数字は恐ろしい太陽の下の氷のように溶けていく！」

　聴衆は面白がって聞いていた。

「自分の時間をどう使うかを、完全に自分で選択することはできない。と言うのも、あなた方は半分しか自由ではないからで、夜の映画が頭を取り巻いている限り、まったく自由ではないからだ。無知でなくなっても、あなた方は自分が生きている時間と場所の奴隷に半分なっているようなもので、それが〝歴史〟というものだ。

　しかし、選択の余地がある限り考えるのだ！　日曜日の午後を『ニューヨーク・タイムズ』を読みふけり、バルカン半島の政治や、メジャーリーグの打率、編集者への手紙について考えて過ごすのが賢明なのか？　バミューダでの休暇や、週三日近所の映画館で気晴らしをしたり、ブリッジを楽しんだりするのをあれほど重視するのは正しいことなのか？　貴重な時間を上質な葉巻を嗜《たしな》み、床屋と政治を語り、タバコ屋といちかばちかの賭けをして費やすのは妥当なのか？　薬局で睡眠時間を買い、小説を読んで仕事を逃れ、演奏会で壮大さを楽しみ、タバコで気持ちを整え、映画のスクリーンでアジアを楽しむことが本当に最高なのだろうか？　こうしたことは賢明で、正当で、妥当なのか……そして何よりも繁栄と言えるのだろうか？」

　大粒の雨が数滴降ってきたが、嵐はまだ来ていなかった。

「違う！　あなた方は私の話から、何も学ばないだろう。でも私は危険をはらみ青く透《す》んだ空を見て、来《きた》るべき時が訪れたと思う。

今は、戦争と革命のあとの時代だ。プロレタリアートは正当な支配権を勝ち取った。神に感謝しよう。豊かな時代が到来したのだ。あらゆるものは合理化され、誰もが快適で十分な食料がある。医学は寿命を延ばし、肉体をかつてなく正確に管理できるようにした。

いまや、あらゆる関心の的は美学になった。倫理と美学は同一視され、美学こそが最高の学問となったのだ。儀式や儀礼が人々の心をとらえている。自制、貞節、慈愛といった美徳は、機知や、バレエの技術や、機転の良さに取って代わられた。しかし自制と忍耐は依然として美徳のままだ。と言うのも、それらは人間のあらゆる活動が行われる深遠なバレエに不可欠だからだ。エチケットには限りなく厳しく、朝から晩まで、すべての行動に繊細な掟がある。あらゆる問題もまた、美学だ。支配的な哲学の学派の思想は、映画や日刊紙にまで浸透している。それによって、時間と場所についての文章に還元できるものだけが意味があると、誰もが納得するようになって久しい。つまり、あらゆる問題は解決可能か、意味がないかのどちらかなのだ。料理は一流の芸術となり、誰もが美食家になっている。あらゆる会話は韻文でなされ、大衆は女性的な語尾の韻文を好む。過去には関心がないが、喜劇作家の一派は、歴史を素朴さと滑稽さの源として利用しようとしている。

しかし、弁証法はこの社会になんと貴重な啓蒙を与えてくれることか。今では、誰もが限りなく退屈している。大衆の無気力には、行政側の大きな無関心が続くものだ。自殺者の数はうなぎのぼりで、誰もこれをどうにかしようとは思わない。問題を抱えている少数の人たちは、客観的な道徳が存在するという考えを非難される。やがて社会全体は死に直面するのだ。その時にはじめて、多くの人は目を覚ます。なんと素晴らしい弁証法的な試練であろうか！　限りなく残酷で、我々を死の恐怖に陥れる現在の地獄のような経済から解放された途端、そんな経験はしないのが一番だと誰が言うだろうか？」

特別観覧席でひとりの学生が立ち上がり、熱を帯びた声で話しはじめた。

「あなたは平和を求める疲れた老人だ。知ってか知らずか、あなたは単に現在の社会構造を力と抑圧で維持する独裁体制を、いま一度知的に正当化しようとしているに過ぎない！」

「待ちたまえ！」と老人は答えた。「最後まで聞くんだ。そうすれば、君の言ったことがいかに的外れかわかるだろう。君が私を理解しようとすればの話だが」

雨が本格的に降りはじめ、雨粒がぼたぼたと落ちてきた。西のほうでは、稲妻が神経のように走っているのが見える。ごろごろと雷が鳴りはじめると、観客たちはおびえたように顔を見合わせた。学長が立ち上がって言った。「ダスペンサー博士、恐れ入りますが、このような天候のため、ご講演はこれにて終了とさせていただきます。私たちはみな、大変興味深くお話を拝聴し、大きな収穫があったことと存じます」（聴衆が移動しはじめると、社交辞令のような拍手が起こった）

「だめだ！」と老人は言った。「待ちたまえ！」すると退出しようとしていた人たちはすぐに足を止め、なかにはまた席に着く者もいた。雨も少し弱まり、パラパラという音も小さくなったようだった。

「まだ終わっていない。頼むから、この駄弁を終えるまで残っていてくれ」彼は苦しそうに言った。稲妻が西の空に向かって枝分かれするように走ると、背が高くていかにも独身らしい女性が老人の袖を引っ張った。

「前述したとおり、私は旅するセールスマンとしてやってきたのだから、売りたいものがあるんだ」そう言うと、彼は大きなスーツケースを講演台に持ち上げて、機関銃と、一切れのパンのようなものと、それよりも小さい何かを取り出し、この期に及んで私たちを再び驚かせた。

「ここにあるのは、機関銃と、一切れのパンと、バターと、チョコレートが一枚。全部高級品です。実のところ、かなり安価で手に入れたので、あなた方にもお安くお譲りしますよ。ご自分の心と頭と相談して、よくお考えください！　床屋や絞首刑執行人の代わりとなり、誰をも真剣にさせられるこの素敵な機関銃に、いくらお支払いになりますか？　パンとバターもそうです。これらはあなた方にとってどれほどの価値があるでしょう？　支払う金額に限度はございますか？　すぐに快楽が手に入るチョコレートは、美味しくて、美しくて、何の責任もついてまいりません！　ほら、そこのあなた！」老人はそう言って、特別観覧席に座っている学生を指さした。「チョコレート一枚にあなたはいくらお支払いになりますか？　いくらですか？」

　学生は、最初は恥ずかしがっていたが、こう答えた。「お断りする！」みんなはこの滑稽な答えに安堵するように笑った。

　すると老人は、楕円形の手鏡を取り出した。学長は、「恐れ入りますがダスペンサー博士、何をなさろうとしているのか、理解できかねます」と言って再び壇上へ上がっていった。「私もあなたが何がしたいのか理解できないね」と老人は叫び返し、仰天した観客は緊張した面持ちで笑った。そのあとすぐに雨が激しくなり、空には稲妻が光り、雷が鳴り響いた。そして老人は次に、なまめかしく髪を整えるかのように、自分の前に鏡を掲げた。

「ああ！　あなた方はこの、自分自身に戻してくれるこの素晴らしいものにいくらお支払いになりますか？　いくらですか？　ここに映っているご自分をどれだけ大切に思っておられますか？」と彼は言った。

ある学生が叫んだ。「一四アメリカ南部連合国ドル〔南北戦争で一時合衆国から脱退した南部一一州が作った国で使用されていたが、南部が負けて紙きれになった〕！」すると聴衆はまた安堵したように、くすくす笑った。老人はまるでこらえきれない怒りを抑えようとするみたいに、一旦話をやめた。雨は降り続いていたが、今では聴衆はすっかり魅了されていた。

「でも鏡は危険です。家に置かれた脅威であり、犬はそれを監視するのに十分なすべを知らない。いつもは汚い心のなかの嘘に守られていても、鏡のなかには本当の自分が見えるかもしれない。ある日、自分がどれだけ醜いかを見て、ぶったまげるかもしれない。あるいは子どもたちだ！　あなたが鏡で自分を見て、その目は糞便を見ていると気づく姿を、子どもたちに見られてしまうかもしれない！」

「こんなのは卑猥でとても耐えられない」と学長は叫び、フルートのような音の出る笛を吹いて学内の警察を呼び、自らをさらに笑い者にした。

「あなた方は豚が食べるものを食べ、豚が存在するために拠りどころにしてきたもののおかげで存在してきた。ひとりの老人が、自分がそのなかで生き、死ぬことになる社会を、恐怖に満ちた目で見るようになる現在《いま》までずっと。あなた方は侮辱の極みだ。私はイザヤのように立ち上がり、こう言う。『汝は自らが選んだ庭に困惑している！』と。〝歴史〟は倫理なのだ。どこまでもね！　何ごとにも代価はつきものだ！」

　大きな枝が折れるように、稲妻が西に走った。学内の警察が壇上に上がってきて、泣いている老人をキャンパスから連れ出した。少し前に父親を止めようとした中年の娘は、このところずっと父は病気で自分の発言に責任が持てない状態だったが、今回の大学からの招待は受けると言って聞かなかったと、学長に説明しようとしていた。聴衆は疲れ果て、困惑し、濡れたまま、錯乱した歴史家についてさまざまな意見を口にしながら出ていった。ある者は、再び都市の感覚が戻ってきていて、どこを見ても狭くて背が高い建物ばかりで交通量が多く、事故や商いや不貞だらけで、無数のドラッグストアやアパートメントや劇場があり、その腹である中心部には黒い地下鉄が静脈のように張り巡らされ、塔や橋は壮重で、無感覚で、何の意味もなかった。

　そうこうするうちに、いつの間にかねずみ色の夕暮れが迫りつつあり、その下では街灯に明かりが灯り、濡れた大通りを走るタクシーのタイヤが立てるシューシューという音が聞こえていた。

陸上競技会

The Track Meet

それまで僕は一度だけ、イギリス人の客に名所案内せざるを得なかったことがあった。取るに足らない問題だらけだったが、非常に楽しかったとも言えるだろう。最初の訪問客は、エドウィン・レイノルズという、アメリカの生活の何もかもに魅力を感じているような男だった。実際に、何でも興奮気味に楽しんでいたし、何でも理解したつもりになっていた——まるで興奮すれば、本質を知れるとでも言うかのように。案内しているうちに、野球はまさにアメリカならではの事象だから一緒に試合を観に行こうと提案すると、大喜びしてくれた。そこで僕たちは、マイナーリーグの優秀な二チームのダブルヘッダーを観に行った。球場の中へ続く通路を歩いていると、野球のルールを知らないと彼が言うので、僕は入場ゲートを通って三塁側のファウルライン沿いの良い席を探すあいだに手短に説明した。

「ピッチャーは、バッターをかわすボールを投げようとする。それに対してバッターは、内野手のあいだかその頭の上、あるいは外野手のあいだかその頭の上、または彼らの前でバウンドするボールを打とうとする。彼らの頭上を越えてスタンドに入るようなボールが打てれば、それはもう最高で、ホームランとか略してホーマーと呼ばれるんだ」間もなく試合がはじまろうとしていて、急いだほうがよさそうだった。ホームチームのピッチャーはすでにマウンドに上がっていて、キャッチャーと最後のウォーミングアップをしていた。「内野手はバッターが一塁に到達する前にボールをキャッチして、一塁に投げようとする。外野手はボールがバウンドする前にキャッチするか、バウンドしてもボールを拾って、できるだけ早く内野手に投げ返すようにする」

「顔にマスクをつけたあの男は？」とエドウィンは尋ねた。「それに、あの特殊なジャケットは何だい？」

「ああ、胸のプロテクターのことだね」と僕は答えた。「あれはキャッチャーだよ。マスクとプロテクターをつけているのは、ボールが強く当たって怪我をするかもしれないからさ。バッターが打てなかったりやり過ごしたりしたボールを取り、ピッチャーにどんな球を投げたらいいかを伝えて、バッターがうまく打ち返せないようにするんだ。内野手がキャッチできないほど遠くに飛ばしたり、外野手がキャッチできないくらい強くは打ったりできないようにね」

　最初は自分の説明に満足してしまい、いかに不十分で手抜かりが多かったかに気づくまで少し時間がかかったと言わざるを得ない。でも試合が進むにつれて、そうした部分を一つひとつ埋めていき、七回までに実質的には野球の全貌が明らかになった――やや重要な二点を除いて。ひとつ目は、ダブルプレーについて。しばらくのあいだ、これはエドウィンにとって、二律背反とも呼べるものを含む謎として残っていたようだった。と言うのも、一塁に人がいる場合は、内野手が二塁に触れるだけで彼はアウトになるが、バッターが外野に球を打ち、一塁を回って二塁打にしようとすると、内野手はボールで彼にタッチしてアウトを取らなければならないというのは、矛盾しているように思えたからだ。エドウィンは、二回目は走者にタッチしなければならないのに、一回目は二塁に触れさえすればいいというのは不公平だと思っていた。しまいに僕が、それがこのゲームのルールなんだと言うと、一瞬にして暗闇に光が差した。いまだに、なぜあんなにすぐ全部が納得できるようになったのかわからないが、きっと何かがルールであるとわかり、さらにそれがゲームのルールなのであるとわかれば、イギリス人にとっては陪審裁判と同じくらい明快なのだろう。しかし、それで完全に問題が解決したわけではなかった。エドウィンはフライボールを取られたら、走者はタグアップしてから走り出さなければならないのに、ボールを取られなければ何もせずに走っていってもいいのはなぜか、どうしても理解できなかったのだ。これもまた、彼には不公平に思えた。どう説明してもらちが明かないとわかったので、僕はこれもゲームのルールのひとつなんだと言って話を終わらせた。そのうえエドウィンは、野球の試合は選手たちが繰り広げる熱い真剣勝負であること、観客も同じような熱量で観ているものだとは思っていなかった。観客が歓声を上げたり審判へブーイングを飛ばしたりするのは、ある種の儀式なのか、あるいはなんらかの義務をまっとうしているからだろうと思っていた。僕が何を言っても納得せず、ゲームのルールの話を持ち出してもだめだった——彼は感情を見せるのがルールだと勘違いしていたのだ。

　球場をあとに、（ホームチームが負けて）意気消沈した様子でぶつぶつ文句を言っているファンのあいだを通り抜けながら、エドウィンは、とても楽しくて結構な体験だったと言い、「至極アメリカらしい」と付け加えた。

　そんなふうな人間だったから、彼がアメリカに向ける礼儀正しいまなざしは、とても感じがよく、嫌味にならない程度に関心深げで、いやな緊張を覚えることはなかった。それゆえ、旅行でやってきた別のイギリス人が訪ねてきた際に起きたことについては、僕はまったく心の準備ができていなかった。しかし、この二人目の訪問のあいだに起きたつらい出来事に対して、心の準備をしたり、礼儀や体裁を保ったりするために何かできたりしたかというと、無理と言うほどではないが、思いつくのが難しい。もし強制収容所送りを経験していたり、ジャングル育ちであったりしたら、あそこまでうぶにはならずにもっと覚悟ができていたのかもしれないが、それも定かではない。

　今度の訪問ははじまりからして奇妙なものだった。アパートメントのドアベルの音で、僕は目を覚ました。出たくないのにベルはしつこく鳴り続け、訪問者が間違った家のドアベルを押していないか一旦確認したかのように、一度やんだと思ったらまた鳴りはじめた。ようやく僕は、イライラしながら、ベルの音を止めるにはこうするほかないと思って返事をした。時刻は朝の六時ちょうどで、春だというのに、冷たい霧雨が降っていた。しとしとという音と通り過ぎる車の音が聞こえた。ドアを開けると、訪問者は自らをレジナルド・ローと名乗り、僕は中に入るように言った。彼はしつこくベルを鳴らしたことを謝りもしなかった。そして肘掛け椅子に腰を落ち着けると、日本で出会った共通の友人から、ニューヨークに来たら僕を捜すように言われたと説明した。その友人はヒポクラテス・パパスというのだが、僕は彼が日本に行ったと聞いて驚いた。と言うのも、彼は家から出ることすら嫌がるような人間だったからだ。でもおそらく戦争のあいだに……

　レジナルド・ローは、僕が共通の友人について話をしようとしても応じなかった。僕は彼のなかに、会話を続けようともせず、出会ったばかりの知らない者同士が、お互いにほとんど、あるいはまったく話すことがないとわかると生じる、いたたまれない沈黙にも少しも動じない人間の姿を垣間見たように思った。そうした状況になると僕はいつも、苦痛な沈黙に慌て、本当は違うのに責任はいつも自分にあると思ってしまい、会話を盛り上げようとして愚かで軽率なこと、あるいは踏み込みすぎたり無神経だったりすることを言ってしまう。

でも今回は、すぐに責任は彼にも同じようにあると思えたので、彼が何も言わないなら自分も何も言わずにいようと決心した。お互いに顔をちらりと見合うと、ローは僕がまだパジャマにガウンを羽織ったままなのを気にしているようだった。

「君は、フランク・ローレンスだよな？」彼はようやく口を開いた。

僕がそうだと答えると、ローは三〇分後にはじまる陸上競技会のチケットを二枚持っていると言った。僕はやんわりと、こんなに朝早くはじまるわけはないし、陸上競技会を観に行きたいとは思わないと反論した。すべてがとても奇妙で、夢を見ているみたいだった。春の曇りの日に窓から差し込む光は十分ほんものらしく見えたが、目が覚めてから起きたこれまでの出来事には、面白いほど連続性がなかった。

急に電話が鳴り出すと、僕はまた驚いた。朝のこんな時間に電話がかかってくるなんて考えられなかったからだ。寝室に置かれた電話に出ると、受話器の向こう側にいる人が電話のもとへ戻ってくる音が聞こえた。またあの変人に違いないと思った……僕はその一年、新しい百科事典の編集の仕事をしていたのだが、あるライターが、自分がまったく知らないテーマについてお粗末で不正確な記事をいくつか書いたために（彼は古い百科事典から転写していて、しかも写した内容ですら何かと混同していて、不正確で支離滅裂だった）解雇された。職を失ったのは僕が原因だと思い込んだ彼は、朝の三時に電話をかけてきて、愛想よく踏み込んだ会話をしようとしていたが、僕が寝ようとしていたと告げると、隣に女性がいるかどうかを知りたがったのだ！　僕は憤慨して電話を切ったが、そのあとも彼は毎晩電話をかけてきて、ついに僕がこんな時間に起こすなんて思いやりがないなと言うと、彼は「君への憎しみが憐れみに変わった」と答え、それでも電話をかけてきて、出ると無言で切るのをやめなかった。だから、また彼がかけてきたのだと思ったのだ——とは言え、この二週間はかかってきていなかったが。

　とにかく、僕は着替えてレジナルド・ローと一緒に、とりあえず彼が開催されると言うものを観に行くことにした。外に出ると彼は通りでタクシーをつかまえて、経費で旅行しているのだと言った。

　そしてタクシーの後部座席に乗り込むと、「ねえ、君のことをフランクと呼んでも構わないか？」と言った。

「ああ、そうしてくれると嬉しいよ」と僕は答えたが、彼の不思議な行動にまたしても驚いていた。アメリカ人がすぐにファーストネームで僕を呼ぶのは至極自然なことだったが、イギリス人となると、少なくとも僕には、とても自然とは思えなかったからだ。

　僕たちはすぐに、陸上競技会が行われる高校の競技場に到着した。ポログラウンド〔ニューヨークにあったメジャーリーグ団の野球場〕を縮小したような競技場に入っていく人の群れを見ると、僕はまた、きっと夢を見ているにちがいないと思った。

　通路を歩いていくあいだ、僕は自分の体をつねってからレジナルドに握手を求めた。驚いたように眉を上げながら応じた彼の手は、少し湿っていて、ほんもので、幻ではなかった。

「私が銃やナイフを隠し持っていないか確かめてるのか？」と彼は尋ねた。

「いや、ただこれは夢じゃないってことを確かめたいんだ！」僕は答えながら、彼の声に秘められた皮肉と嫌悪感に心を乱された。

　座席まで移動するあいだも、絶対に何かがおかしいと思っていた。と言うのも、遠くのボックスシートに、母の姿が見えたからだ。陸上競技会なんかで、母はいったい何をやっているんだろう？　僕は母を見たことで不機嫌になった。挨拶もしたくなかったし、姿を見られないことを願った。

野球の三つの塁とホームベースの周りには、シンダートラック〔コークスを敷き詰めた競走用トラック〕があり、スタンドやスタートライン、ハードル、ゴールラインなどがあった。それでも、この競技場は陸上競技場というよりは野球場のようだった。

野球の審判のような男が、空に向かって気だるそうにピストルを撃っている。選手をスタートさせる練習をしているのだろう。でもそれは練習をするようなことではないよな、と僕はふと思った。競技場のあらゆるところでは、トラックスーツを着た若者がジョギングをしたり、準備体操をしたり、ストレッチをしたり、とんぼ返りをしたりしていた。その数が増えるにつれ、観客は興奮でますます緊張感を高めていた。

走者たちのなかに、僕の五人の兄弟、エドワード、ニコラス、レオポルド、アルフォンス、カロルスの姿が見えた。僕らの名前は、ヨーロッパの王の名前にちなんで付けられたもので、（僕の本名はフランツ・ジョセフでフランクではない）そのことはとりわけ僕たちに大きな影響を与えはしなかったが、両親が馬鹿みたいに無限の希望を抱いていたことを表していた。その時、僕は何かが絶対におかしいと確信した。何かがとんでもなく間違っている。夢を見ているのでないなら、幻覚を見ているに違いない。こんなことは現実世界ではありえない。

「一塁あたりでジョギングをしている若者たちがいるだろう？」と僕はイギリス人の訪問客に言った。

「あれは僕の兄弟なんだ。僕らはヨーロッパの王様にちなんだ名前を付けられていてね」僕が夢を見ているのなら、彼は答えるはずだと、僕は自分に言い聞かせた。

「本当かい？」とレジナルド・ローは言った。「君には兄弟はいないと聞いたよ。ひとりっ子だと」

これをどう理解すればいい？　僕は思わず尻込みしてしまい、誰がひとりっ子だと言ったのかは尋ねなかった。きっとヒポクラテス・パパスに違いないし、彼はよく言っていたのだ——僕を怒らせないように親しみを込めてだが——君は頭の固いエゴイストだなと。彼は面白がっていたようで、頭の固いエゴイストでいるのを僕が喜んでいると思い込んでいたようだった。

　僕が呼びかけると、兄弟たちは動きを止めて振り返ってこちらを見たが、僕のことがわからないのか、選手の友人を装っている狂気じみた人間を見たかのように、ぽかんとした顔でお互いを見つめ合った。

　もう一度叫ぶと、彼らはまた振り返って僕のほうを見上げたが、肩をすくめるだけだった。競技場まで降りていって、僕と話をするように言ってやろうかとも思ったが、もしかするとこれは彼らなりのジョークなのかもしれないと考え直した。ようやくカロルスが手を振ってくれた。でもそれは、知らない人に向けられたあいまいな身振りだった。

「踏んだり蹴ったりだな」と僕はレジナルド・ローに言ったが、自分が何を言うか理解する前に言葉が口から出てしまい、気恥ずかしくなった。

「大丈夫さ」と控えめなイギリス人は言った。「君はとてもよくやっている。君たちアメリカ人が言うように、何の問題もない」

「どうしてわかる？」僕は怒りを覚えながら言った。「君に僕の何がわかるって言うんだ？」

「私はただ、君の外見を見て言っているだけだよ」と彼は答えた。「とても元気そうじゃないか」

「見かけなんて現実じゃないんだよ！」と僕は怒鳴りつけた。「僕の頭のなかや、シャツの下で激しく鼓動を打つ心のなかがどうなっているかなんて、どうして君にわかる？」

すると、僕の叫び声に人々が振り返り、じっとこちらを見ているのに気づいた——そのなかには母の姿もあった。冷ややかに僕を見ていたが、僕だとは気づいていないようで、すぐに競技場に視線を戻してしまった。

「どうだっていい」と僕は自分に言い聞かせた。「どっちにしたって、同じことだ」

僕は、みんなから皇帝と呼ばれ、かつてとても可愛がってくれたニコラスに向かってもう一度叫んだ。

「ニコラス！　僕はローレンス家のフランクだよ。いったい全体、どうなってるんだ？　どうして挨拶をしてくれない？」

彼は僕を見ると、踵《きびす》を返してジョギングをはじめた。

「おい、ニコラス！」彼が答えないとわかると、僕は声を張り上げて言った。「昔は僕のことがお気に入りだったじゃないか。僕が死んでも、兄さんは何も言わないんだな」僕は絶望したように熱のこもった声で言った。

ピーナッツを頬張った口をもぐもぐ言わせながら、熱心に競技場を見つめる観客のざわめきと興奮を除けば、沈黙しかなかった。

「ここの広告は、実に結構だな」とレジナルド・ローは言った。

僕は広告に目をやった。外野側の広告板は、エールビールの圧倒的な美味《うま》さを宣伝している。勢いを表現したいのか、イセゴイだかメカジキだかの魚が海から跳ね上がっているし、ビールグラスにはそれぞれ、渦巻いた文字で「純度」「ボディ」「味」と書かれている。

「なあ」と僕はぼそっと言った。「魚はビールなんて飲まないだろう。それとも、飲むって言うのか？」

レジナルド・ローはこのおどけた発言を無視した。僕は自分がくだらない冗談を言って不安を晴らして、緊張を振り払おうとしているとわかっていた。

他には、あるタバコの銘柄を誇示する広告板もあった。「煙をもっともっと遠くへ」（僕にはこの意味が、よくわからなかった）と書かれていて、喫煙している太った男のにんまり顔が描かれていた。

また別の広告板には、仮面舞踏会の一場面が描かれていた。手前には、悲しげに顔をしかめた青年がピエロの格好をしてひとりで立っている。仮面は頭の上に載っていて、顔には屈辱の表情が浮かんでいる。背後では、農民の格好をした少女が彼のことを笑っていて、メフィストフェレスに扮した赤いタイツ姿の人物は、彼に向かってピッチフォークを掲げて勝ち誇ったようにほくそ笑んでいる。パンチボウルの近くにいる四人組は、ひとりが馬の頭の仮面をかぶっていて、彼もまた青年のことを見て笑っている。可愛い少女はメフィストフェレスに「あれを食べなかったからじゃない？」と言っている。またそれとは別に、整然と配された文字で説明が書かれていた。「おどけている場合ではありません。どんよりと気力がないのは、エネルギー不足の食生活のせいかもしれませんよ。アメリカのスーパーブレックファストフードをお試しあれ！」あらゆる憂鬱と社会での失敗の万能薬だというこの比類なきシリアルは、ポスターの端に浮かんでいる派手な箱で描かれていて、その下には本質を見抜いたような明白な言葉が短く添えられている。「健康なら、人生は最高」

「歯並びや、歯磨き粉、高級車の広告じゃないだけましか」と僕はつぶやいた。

近くには、念入りに髪をなでつけた男をみだらに見つめる少女のポスターがあった。僕は彼女のことをとても可愛いし、金持ちらしい服装をしていると思った。

「賢明な陪審なら、あんな目つきをされたら、姦通罪か姦淫罪で有罪にするだろうね」と僕はローに言った。

「君は大げさに捉えすぎだ」と彼はぶっきらぼうに、軽蔑を匂わせる口調で言った。「真面目すぎるんだよ、君は。そんなことを言って、何になる？」

「何になるかだって？」と僕は苛立ちながら返事をした。「何でも証明できるし、何でも疑える。何も存在しないと思っているやつもいるし、地球は平らだと言うやつもいる。そいつらが間違っていると証明しようとしているだけさ」

僕は自分が愚かにもそわそわしていることに気づいて、広告板のほうに向き直った。正直に言えば、自分のこれまでの発言がどれほど個人的な失望の表れであるかを十分理解していた。

ライト側のファウルラインの脇には、大きくて派手な広告板があり、そこには、たった今ラジオを手渡されたばかりの美しくて若い女性の後ろに、青年が立っている場面が描かれていた。

優しく微笑んでいる彼女は、ブロンドの髪をアップにして、襟ぐりの深いドレスを着ている。背後に立つ青年の右手は（彼の微笑みは何かの風刺だ）彼女の肩に乗せられていて、まるで胸に触れてみたいという気持ちの表れかのように指は下を向いている——あるいは、しばらくしたら実際に触ろうと思っているかのように。ポスターには流れるような優雅な文字で、「私だけのラジオ」と大きく書かれていて、彼女はまるで小さな子どもを抱くように小さなラジオを抱えている。

「ラジオ波は大霊〔R・W・エマーソンの造語で、宇宙の生命の根源を意味する〕みたいに、至高天を進むんだよ。違うか？」と僕は言った。

「わかったよ《ライトー》」とローは言った。

「君はキルケゴールを知っているだろう？」と僕は尋ねた。

「ノルウェーの劇作家の？」

「それは、リトアニアの将軍シベリウスだ。キルケゴールはデンマークのジョージ・ワシントンさ。少なくとも、僕がニューヨークで出くわしたデンマーク人にとってはそう見えるようだ。彼はボブ・ホープ〔イギリス生まれのアメリカの俳優・コメディアン〕と同じくらい、もしかするとそれ以上に面白いのに、デンマーク人は彼を国の英雄として崇《あが》めるだけで、著作は何も読まない。でもとにかく、言いたかったのはこういうことだ。キルケゴールは、存在には基本的に三つの態度があるとしている——美学的、倫理的、宗教的態度があるとね。良い例としては、例えば、君が友人の奥さんにキスしたいと思ったとしよう。もし君に美的感覚があれば、何のためらいもなくキスをして、すごく良い気分になるだろう。でももし君が倫理的な人間なら、鎮痛剤や頭痛薬、バルビツール酸塩を飲んで気持ちをなだめて、他人の妻にキスしたいという欲望から自分を解放させるだろう。そして、もし信仰深ければ、キスすることも鎮痛剤を飲むこともしないのさ！」

「それで？」とローは言った。「友人の気持ちや、キスしたいと思っている妻の気持ちはどうなる？ほら、結局こうしたことは、嗜好の問題なんだよ」

「わかったよ《ライトー》」と僕は言った。この男に話して何になる？　どうして彼がそう思うのか、またなぜ自分がそんなことを言ったのかはわからなかった。そのあいだに、走者のひとりが一番奥の広告板まで走っていき、ラジオをもらったばかりの素敵な女の子にキスをしていた。七月にテニスの試合を五セットこなしたあとに水を飲むような勢いでキスをしていて、喉は脈打ち、喉仏が上下に揺れていた。

「なんて愚かなんだ」と僕は言った。「あんなことをして何になる？　あの子は実際には存在しないんだし、ニューヨークはほんものの女の子たちで溢れているっていうのに」

「もしかするとあの走者は、難しい現実よりも広告の絵のほうが好きなのかもしれないな」とローは言った。「拒絶されることはないし、彼女に気に入られようと苦労する必要もない」

「でも、そんなのは馬鹿げてる」と僕は言ったが、何もかもが馬鹿げているのだから、そのうちのひとつにこだわっても仕方がないと思い直して黙っていた。

二人の審判が、続けて二発のピストルを撃った。木片が真っ二つに割れるような鋭い音が響き渡る。百ヤード走がはじまろうとしていて、緊張した面持ちの一〇人の走者が、スタートラインで身を屈めていた。そのなかには兄弟のレオポルドとカロルスがいて、他の選手と同じように緊張しているようだった。破裂するようなピストル音が鳴ると、彼らはいっせいに前に飛び出した。予想通り、レオポルドとカロルスはとても速く、先頭を走る、背が高くてひょろりとした青年とほぼ互角だった。テープに向かって走りながら、脚をピストンのように膝まで蹴り上げている先頭走者が一歩先を行った。するとカロルスが前に身を投げ出して、その背の高い青年にぶつかり、そのせいでレオポルドが百ヤード走の勝者となった。

観客は立ち上がり、激しく手を叩いて大きな歓声を上げた。まるで九回ツーアウト満塁の場面で、ホームチームの強打者が肩を大きく回して思い切りバットを一振りしてホームランを放ち、チームに逆転勝利をもたらしたかのようだった。

「あれは縁故主義《ネポティズム》だ」と、僕は立ち上がって眼の前の光景を見ながら言った。「あんなの不公平だろう、ゲームのルールに反しているじゃないか」

「自然とは不公平なものだよ」とローは言った。「それに存在もまた不公平なものだ。意味のない虚勢がありすぎる。君が兄弟だと思っているあの男は、心のままに行動したんだ。明らかにね。大半の人間はあんなふうに行動するが、それを認めない。自分自身にすらね」

僕としては、正直複雑な心境だった。不公平だったとしても、カロルスの兄弟愛を感じさせる行動に感動していた。

センタースタンドのアンプから勝者を発表する声が聞こえ、カロルスの著しい誠実さと卓越した行動が称賛されていたが、僕にはすごくおかしな言葉の選択のように思えた。

優勝したレオポルドは、母が座っているボックス席へ馬みたいに連れて行かれ、カロルスもそれに続いた。母はレオポルドにおめでとうと言い、カロルスの頬に二度も熱いキスをした。「おまえは我が家に名誉をもたらしてくれた」と言う母は、喜びと幸せに満ちた涙を流しているみたいだった。

これが夢であれ幻想であれ、僕はどこかが絶対におかしい。

霧雨はずっと前にやんでいて、今では太陽が、冷たい雲がかかった光のあいだから顔を見せはじめていた。レジナルド・ローはアイスやピーナッツ、スコアシート、そしてその他の読み物を扱っている売店で朝刊を二紙買った。

それから静かな淡々とした声で、ニュースを読みあげた。夫のポケットに他の女からの手紙を二通見つけた主婦が、夫を殺害。彼は二週間前の妻の誕生日に、五千ドルもするミンクのコートをプレゼントしていたが、彼女は最近購入したばかりのステーキ用ナイフで夫を刺し殺した。二人には子どもがいて、一二歳と九歳だった。夫はとても献身的だった、と近所の人たちは語っている。

「彼女はこんなことをするべきじゃなかった」とレジナルド・ローは言った。「旦那は死んだけど、それで彼女は幸せになったのか？」

それからローは二ヶ月前に結婚したばかりの妻を殺した夫の話を読みあげた。殺害理由は、彼女が一五分遅れて帰宅したことだった。狂気の嫉妬だと新聞は書き立てていた。「私が妻を殺しました。ああ、私は本当にあの子を愛していたんだ！」と夫は警察に言ったという。

ローが次に選んだのは、運河橋の欄干に追突したバスの話だった。その事故でバスに乗っていた一六人の子どもたちと運転手が溺死した。

「虚しいな」と彼は言った。「そう思わないか？」

彼は声に出して読み続けた。シカゴの女学生が暴行の告発は嘘だったと認め、自らの意志で青年の車に乗り込んだと警部に告白した。マサチューセッツ州のある少女は、週末にデートの相手が見つからず、それまでの四回の週末にもデートの約束がなかったからという理由で自殺。残された遺書には、みんなに迷惑をかけてごめんなさいと書かれていた。ガスヒーターの故障が原因で、郊外の二世帯住宅で三人が死亡した。

「君が選ぶ話は、だいぶ偏っているな」と僕は言った。

「そうかもしれない」と彼は答えた。「でも実際に起きたことだ。決してありがちな事件などではない、なんて言っても、被害者たちは慰められないさ」

ローはかすかな笑みを浮かべて、僕を見た。そしてポケットから小さな本を取り出し、『聖公会祈禱書』を声に出して静かに読みはじめた。

汝の目のりんごのように我を保ち、汝の翼の陰に我を隠したもう……
我の敵は我を囲み、魂を奪い去ろうとする
彼らは自らの脂肪に包まれ、その口は高慢を発する四方八方で我らの行く手を阻み、地面に投げ出そうと待ち構えている……

もうすぐ目玉のマイル・レースがはじまるところで、僕は五人の兄弟がスタートラインの近くでサッカーをはじめるみたいに集合しているのを見て、今度はどんなずるい手を使おうとしているのだろうと思った。

スターターピストルが鳴り響くと、観客は低い歓声を上げた。ひとりの走者が頭ひとつ出て走りはじめた。それまでに自分のなかの驚きを使い果たしていなければ、その時起きたことに驚いていたことだろう。水着姿のすごく可愛い女の子が、手すりをよじ登りはじめたのだ（彼女に向けた低い口笛が聞こえたが、走者たちは彼女を見ていないかのように淡々と走り続けた）。彼女は先頭走者の前を横切って彼の足を止めようとしたが、彼がそのまま走り続けると、ソーダ瓶で頭を殴りつけた。

すると、どことなくわざとらしい拍手喝采が起こった――ホームチームを完封したビジターチームのピッチャーへ送る、礼儀正しくも盛大な拍手みたいだった。

「ああいうことは、なされるべきでないことなんだ」と僕は言った。イギリス人の心に響くように、わざと「なされるべきでない」という言い方をした。

「どうしてそう思う？」とローはトラックから目を離さずに言った。

「ゲームが台無しになるだろう」と僕は確信が持てずに、弱々しい口調で言った。「正々堂々と戦わなければ、勝負にならない。勝者は誇りに思う代わりに、罪悪感を覚えることになるからね」

「君はつまらないことに関心があるが――」とローは言った。「私は現実に関心がある」

その時彼の関心を引いていた現実は、内野の芝生で伸びている打ちひしがれた走者のもとへ、美しい水着姿の女の子がやってきて、優しさと同情心から彼にキスをし、走者が意識を取り戻す光景だった。そのあと、二人は芝生で大の字に寝転んだ。

「世界は恋人たちを愛してる〔R・W・エマソンの愛についてのエッセイにある言葉〕ってか」と僕は言ったが、ローは僕の下手な皮肉にはまったく耳を傾けなかった。

そのあいだ、足止めをくらっていた走者たちは意を決して前に進みはじめていた。そのなかには僕の五人の兄弟もいて、何やら身を寄せ合っていたから、僕はもう二度とずるい手を使わないでくれと心のなかで願っていた。観客が投げたソーダ瓶が先頭走者の頭にぶつかると、今度は満場一致の拍手が起きて、確信に満ちた大きな歓声が聞こえた。

レースの残りが四分の一のところまでくると、七人の走者の競争となり、そのなかに兄弟五人全員が入っていることに僕は驚愕した。喧嘩がはじまったのは、ちょうどその時だった。レオポルドがカロルスに殴りかかって顔に平手打ちを食らわせると、エドワードが振り返りざまに素早い左フックを決めてレオポルドを倒し、カロルスはエドワードの股間を蹴り上げ、そのあいだにレオポルドが立ち上がってレースを続けようとすると（また邪魔が入らない限り、彼にはもう勝ち目はなかったが）ニコラスに脚をひっかけられて転倒し、逆に脚を止めたニコラスはそれまで様子を見ていたアルフォンスに強くひっぱたかれ、アルフォンスはエドワードから頭に強い一撃をお見舞いされて倒れたのだ。一瞬にして、まるでフットボールの試合でタックルされた走者が敵陣を突破しようとするみたいに、つかみ合い《スクリメージ》になってごちゃ混ぜになり、観客たちはどよめき、僕は思わず席から立ち上がった。

そしてローに、家族のあいだで騒動が起きているのに黙って見てはいられないと言い放つと、競技場に向かって階段を降りていった。彼もあとからついてきた。マイル・レースの終わりを告げる鐘が鳴り、観客のなかには優勝した走者を肩に担いで祝福しようと、急いで駆け出していく者もいたが、走者はフットボールのハーフバックのようにあざやかに彼らをかわし、まだレースが終わっていないかのように走り続けた。人々はその光景に感動して喜び、拍手を送ったが、彼が死にものぐるいで真剣に、目をみはる速さで走り続けたので、拍手は笑い声に変わった。ようやく上院議員か州知事みたいに重そうな体つきをした赤ら顔の役人の男が、芝居がかった仕草をしながら、ライフルを持った二人の警察官にのろのろと手で合図を送ると、彼らは銃を構えて、勝者を撃ち殺した。

それを見て、僕は立ち止まった。「殺されるなんてごめんだ」後ずさりしながら、そう自分に言い聞かせた。

「兄弟のところへ行かなくていいのか？」とローが言ったのは、彼らはまだ競技場のグラウンドで蹴ったり殴ったりして揉めていて、立ち上がろうと躍起になっていたからだ。「そうするべきだとは思わないのか？」

「思わないね」と僕はすべてに対して「ノー」を突きつけるかのように言った。

鼓笛隊に扮した五人の少女が、腰を振りながら意気揚々と前に出てきて、山積みになって取っ組み合いをしている男たちの前で気を付けの姿勢を取った。喜歌劇で見るコーラスラインのように並んだ女の子たちはピストルを抜くと、脚の折れた馬を撃つように兄弟たちを撃ち殺した。揉み合いはすぐに静まり、穴のあいた風船のように彼らがへなへなと倒れ込むのを見ると、僕は恐ろしくなって逃げ出そうとした。すると追いついたローが僕の両肩をつかみ、鼻めがけてパンチを食らわせてきて、僕は転倒した。

「僕が何をしたって言うんだよ？」

最初、ローは答えなかった。でも僕が立ち上がって逃げようとすると、そんなことをしても何にもならないし、逃げられないと言った。そこで僕は、これはただの夢だし、夢以外の何ものでもないとわかっている、君も承知の通り、これはただの夢なのだから、目覚めていつもの生活や早朝のあれやこれやに戻るために逃げているのだと言った。

僕が興奮気味にグロテスクで男らしくない涙を流すと、彼は「夢であろうとなかろうと、だから何だって言うんだ？」と冷たく厳しい口調で言った。「もしこれが夢なら、君にとってはもっと良くないじゃないか。今ではもう、君にもそれがわかっていると思うんだけどね」

彼は僕を見下ろすように立つと、睨みをきかせ、地面で仰向けに倒れている僕を立ち上がれなくしようとしているみたいだった。誰もいない競技場の上空では夕暮れが深まり、冷たい空は葉のない黒い木々に囲まれた遠くの湖のように見える。「もしこれが夢で、夢でしかないとしたら、僕にとってどんなふうにもっと良くないんだ？」

「私は説明がひどく嫌いなんだよ」とローは言った。「どうしても説明してもらいたいのか？　君は本当にわかっていないというのか？」

「ほとんど何もわかっていないと思うことがよくあるんだ」と僕は懇願するような声で言った。目が覚めるのはもうすぐで、本当に知りたいと思っていたことを彼が話しはじめたところで、目覚めの瞬間が訪れるのではないかと恐れながら。

「私が新聞から読んで聞かせたことは、どちらかと言えば、今ここで起きたことよりも衝撃的なことだった。目覚めるだけでは、悪夢からは逃げられないんだよ。そして競技場で起きたことが現実ではなく単なる想像で、君の頭のなかだけの幻想に過ぎないとしたら、君を怖がらせた悪は、君自身の頭や心に根ざしている。他のみんなと同じようにね」ローは蔑むように言った。「君は、自分が知っていると思っている以上のことを知っていて、それだけでなく、認めようと思っている以上のことを知っている。自分自身をよく見るんだな！　いいから、見てみろって！」

もう一度立ち上がろうとしたところで目が覚めると、僕は自分が混乱と恐怖の汗をかきながら、空ではなく、乱れたベッドの横に置かれた棚の上にある鏡を見つめているのに気づいた。そこに映った自分の顔は、野蛮な怒りと耐え難い恥ずかしさで青白く膨れ上がっていた。

生きる意味は子どもにあり

The Child Is the Meaning of This Life

サミュエル・ハートは、四人きょうだいの末っ子だった。壮健で野心家だった父は、過労で死んだ。金持ちになろうとするあまり、情熱を傾けすぎたのだ。父が死んだ時、次女のサラはすでに結婚していて、長女のレベッカは服飾デザイナーとして働きはじめていた。三番目の子どもで長男のレナードは医者を目指して勉強していたが、夜は葉巻屋を手伝って生計を立てていた。だから父親が亡くなっても、家族の絆は変わらなかった。それができたのも、特に母親のルース・ハートが、子どもたちに献身的に尽くすことを生きがいにしていた強い人間だったからだ。

サミュエルは甘やかされて育ち、母親は彼をわがままだと感じていたが、この子はこういう子で、人の性質は変えられないものだと思っていた。他の子どもたちからずっと歳が離れていたサミュエルは、二人の姉や兄のレナードにも甘やかされていた。末っ子であることが彼の最も重要な特徴であるならば、二人の姉とひとりの兄がいることもまた、彼にとって重要な特徴だったと言えるのだろう。

サミュエルは学校へ行くのも、働くのも好きではなかった。近所の少年たちと遊ぶのが好きで、ゲームや賭け事に夢中だった。学校では、唯一数学だけ成績が良かった。もしかすると賭け事への関心から計算が面白くなり、のめり込むようになったのかもしれない。

学業がうまくいかなくなると、高校を辞めたがった。兄のレナードは、中退はやめたほうがいいと説得しようとしたが、しばらくすると母親は、これほど学校を嫌っているのに無理強いするのは馬鹿げていると思うようになった。

「この子はどうやったって大学には行かないだろうね」と彼女は言った。「そういう素質がないんだよ」

彼女はレナードの聡明さに慰められていたが、その聡明さは実体のないものだった。と言うのも、レナードがつまらない仕事を淡々とこなし、必要に迫られた努力をして医者になるための長い道のりを一歩ずつ進んできたのは、父親に似て熱心で、情熱的で、野心家で、想像力に欠けていたからだった。

サミュエルは兄を尊敬し、彼が医者になろうとしていることを自分の家族を誇らしく思うのと同じように誇りに思っていて、隙あらばいつでも自慢した。サミュエルがレナードを尊敬していたのは、母親がレナードを溺愛していたからでもあった。母親がレナードを他のきょうだいの誰にも増して愛しているのは、家族のなかでも当然のこととして受け入れられていた。もしかすると娘たちはこうした優遇に、多少の憤りを感じていたかもしれないが、憤りが強くなることはなかった。でもその反面、二人のあいだでは、父親の愛情を巡って激しい対立が起きていたようだった。

レナードは母親だけでなく、姉のレベッカからも溺愛されていた。レベッカはいろいろな意味で、特に感情が生まれる奥深いところでは、母親に準じていたからだった。それゆえ、サミュエルは母親だけでなく姉のお気に入りでもあり、際限なく甘やかされていた。学校に行きたがらない理由のひとつは、朝起きるのが大変だったからで、これは寝るのが嫌いで、夜に少年たちと遊んだあとに帰ってきたがらなかったせいだった。母親は息子が夜遅くまで帰ってこないと怒ったが、朝に彼を起こすのは嫌がり、起きてこなくても注意しなかった。と言うのも、母親として、睡眠は男子の健康に至極重要だと感じていたからだ。レナードは虚弱体質だったから、朝五時に起きて店を開けるのをじりじりと待っていた父親のように朝早くから勉強などせず、サミュエルのように遅くまで寝ていてもらいたいと思っていた。

　サラはサミュエルに対する母の態度をやや批判的に見ていて、男の子はきちんと教育する必要があると感じていた。だが彼女は、家族から誰に対してもやたらとあら探しをすると思われていた。母親に「手取り足取り世話を焼いて」サミュエルを甘やかしていると言って口論になると、母親はただ怒るだけで、男の子とはそういうもので、生まれながらの性質の問題だという自分の信念を正当化するために、レナードの気質についていくつか指摘してみせるのだった。

「ママは良い母親じゃないわ」とサラが言った。「そんなふうに男の子を甘やかすのは良くない。将来、あの子はどうなっちゃうのよ？」

「私はただ、子どもたちに幸せになってもらいたいだけ。それで十分」とルース・ハートは、娘の批判に苛立ちながら言った。

　サラが一九歳の時に、若くして成功したマイケルと結婚して家を離れると、サミュエルは安堵した。と言うのも、彼に口うるさく、きちんとするよう焚き付けていたのは彼女だけだったからだ。サラが結婚するとすぐ、サミュエルは高校を辞めて近所の店で働きはじめた。しかし、この仕事は朝早く起きなければならず、店主がサミュエルの姉に「あまりに彼は頼りない」と言ってくるまで、そう時間はかからなかった。サミュエルは職を転々として、そのうち仲間と一緒に遊んだり、ギャンブルをしたりしたいという欲求に負けて職を失った。それどころか、彼は新聞店のために購読者から集めた金をギャンブルに使ってしまい、家族にこれ以上ないほどの恥をかかせた。おかげでレベッカは自分の給料から金をあてがい、この一件をもみ消す羽目になった。サミュエルが再び雇用主の金を使ってギャンブルをすると、サラはレベッカに、自ら利用されているようなものだと小言をもらしたが、レベッカは「じゃあ、あの子を少年院に入れろって言うのね。そんなことになったら、ママはどう思うかしら？」と言ってはぐらかした。

「あの子には、思い知らせてやらなきゃだめだよ」とサラは言った。しかしサラの批判は結果として、一家のプライドの問題となるといつも団結する三人――レベッカ、母親、サミュエル――の嫌悪感を募らせるだけだった。

　父親の死から二年後、一家にとって最も衝撃的な出来事が起きた。医学部を卒業したばかりのレナードが突然死んだのだ。母親は慰めようもないほど嘆き、あとを追って死んでしまうのではないかと思うくらい壮絶な悲しみに暮れた。夫が死んだ時は、強さと勇敢さと直感で冷静に受け止め、再婚を勧められても抗っていた。しかし、息子の死は彼女を計り知れない沈黙に包みこみ、感情を奪い去った。

「まるで銅像にでもなってしまったかのようなの」レナードの死から半年後、サラは夫に報告した。「ひとりで寝室に座って、レナードの写真を見つめながら、時々涙で顔を濡らしてる。でもなんの音も立てないのよ」

　この頃、サラには長男が誕生していて、家族ぐるみの付き合いのある友人たちは、ルースも孫息子にだったら慰められるのではないかと提案した。そこでサラは、ことあるたびに赤ん坊を乳母車に乗せて、母の家に連れて行くようになった。祖父にちなんで名付けられた小さな男の子が、目の前で揺られ、おなかを満たされ、おむつを取り替えられていても、祖母はなんの関心も示さなかった——レナードが亡くなる半年前にその子が誕生した時には、喜んで興奮していたというのに。サラはいつも、目的を達成するには、説明するのがふさわしいと考える人だったので、友人たちの忠告を母親に伝えた。

「ママ、ジャスパーはきっとレナードみたいになるわ。見ていてね」とサラは言った。

　母親は娘と孫を、ぼんやりとよそよそしく見ていた。彼女はあまりに人が良く、そうして慰めようとしてくれる人の努力を無下《むげ》にはできず、赤ん坊が医者になった大人の男の代わりになると期待するのは馬鹿げているとは言えなかったのだ。

「ひとりになりたいの」と彼女はおざなりに言い、サラがひとりになるのはよくないと言い張ってもそれ以上何も言わなかった。

　レナードの死は、サミュエルの心を大きく揺るがせた。当時一五歳だった彼は、一家を訪れた人に「これで君が一家の大黒柱だな」と言われると、嬉しくなると同時に心がかき乱された。彼の人生で最も重大な出来事となった葬儀では、控えめに表向きの態度でいたが、家族で墓地から戻ってくると、いつものように夕刊を取ってきて、メジャーリーグのペナントレースの最終スコアをぬかりなく分析した。実際、レナードの死にサミュエルはひどく怯えていたのだが、自分も兄のように若くして死ぬかもしれないという恐怖は表に出さなかった。プロスポーツ、特にメジャーリーグに熱中することで、その恐怖を自分のなかでうまくごまかしていたのだ。野球にのめり込んだのは、仲間と賭けるからというだけでなく、古典主義の世界にとって古代の叙情詩が興味深かったのと同じように、彼にとっては面白いものだったからだ。

レナードの死後、母親が少しずつ自分を取り戻し、石のような非情な悲しみから立ち直ると、サミュエルは何事にも自分のやり方を押し通すようになった。母親はかつてないほど息子を甘やかし、彼が仕事を失ったり辞めたりしても平然としていて、朝遅くまで寝ていても邪魔しなかった。彼女は特にサミュエルの食事に気を配っていて、生活のなかでもこの部分だけは、自分の感情を押し付けて、たくさん食べるように言い続け、食べる息子の姿を熱心に見つめた。だが彼はいつもとてもよく食べるので、そうするまでもなかった。サミュエルは辛い料理や、ピクルス、デリ、それに甘いものを好んだ。母親が冬の冷える朝早くに店まで行って焼きたてのロールケーキやコーヒーケーキを買うのは、レベッカのためではなく、サミュエルのためだった。

「まずいな」サミュエルはよく、母親が出してくれた食事についてそう言った。それは、食べたらまず喜ばれるに違いないと思うようになっていたからだった。一方、母親と弟を支える、よくできた娘のレベッカは、サンドイッチ二つとりんご一個を茶色の紙袋に入れて仕事に行き、節約していた。毎週給料のほとんどを母親に渡し、母親はレベッカが夫に立派な持参金を渡せるようにと、できるだけ多くの金を銀行に預けていた。

サミュエルが何度もギャンブルを繰り返して回収した金を失っても、母と娘は話し合いもせずにレベッカが苦労して稼いだ貯金から金を引き出してきて、ためらうこともなく、返すべき場所に持っていった。

「姉さんはあの子のギャンブルを援助してるのよ」とサラは言った。「ギャンブルだって、うまいわけでもないじゃない。あの子はただ、いつも勝つって思い込んでるだけなんだから」

「私のお金なんだから、いいでしょう」とレベッカは答えた。「ママが惨めになるところを見たくないの」

「ママは姉さんの弱みね」とサラは言った。

「じゃああんたの弱みは誰なのよ？」とレベッカは答えた。サラが誰にでも厳しく当たるのは確かで、とりわけ難点だらけの自分の夫に対してはそうだった。

しかし、このやりとりのあと、侮辱されたと思ったサラは、レベッカがなぜこれほど寛大であるのか、その真意を探った。そして、いつかふさわしい夫が現れた時、弟が悪党でペテン師だと知られて、嫌悪感を抱かれたり、去られたりするのではないかという恐れが原因だと見抜いた。

そうサラに指摘されるとレベッカは「その通りよ。でもそれだけじゃないわ」と答えた。

そのあと彼女はサミュエルのところへ行き、サラに言われたことを伝えた。「いい？　あんたはママを惨めにさせるだけでなく、あんたのせいで私は馬鹿だと思われてる。弟がギャンブルで作った借金を払ってまでして、確実に夫をつかまえようとする姉の話なんて、聞いたことある？」

「嫌ならやらなきゃいいだろ？」サミュエルは、姉の理不尽な態度に戸惑いながら尋ねた。そしてレベッカがこの問いに激怒すると、彼は彼女を変人呼ばわりして外に行ってしまった。

思春期を迎えたサミュエルは、姉が働き、店の人たちにも好かれている服飾街で働ける年齢になった。しかし、ここでの仕事もまた朝が早く、連日のように遅刻した結果、クビになった。とはいえ、上司からレベッカに丁寧な謝罪がなかったわけではないのだが。毎回クビになるたびに、サミュエルは怒りを爆発させて、上司について思っていることをぶちまけ、ケチ呼ばわりした。そして自分が正しいと思い込み、少し悔やむような態度を見せるのは、姉が借金を肩代わりしなければならなくなった時だけだった。

サラの結婚生活は一向に改善される気配がなく、むしろマイケルが出世するにつれて、あらゆることが悪化していった。マイケルは何度も不倫を繰り返したが、ひとつだけ守り続けていることがあった。夜に帰宅すると、赤ん坊の息子が乳を飲んでいるところを見届けてから、見え透いた口実をなんだかんだとつけてまた出かけるのだ。サラは幼少時代の友人の夫から、ピッツバーグにいるはずのマイケルがダウンタウンのホテルに入っていくのを見たと聞いた時から、徐々に屈辱を覚えるようになっていった。母親を訪ねて夫と別れてまた実家に戻りたいと相談してみても、ルース・ハートは夫と一緒にいるべきだと言い張るだけだった。そんな時、レベッカは決まって母親の味方をした。

「そういうことに慣れている女性はたくさんいるわ」と彼女は言った。「マイケルがそんなだからって、あんたを見下す人はいないでしょうよ」

他の誰よりもレベッカに批判されるのがサラには耐えられなかった。彼女はレベッカのほうを向いて言った。

「姉さんだって、旦那が週末に、どこかのしみったれた女と出かけるようになったらわかるわよ」

サミュエルは実業家として成功していたマイケルのことも尊敬していた。

二〇歳になるまで、サミュエルは女の子にまったく興味を示さず、特に求めてもいなかった。でも仲間と一緒にいる時は、セックスの話をして楽しみ、言いなりになる女の子が自分にも見つかるはずだと思っていた。二〇歳になると、勤め先の会社で速記者をしている女性に誘惑された。三〇歳の彼女は、サミュエルが正真正銘の純潔であると勘付いていたのだ。彼はその経験をどこか不思議に思っていた。期待していたような面白い経験でもなければ、圧倒されるような経験でもなく、なぜ仲間たちがそのことについてあんなに騒ぎ立てるのか不思議だった。しかし、彼女が自分を求めてきたことを得意がって仲間に自慢した。

「僕は何もしなくてよかったんだ」と彼は言った。「ただ銀の皿に乗って差し出されたんだよ」

「そういう女の子もいるよな」と仲間のひとりが言った。「男みたいになりたいんだよ、なんでも自分でやりたがる」

「でも、忘れるなよ」とまた別の青年が、興味津々な顔をして言った。「なかには若い男が好きな女もいるってことだ。サミュエルはまるで大きな赤ん坊だからな」

　頭のなかでサミュエルは、ポーカーや野球賭博の興奮と、知ったばかりの軽い恋愛経験を比較していた。勝負の行方に賭ける時にはひどく緊張して、結果を知るのが待ちきれなくなり、葉巻を吸い、とても座ってなどいられなくなる。賭けに勝てば、異常なまでの落ち着きと喜びが体を駆け巡り、そうした感情はすぐに軽率な浪費へとつながっていく。滅多に勝つことはなかったが、勝つと一番良いと思うシャツやネクタイや帽子を自分のために買った。店に入って好きなものを買う喜びは、酒に酔うのとどこか似ていた。

　レベッカはいたずらに、勝ったのなら、自分から奪った金を返そうとするべきではないかとサミュエルに提案した。そして、弟に金を返すつもりのないのがわかると、一文無しにならずに済むようにある程度の金を取っておくよう説得しようとした。

「僕はきっと、どこかがおかしいんだ」サミュエルは懺悔する必要がある時はいつも、レベッカにそう言った。「あんなふうにお金を無駄にするなんてどうかしてるし、なぜそんなことをするのかわからない。いつも勝てる気がするし、運が向いてきたって思ってしまうんだよ」

　いつかきっと大金を手に入れるという思いを抱きながら、サミュエルは姉に、金は必ず返すと宣言した。

「最後の五セントまできっちり、利子をつけて返すよ」と彼は言った。

　母親はサミュエルの態度を良くは思っていなかったが、仕方がないと思っていた。もっと不幸でひどい話はたくさんあるし、息子はいつか変わると信じていたのだ。若者に多くを望むのは馬鹿げているし、人の性格や物事の本質を変えるなんてことはまず無理だ。そんななか、以前のようにサラが割り込んできてサミュエルを批判すると、母親はまた腹を立てた。そしてサミュエルがサラに余計な首を突っ込んでくれるなと言うと、怒るとなんでも口にするサラが叫んだ。

「レナードの代わりにあんたが死ねばよかったのに。レナードは一角《ひとかど》の人間になろうとしていたんだから」

「そんなこと言うんじゃない」と母親は厳しく叱った。レナードが若くして死んだのはサミュエルのせいではないし、サラの言い分は不公平だと思ったのだ。

　年月が過ぎ、いまだにレベッカが夫を見つけられずにいると、母親はますます頭を悩ませるようになった。そしてサミュエルの怠惰とギャンブル癖よりも、娘が未婚であることに、より心をかき乱されるようになっていった。最初、レベッカは相手にこだわり過ぎているのではないかと思っていた。家族の友人のなかには、サラの夫が成功しているせいで、レベッカは自分にふさわしい夫として同等の高い基準を掲げているのではないかと思っていた者もいた。姉妹のあいだで激しい対立があったのは間違いなかったが、面白いことに、それに苦しんでいたのはレベッカよりもサラのほうだった。レベッカは子どもの頃、ずっと父親のお気に入りで、今は母親がサラよりも彼女を好んでいるのは明らかだったから、面白いわけではないかもしれないが。

第一次世界大戦中の繁栄期、レベッカの給料は上がり、終戦を迎える頃には雇用主にデザイナーとして認められるまでになった。とても気に入られていて、創造性はないが頼りがいはあると思われていた。確かにレベッカにはデザインの才能はなかったが、流行を追いかけて他のデザイナーのアイデアを真似ることにはすごく長《た》けていた。デザイナーという職業柄、彼女は高給取りになり、結婚相手を選ぶのがより難しくなった。週給一五〇ドルの小切手を、その三分の一くらいしか稼ぎのない、どこかの苦悩するセールスマンなんかのために手放したくないと思ったからだ。しかし母親はしびれを切らしていた。娘はすでに三〇歳だったし、他の若い女の子たちが結婚するという話を聞くと、いてもたってもいられなくなった。母親としてルース・ハートは、家族の生活に感情を振り回される心の奥底で、レベッカが結婚しないでいるのは完全に間違っていると思っていた。

「心配しないで、ママ」とレベッカは言った。「いつかきっと、これぞという人が現れるから」

しかしルース・ハートはこの考えをあてにしておらず、これぞという人は、レベッカが渡す持参金になびいてくれるかもしれないからと、レベッカの給与から敢えてできるだけ多くの金を貯金に回すようにしていた。レベッカは何事に関しても母親の言いなりだったが、この時ばかりは、夫となる人に一銭も渡さずに結婚する女の子も多いと反論した。

「ここはアメリカなのよ、ママ」とレベッカは言った。「ママは二五年前にヨーロッパを離れたのに、いまだにヨーロッパにいた時みたいに考えてるんだから」

「お金はお金だろう」と母は言った。「ヨーロッパと同じくらいアメリカでも大事だよ」

レベッカはかなり今の状態に満足していて、自分のことをオールドミスと呼んで冗談を言うくらいだったが、母親の考えが優勢だった。ルース・ハートはもっと良いアパートメントや家具に投資して、娘や息子と一緒により良い地域に引っ越せれば、レベッカが結婚できるチャンスも上がると思い込んでいた。実際にその通りの環境が整うと、サミュエルという名前は洗練されていないから、シーモアと呼ぶのがいいかもしれないということになった。言い出したのはレベッカで、サミュエルは特になんの興味もないようだった。

「なんとでも呼べばいいよ」と彼は言った。「でもママが僕をサミー以外の名前で呼ぶようになるには、しばらく時間がかかるだろうね」

　サミュエルからシーモアに切り替わるまでには何年もかかったが、シーモアは新しい名前で新たな仕事に就《つ》き、一時は、新しい人生の幕開けを予感させることもあった。母や姉を慕っていた不動産業者に仕事をもらい、毎朝いそいそと出かけていき、この商売の要である賃料や分割払いの金を不動産を購入した人々から回収して回った。土曜日の夜はポーカーをしていたが、一時期は運が良かった。しかしシーモアの改心は、冬の終わり、つまり野球シーズンがはじまるまでしか続かなかった。三ヶ月善良に振る舞ったことで、彼は運勢が変わったと思い込んでいた。ナショナル・リーグのペナントレースの開幕戦に行くと、その日の朝に回収した金を勝利を願うチームに賭けた。そうして、かつてないほどの大損をして、またしてもレベッカの銀行口座から金を工面しなければならなくなった。

　不誠実なことはいい加減にやめろとレベッカに言われると、シーモアは「どうして自分が負けるなんてわかる？」と言った。自分は勝つと確信していたのだから、雇用主の金を賭けたのは不誠実ではないと信じ切っていたのだ。

「あんたはいつも負けるのよ」とレベッカは言った。「わからない？　すごいギャンブラーになるようなタイプじゃないってこと」

これは、シーモアにとっては理不尽な言い分に聞こえた。なにしろ、賭けに勝っていたかもしれないのだから。

「負けてばかりはいられないよ」と彼は和《なご》やかに言った。ギャンブルの本質についての議論になるとすぐ、レベッカの怒りは収まり、観念して上司に金を返してくれるとわかっていたからだ。

「これが最後だからね」とレベッカは言った。「本当に最後よ。もう次はないから。今度やったら、刑務所にでも入ればいい」

シーモアは一セントでも銀行口座に残っているうちは、母親が自分を刑務所送りになどしないとよくわかっていた。レベッカと同様に母親もまたシーモアに腹を立て、怒鳴りながらこの甲斐性なしと言い放ったが、息子が家から出ていってしまい夕食までに戻ってこないと動揺してレベッカに捜しに行かせた。

賭けや損失について雇い主に知られることはなかったが、シーモアはすっかり昔の習慣に戻ってしまい、朝は遅くまで寝て夜更かしするようになった。雇い主は毎朝電話をかけてきて、いつシーモアは出勤するのかレベッカに尋ねるようになり、こんなのは前代未聞だと言った。

「私がこんな状態に耐えているのは、あなたとあなたのお母さんを敬う気持ちがあるからですよ。部下に電話をかけて出社するかどうかを確認する上司なんて、聞いたことありますか？」

レベッカはそう言う彼の上司をなだめ、母親は朝起きてこないシーモアを怒鳴りつけた。でも彼は、母親が揺すったり怒鳴ったりしても、壁のほうを向いて、もう少しだけ寝ていようとするのだった。どれだけ叫ばれても、いずれは母親の意識の一部となっている息子への献身や思いやる気持ちが、どうにかしてくれるとわかっていたのだ。母親はシーモアがどれだけ長く寝ていたとしても、バスタブに湯を張り、靴下と下着を渡して、朝食をもっと食べるように勧めた。

第一次世界大戦から五年後の大繁盛期には仕事も楽に見つかるようになり、シーモアが無職でいることはなかった。しかし彼は出世していないのを恥じるようになり、家族の友人が訪ねてくると、自分の部屋に閉じこもったり、まるで家族の一員ではないかのように家の中をうろついたりした。彼は生来の照れ屋で空威張りするところがあったが、威勢の良さは家族やドラッグストアにたむろしている仲間たちのようなごく親しい人たちにしか見せなかった。

母親はシーモアに、そんなふうにしていないで部屋から出てきて、家族の友人に挨拶しなさいと言った。

「おまえは恥ずかしがり屋なんだよね」と彼女は言った。「わかるよ。私も五〇歳になるまでそうだったから。でも内気でいるのは馬鹿みたいだと思うようになったんだよ」

しかしシーモアは、家にやってくる人たちや、一家がこれまで知り合いになった人たち全員に対して、驚くほど大きな好奇心を抱いていた。客が帰るやいなや、自ら選んだ流刑地から出てきて、まるで尋問するみたいに母と姉に何を話していたのか、彼らの家族にどんなことがあったのかを問い詰めた。

「いったい何様なの？　地方検事にでもなったつもり？」とレベッカは、疲れ知らずの質問の嵐にくたくたになりながら尋ねた。そうした質問は翌日にまた繰り返されることがよくあった。それは、シーモアが頭のなかで、聞いたことについてあれこれ考えを巡らして、話が途中だとか結論が出ないとか、矛盾しているなどと気づいたからだった。彼はどんな人も嘘をつくし不誠実だと疑っていて、とりわけ事実を歪曲したり、はったりを言っているのではないかと怪しんでいた。

「あの人たちがしてもいない話を、私があんたにできるわけないでしょ」レベッカは徹底して説明を求めるシーモアに音《ね》をあげて言った。

「なんなんだよ」とシーモアは言った。「こんな世俗的な質問にも答えられないのか？」

また、レベッカと母親が質問に全部答えさえすれば、彼の興味が他に向くということがよくあった。

他の若者の進路にシーモアが興味津々なのは当然だった。誰かが悪事をしでかしたと聞くと、彼は中流階級の倫理観を信じるあまり、湧き上がる軽蔑と侮蔑の念を顕《あらわ》にした。そしてサラや、それほど多くないにしてもレベッカに、あんただって厄介者みたいなものなんだから、他の若者についてとやかく言う資格はないと言われると、二人はなんて理不尽なお節介焼きなのだろうと思った。

「私が行うことを行ってはいけない、私が言うように行いなさい」とシーモアは言った。これは、不祥事を責められたどこかの牧師の言葉だった。シーモアはもうどんな不祥事だったかは忘れていたが、その言葉は自分の判断を完全に正当化してくれるように思えた。しかも、その判断は正しいと自負していて、どれだけ頻繁に自分の行動が無価値だと思われても、自分の心は本当に正しいことを示していると信じていた。

姉たちに戒律を守るべきだと言われると、シーモアはこう言った。「もっとも、僕は自分が説いたことを実践すればいいんだろ。でも僕にどうしてほしいの？　僕が実践していることを説けというの？　そのほうがいいっていうこと？」

シーモアは勝ち誇った気分になっていたが、レベッカは首を振った。その質問には答えられなかったが、弟は間違っていると思っていたからだ。

「あんたはただ言葉をうまく利用しているだけ」と彼女は言った。「そんなふうに他の人間を非難する権利は、あんたにはないよ」

サラの二人の子どもであるナンシーとジャスパーが大きくなる頃には、彼女の結婚生活は救いようがなくなっていた。ルース・ハートは大きなアパートメントを借りて、レベッカやシーモアと一緒に住めばいいと提案した。サラはこの提案を受け入れた。そうしたのは、離婚したがっている夫のマイケルは子どもの養育費しか払わず、離婚に合意さえすれば、毎月の稼ぎに見合った金額を渡すと言っていたからだった。しかしサラは離婚するつもりはなく、母親はその考えを支持していた。二人ともしばらくすれば、マイケルは妻と子どもたちのもとへ帰ってくると信じていたのだ。

レベッカとシーモア、そして母親がサラと子どもたちとはじめた新生活は一風変わっていた。レベッカは母親と弟に尽くすのと同じくらい、甥と姪に献身的だった。彼らが学校に行く時には毎日五セントずつ渡していて、それを知ったサラは激怒した。ナンシーとジャスパーに一セントしか小遣いを与えていなかったので、五セントも与えられたら、子どもたちとの取り決めが覆されると思ったからだ。

「いったい誰の子どもだと思ってるのよ、姉さんの子なの？　それとも私の？」とサラは言った。

「実際に子育てしているのは、誰なのかしらね？」

シーモアもまた、ナンシーとジャスパーと仲良くなった。二人を容赦なくからかい、一緒にゲームをして遊んだりもした。ジャスパーが父親からもらった古いボールを使って遊べる野球を考えつくと、シーモア対ナンシーとジャスパーのチームで、アパートメントの長い廊下を競技場に見立てて戦った。子どもたちも若いおじも、この遊びに並々ならない情熱を注いでいた。一方、下階の住人たちは、ラケットで天井をつつき、それでも埒《らち》があかないと大家に苦情を訴えた。サラは廊下の絨毯が台無しになると言って遊ぶのに反対した。

「恥を知りなさい」サラは弟に言った。「子どもと一緒になって遊びふけるなんて恥ずべきことよ」

彼女はシーモアがどれほど深く子どもたちに魅了されているか、また一緒に遊ぶのは自分も子どもになりたいと思っているからだということを理解していなかった。ナンシーとジャスパーをあんなふうにからかうのも、それが原因だった。シーモアが馬鹿にすると、ナンシーは口答えできるくらいたくましかったが、ジャスパーは病気なのかと思われるくらい繊細で、おじに赤ん坊呼ばわりされたり、叩かれそうになったりすると泣いた。

「子どもたちを放っておいてあげて」とサラとレベッカは言った。「同年代の人たちと遊びなさいよ」

シーモアは子どもたちと遊ぶほうが良かった。いつも新聞を持っている彼は、そこに載っている漫画を見たがる子どもたちに対して大きな支配力があった。彼らが何か気に入らないことをしたり、どちらかにお使いに行ってきてもらいたい時、シーモアは漫画の切り抜きを賃金や報酬みたいにして持ち出した。また、子どもたちを敵対させるための手段としても使っていた。ナンシーとジャスパーのどちらが先に漫画を見るかがよく問題になっていたこともあり、シーモアは子どもたちをじらして、どちらが先に見るかを条件に、譲歩させたり約束させたりした。二人のどちらかに不満を覚えると、彼はその原因となっている子には漫画を見せないと言ったが、つねに正義感の強いレベッカは罰を受けているほうの子に、夜になって家に帰ってきたら自分の新聞をあげると約束した。そうした態度は、シーモアを間接的に攻撃することとなったが、そこまで彼の力を弱めはしなかった。と言うのも、彼は日中にほとんどの新聞を買っていて、レベッカよりも家にいることが多かったからだ。

子どもたちやシーモアの習慣のことで、すぐにサラとシーモアは頻繁に喧嘩するようになった。シーモアはベッドカバーの上に濡れたタオルを置き、卵で汚れた新聞をキッチンテーブルの上に置きっぱなしにし、風呂に入ったあとはバスルームの床を濡らしたままにした。バスルームからシーモアを出ていかせるのもまた一苦労だった。彼はとにかく長風呂が好きで、バスタブの中で朝刊を読んでいたからだ。きょうだい喧嘩が起きると、母親とレベッカはいつもシーモアをかばい、やがてレベッカとシーモアはサラと口をきかなくなり、沈黙の期間が生まれた。するとサラは子どもたちに、おじやおばとは話をしないように言い、ナンシーがこれを無視すると、母親を憐れむと同時に憎んでもいるジャスパーはその要望に従い、学校に行く時はおばを避けるようにした。おばは自分と出くわさずに済むように、階段で一旦足を止めて自分がいなくなるのを見計らっている甥の姿を目にして、これまでにないほど傷ついた。ジャスパーが夫に裏切られた不幸な女だと思っているという理由だけで、母親の味方をしているのを知らなかったからだ。レベッカはジャスパーが大好きだったが、そうした期間は彼に嫌われているかもしれないという錯覚に陥った。

　そんななか、最悪の喧嘩が必然のごとく起きた。シーモアがサラのドレッサーの引き出しから六〇ドルを抜き取り、野球の試合に賭けて負けたのだ。金がなくなったとわかると、サラはすぐにシーモアを責めたが、レベッカは、これまでだって直接盗みを働いたことはないのだから、そんなはずはないと反論した。そしてシーモアが帰宅すると、話を聞くために一緒に寝室へ行った。最初彼は、無実を訴えていたが、終いには真実を話した。レベッカはすぐにサラの部屋へ行って、ドレッサーの引き出しをよく捜してみたのかと尋ねた。ひょっとすると金は違う場所に紛れ込んでいるのかもしれないからと。一一時をまわっていたため、サラはすでにベッドで休んでいた。彼女は邪魔されたことに腹を立て、レベッカもよく知っている通り、もし金がそこにあるかもしれないと思えば、ドレッサーを隅々まで見て何も見逃すはずはないと言い張った。レベッカはすぐにドレッサーのところに行って、サラになだめるような言葉をかけながら自分で捜しはじめた。当時、母親のベッドのそばの折りたたみ式ベッドで寝ていたジャスパーは、明かりで目を覚まし、目の前の光景に目をパチクリさせながら、それまでにどんなやりとりがあったかを知った。レベッカは開いた引き出しから、さっと手を引いた。「ほら、見て」と彼女は言って、ドル紙幣の束を掲げた。「ずっとここにあったのよ！」そしてサラにその金を渡した。

　サラは金を受け取ると「姉さんが自分でそこに入れたんでしょ」と言った。彼女は誰かが何かをやり過ごそうとするのを許さない人間だった。

「ずっとここにあったのよ」レベッカは、憎しみを滲ませた目でサラを見つめていたが、サラもわかっている通り、今渡しているのは自分の金であると自覚していた。そして、シーモアはサラの弟でもあるのにと思っていた。

　レベッカが出ていくと、サラは息子に言った。「姉さんがお金を出すのは、弟が泥棒だってことを恥じているからよ。あんたのおじさんが泥棒だなんて知れたら、夫が見つからなくなるって恐れてるの。でもどうせ、あの子が何の役にも立たないことは、みんなわかってるんだから」

　母親とおばに深く同情し、心を痛めたジャスパーは、長いあいだ眠ることができず、泣き出したい気持ちだった。

　一方のレベッカは、二人で共有している寝室で母親に何があったかを話しながら、サラを強く非難した。ルースはいつもみんなの味方をするので、サラのことも、夫からひどい仕打ちを受けて最低限の金しかもらえないなかで、どれだけ金を必要としているのかをレベッカにもう一度思い起こさせて、かばおうとした。

「私だってお金が必要よ」とレベッカは言った。「私には夫がいないんだから」

「世間の揉め事の原因は、まさにお金さ」とルースはこれまでの年月を振り返りながら言った。

その一件が過ぎ、みんなが仲直りした頃、ジャスパーはシーモアと一緒に散髪に行くことになった。ところが、床屋でシーモアが一〇セントのチップを渡したことにサラが激怒して、自分は夫に捨てられた女なのだから床屋に渡すチップなんて一セントもないと言った。

「だからといって、しみったれみたいに思われたくはないだろう」とシーモアは言った。「姉さんがこの子を床屋に連れて行けって言ったんだ。次は自分で連れて行って、床屋にチップを渡さなかったらどうなるか、自分の目で確かめればいいよ」

「床屋にチップなんて一度もあげたことないわ」とサラは言った。「あんたは姉さんのお金で道楽しているだけでしょ」

実際、サラは子どもたちの散髪をしてくれた床屋にチップを渡したことがなく、時々目にした彼の憤りや怒りの仕草もやり過ごしていた。そういうことは時々あった。例えば、彼女が常連客ではなく、ある商品を買うのに数セント節約するためだけに来店したという理由で、値引き商品を売ってもらえなくても、サラは言われたことなど気にせず平然とした態度で店を出ていった。彼女は自尊心が強く、プライドを傷つけられると、ありえないくらい怒った。でも、そういう出来事にも動じなかったのは、工夫して金を節約したほうが賢いと考えていたからだ。それは、滅多に褒めないマイケルに、「あの子は世界じゅうの誰よりも一ドルをうまく使える」と言われたことを、誇りに思っていたからだった。

マイケルは、彼女が全身全霊をかけて培ってきたこの能力こそが、サラという妻を作り上げたことを知らなかった。またこの節約志向が実は、夫があとを追いかけている女性たちにサラが感じている嫉妬と同じ感情であることも知らなかった。しかしルース・ハートは、長年親しんできた善良な体験から、この複雑な真相に感づいていて、あれほど稼ぐ男を家から追い出したのに、同時に金の支出を心配するのはおかしいと娘に言った。

そして時々レベッカに会いにくる求婚者たちは、マイケルほどはうだつの上がらない男ばかりで、それを見ても、マイケルは百万人にひとりの逸材だと図星をついた。でもサラは、マイケルがいつかまた以前と同じように、官能に溺れるのに疲れ果てて家庭がある喜びを再確認し、妻とまではいかなくても、子どもたちのことは愛しているからと言って戻ってくるのを願いながら、自分を正当化していた。そうすれば、金持ちなうえに妻に忠実な夫という、自分の望みをすべて叶えられるのだからと。

シーモアはマイケルについてサラとは話さなかったが、母親には不幸な結婚生活の最新事情を、探偵のように問い詰めた。彼はマイケルを尊敬していたがサラは嫌いで、自分とマイケルは世界を股にかけて活躍する男だと思っていた。マイケルがホテルを出て一番新しい女友達のアパートメントに引っ越したと聞くと、彼はがっかりした。マイケルはホテルにいたほうが、より気ままに好きな相手を見つけられると思ったからだ。

「ほらごらん」とルース・ハートは言った。「おまえだって、女性に面倒を見てもらいたいと思っているじゃないか。どうしてマイケルはそうではないって思うんだい?」

「もし僕にマイケルほどのお金があれば」とシーモアは言った。「使用人の男を雇うね」

「使用人より私のほうがいいよ」と母親は言った。

すぐにサラとレベッカは、子どもたちをめぐってまた新たないざこざを起こした。再びサラは、子どもたちは自分のものでレベッカのものではないという事実を引き合いに出して、過剰に献身的な老女中のようなおばに子どもたちが甘やかされるのを、黙って見ているわけにはいかないと言った。レベッカは自分のことをよく老女中と呼んでいたし、他の人間が自分と同じくらい高慢であることを知らず、また信じたくもないサラは、レベッカを老女中呼ばわりしても構わないと思っていたのだ。

「恥を知りなさい」とルース・ハートは言った。「そんな屈辱的なことを言うなんて！　レベッカが世界で一番恥ずかしいと思っていることを、あえて面と向かって言うなんて！」

　サラはレベッカが自らをそう呼んでいたと母に伝えた。

「レベッカが自分で老女中って言ったのよ」

「あなたは頭がいい子よ」と母親は答えた。「でも感情ってものがない」その時母親はサラに、自分自身に対する感情がないということではなく、他人の心を察する感情がないという意味で言ったのだと説明しなければならなかった。でもサラはそれを否定し、母親と口をきくのをやめた。そして新しいアパートメントを見つけて、子どもたちと一緒に暮らすことにした。

　母親はそれを止めようとして、何事もなかったかのように娘とまた話をしようとしたが、無駄だった。サラはレベッカが支払う家賃の金額を増やさなければ、この家には残らないと言い張った。レベッカが家賃の三分の一しか支払わなかったのは、サラも母親を養っているという前提があり、さらにマイケルの妻であるサラは、レベッカよりもずっと裕福だったからだった。

　サラが新しいアパートメントに引っ越すと、ルース・ハートはレベッカと新しい住居を探し、結局は、母心から、娘と息子と一緒に、サラが住んでいるアパートメントの別の部屋に住むことにした。レベッカと母と弟が二階の部屋に引っ越してきたのは、サラがその建物の四階に移り住んで一ヶ月経とうかという頃だった。すぐに、ルース・ハートは二階と四階を頻繁に往復して家族に目を光らせるようになった。サラは母親が近くで暮らすようになったことを、そこまで嫌とは思わず、しかし満足していることは隠していた。彼女は誰かにあれこれ言われたり、行動を批判されたりすることなく、ひとりでいるのが好きだったが、母親が近くにいるのは安心できたし、子どもたちを家に残して外出できるようにもなったからだ。この頃には、夫が戻ってくるかもしれないという希望は薄れはじめていた。サラとマイケルの別居は弁護士によって手はずが整えられ、サラはすべての出費を賄い、望みどおりの貯蓄ができるくらいの手当てを毎月受け取った。内心、その金額はマイケルの稼ぎに見合わず不当だと思っていたが、弁護士から、マイケルを訴えて離婚し、彼の資産に応じた慰謝料をもらうよう勧められても、それを拒んだ。なぜならまだ彼女は、マイケルが自分のもとに戻ってくると信じようとしていて、その一方でマイケルが何よりも離婚を求めていることも、よくわかっていたからだった。離婚したがる彼を見て、再婚したい女性でもいるのではないかと疑心暗鬼になった。マイケルは子どもたちを訪ねるたびに離婚を口にして、ある時はルース・ハートに会いに行き、母親の影響力を使って娘に離婚という分別ある行動を取るよう説得してほしいと頼んだこともあった。

「どうして私にそんな力があると思うんだい？」とルース・ハートは尋ねた。

「あなたがサラにとって大きな存在であることはわかっています」とマイケルは言った。義理の息子と母親はお互いに尊敬しているところがあり、しばしばサラはそれに腹を立てていた。

「娘にあんな仕打ちをする人をどうして好きになれるの？」とサラは言った。マイケルは道徳的に非難されるべきなのに、母親が彼の男らしさと世俗的な成功を称賛していることに憤りを感じていた。しかし、彼女もまた、自分の夫が知りうるどこの夫よりも成功しているという事実を自慢に思っていた。

「貧乏な男と一緒になるほうがましだわ」とサラは言った。「ただし、私に良くしてくれる男とね」

それは本心ではなかったが、サラは知るよしもなかった。彼女の頭にも心にも、夫と離婚しない理由がたくさんあったからだ。彼女が正当な理由として挙げたのは、子どもたちのためということだった。しかし母親は娘に気遣いながら、サラが離婚しない本当の理由は、離婚すると他の女がマイケルの妻になることを恐れているからだと言った。彼女の周りには、マイケルが去った今でも、彼の妻であるという威光が強く残っていた。

こうした年月のあいだ、シーモアの怠惰は姉のレベッカや母親にとってますます重荷となっていった。彼は度重なる失敗にすっかりやる気を失い、もはや仕事を見つける努力すらしなくなっていた。

一方で、甥や姪との親交は深まっていった。何の見返りもなく二人を相手にポーカーをしたり、懐が潤っていた一週間たらずのあいだに、ジャスパーを野球の試合に連れて行ったりもした。ジャスパーは、おじと仲が良い時はいつも真剣な議論をじっくり交わせるくらい成長していた。一度シーモアにポログラウンド〔ニューヨークにあった野球場〕に連れて行ってもらうと、ジャスパーはその後何年も、また連れて行ってもらいたいと願うようになった。シーモアはその思いを個人的な利益のために利用して、ジャスパーに新聞や葉巻を文具店から買ってこさせた。

「いつかまた連れて行ってあげるよ」とシーモアは言った。

「いつ？」ジャスパーは期待に胸を膨らませて言った。彼もおじと同じくらい熱烈な野球ファンになっていた。

「いつになるかはわからないな」とシーモアは言った。「いつか大金を儲けたらね。そんな日は来ないと思うけど」

「きっと来るよ」とジャスパーは言った。思春期がはじまったばかりのこの頃、誰もが成功して金持ちになるわけではないとは考えたくなかったのだ。

「いつか金持ちになると思っているんでしょう？」ジャスパーはおじに尋ねた。

「なるかもしれないね」とシーモアは言った。「でも多分、ならないだろう。仕方がないんだよ。僕は成功するタイプじゃないんだ。失敗ばかりの人生を送ってきた、どうしようもないやつなのさ」シーモアはその時、二八歳だった。「それに、それは変わらないんだよ」

その言葉に、ジャスパーは衝撃を受けた。一三歳の彼は、誰かが自分自身をどうしようもないやつと呼ぶのを聞いて愕然としたのだ。シーモアが自分のことをどうしようもない人間であると淡々と話すのが理解できなかった。

またこの時シーモアは、サラのきつい性格についてもジャスパーに話していた。

「おまえが大きくなったら、男のいない女はあんなふうになるってわかるはずだよ。どうしようもないんだ。もちろん、姉さんには善良な心ってもんがない。でもおまえのお父さんが姉さんのもとを去らなければ、おまえとナンシーは、いつもがみがみ言われずに済んだんだ」

その後、ようやくレベッカに本気で考えてもいいと思える求婚者が現れた。母親は喜びながらもじりじりしていた。レベッカもまた――自称している三五歳という年齢ではなかったが――血色がよくなっていきいきしはじめた。求婚者はジェームズ・マンハイムという中年の歯科医で、離婚歴があり、誰が見ても高い教養のある人だった。シーモアはジェームズのことが気に入らず、彼はいつも演説家ぶると小言を言っていた。しかしジャスパーは、これほど教養の高い男が一家の一員になるかもしれないということを喜び、サラも批判的ではあったが、ジェームズに一目置いていた。彼女はジェームズがレベッカよりも頭ひとつ分背が低いのを見て、この二人は釣り合わないと思った。母親はその意見に賛同しながらも、そんなことは長い目で見れば大したことではないと言った。レベッカとジェームズは家族の友人を介して知り合った。友人は歯科用品で大きな財を成した男で、ジェームズにもし再婚する気があるならば、結婚持参金とするだけの財産があり、誰もがよく知る素晴らしい娘で、良い妻になるであろう、ぴったりの女性を知っているとジェームズに持ちかけたのだ。ジェームズは持参金に興味があったし、もう一度身を固めたいと思っていた。しかし、最初の結婚はまさに屈辱そのものだったため、また結婚するのを恐れていた。だが、レベッカの家を訪れると、彼女を気に入り、特に盛大な夕食がふるまわれたことを喜んだ。ルース・ハートがあくせくと早朝から準備したものだった。夕食の席で、ジェームズは延々と話をして、さまざまな事柄についての持論をハート家の人々に聞かせ、シーモア以外の全員を感心させた。なかでもジェームズの話に一番感銘を受けていたのは、ジャスパーだった。

「大口をたたいてるだけだろ」とシーモアは言った。彼は夕食には参加せずに、寝室に引きこもってジェームズの話を聞いていたのだ。

二人の交際はまる一年続いた。ジェームズはレベッカを演劇やオペラに連れて行き、自分が読んだ本を読ませ、知的な人間と知り合いたいとずっと思っていた若いジャスパーを可愛がった。ただ、ジャスパーはまだ、知的とは何を意味するのかをよくわかっていなかった。甥が大好きなレベッカは、彼がジェームズに魅了されていることに感動していたが、それと同時に、サラの子どもで容姿端麗でお行儀の良い男の子が、自分が産むかもしれない子どもの姿をジェームズに示してくれているように思っていた。

二人の関係が続くにつれ、ルース・ハートとサラはジェームズがレベッカに求婚しないことに焦りはじめた。ジェームズは少なくとも五〇歳で、レベッカはみんなに知られている年齢よりもずっと四〇歳に近かったので、子どもが欲しいのなら早く結婚するべきだった。しかしジェームズは、求婚者でいることにすっかり満足していたし、レベッカはこれまでになく輝いていて、求愛されている女の子がするような多くのことに胸を躍らせていた。ようやく二人がリビングで触れ合うようになると、ルース・ハートは喜びと嫌悪感が入り混じった気持ちで、キッチンから聞き耳を立てていた。これこそ彼女が求めていたことだった——娘に結婚してもらいたかった。しかしこの二人は、六〇歳になったルース・ハートが今なお一六歳だった頃と変わらずに信じている恋愛をグロテスクにしたかのようだった。シーモアは姉の交際について少しも喜ばず、むしろ不快に思っていた。ある日曜日の午後、ジャスパーがおじとメジャーリーグのペナントレースについて話そうと、自室からシーモアの部屋に降りてくると、派手なキスの音がして、そのあとにくすくす笑う声が聞こえた。

「あんな気持ちの悪い音は聞いたことがない」とシーモアはジャスパーに言った。するとジャスパーも、祖母のルースと同様に、おばのレベッカがいつ結婚するのかじりじりしていたものの、二人がじゃれ合うのを聞くのは不愉快に思っているようだった。

夏がやってくると、危機が訪れた。ジェームズはついに結婚を申し込んだが、蓋を開けてみると、彼はレベッカに高給取りの仕事を続けてほしいと思っていることがわかった。レベッカは断った。そして、人生を変えたいと思っていなければ人は結婚なんてしないし、仕事を続けるのであれば、自分にとって何の変化にもならないと説明した。それよりも、レベッカは母親と一緒に暮らしたかった

――少なくともしばらくのあいだは。でもジェームズは自分の家を構えたいと思っていた。そうしてプロポーズは失敗に終わり、ジェームズは帰っていった。キッチンで二人の話に聞き耳を立てていたルース・ハートは泣き崩れた。しかし彼女の強い意志がすぐに姿を現し、自分は同居するつもりはないし、なにしろ結婚してもらいたいと思っていると娘に伝えた。レベッカの仕事については、結婚してから話し合えばいい。ジェームズの気が変わって、妻に家にいてもらいたいと思うようになるかもしれないからと。しかしレベッカは考えを曲げなかった。結婚したら仕事はしないし、母親と同居するのだと言って聞かなかった。

一週間後、ジェームズはまたやってきた。レベッカの条件を飲むことにしたのは、彼の結婚への覚悟は固く、あと戻りするのはあまりにも惨めだったからだ。

ルース・ハートは勝ち誇ったかのように、娘の婚約を発表した。一家は海辺にコテージを借り、ジェームズはそこで間借りして下宿人として暮らすことになった。しかし、彼はなかなか結婚の話を切り出さなかった。ルース・ハートは、何か災難が降り掛かってきて自分の望み通りにはいかなくなるかもしれないといつも不安で、またしても恐怖に駆られるようになった。一方で、ジェームズを喜ばせようと懸命になるあまり、料理の才能は新たな高みに到達するまでになった。ついにレベッカは、ジェームズにさらに自分の体を触らせて、「私たち、早く結婚しなくちゃ」と言って決断を迫るという強硬手段に踏み切った。ジェームズはしかるべきこととして誘惑しているレベッカのプライドを感じとっていて、それは彼にとっても非常に重要なことだった。結婚が決まると、ルース・ハートは心の底からほっとした。あとは、シーモアさえどうにかなってくれれば満足だし、マイケルが妻と子どものもとに戻ってきてくれれば良かった。

結婚から二ヶ月経つと、不況がはじまり、株に投資していたジェームズは貯金をすべて失い、レベッカが持参金として渡した金のほとんどは、信用取引で買った株を埋め合わせるために無駄にされた。レベッカは、ジェームズに義理の母と弟を養わなければならないと感じさせないように、すぐに小さな洋服店をはじめることにした。この時はじめてシーモアは、自分の好きな時間に働ける仕事に就いた。店でドレスを売るレベッカを手伝い、午後遅くから夜にかけて働いた。レベッカは妊娠していたが、新しい仕事に打ち込むだけの体力はあった。

「いつも自分で商売をしたいと思っていたのよ」と彼女は言った。

シーモアは姉の店の販売員として持ち前の説得力を発揮し、おだてたり高校生のように見えるなどと囃し立てたりしながら、うまく客に取り入った。説得するのは昔からうまかったが、それは賭けるための金を借りる時に培《つちか》ったものだった。

しかし、商売は不況のあおりを受けてうまくいかなかった。そしてレベッカが男の子を出産する直前に店が全焼し、産後レベッカは子どもの面倒を見なければならなくなったため、商いを諦めざるを得なくなった。ジェームズは少し前から、ルース・ハートが以前のように豪華な料理をふるまわなくなったことを不満に思っていて、レベッカに再び、別の家で自分たちだけで暮らそうと説得しようとしていた。彼女は巧みに引き止めたが、ジェームズの義母への憤りはますます強まり、しまいには、ある年齢を過ぎて役立たずになった人間は、エスキモーのように苦しませずに処刑するべきだとまで言いはじめた。ジェームズはさまざまな持論のある男だったが、この考えは大半の説とは違うものだった。これを聞いたシーモアは、母親を侮辱されたと言って激怒した。

「あんたが処刑されればいい」とシーモアは言った。「あんただって、ママより一〇歳若いだけじゃないか！　これまでいろんな話を聞いてきたけれど、あんなひどい言葉ははじめてだ」
その喧嘩が収まると、また新たな争いが起きた。真の原因は、今度の結婚は交際している時と同じようにうまくいくと思っていたジェームズが、希望を見失っていたことだった。彼は歯科医としてかろうじて何とかやっている状態だった。と言うのも、これまでも優秀な歯科医ではなかったし、患者とのおしゃべりが度を超えていたからだ。レベッカは仕事に戻ることにしたが、腕が鈍ってしまい、これまでうまく模倣できていた、ファッションや流行を取り入れる感覚を失っていた。そこで、何年も前の若かった頃にお世話になった店の仕事に戻らざるを得なくなったが、それでもそこでの仕事は、家族を支え、ジェームズを黙らせるのに重宝した。ジョンと名付けた子どもが病弱だとわかると、ルース・ハートが面倒を見てくれた。シーモアは以前の習慣にまた戻ってしまい、姉のおかげで得た職を失ったが、今や仕事は余るほど多くはなく、雇い主は以前にも増してシーモアに我慢ならなくなっていた。

サラは友人たちにレベッカにはすごく感心しているが、母や弟のためにレベッカがしているようなことはできないと言っていた。しかし、そうやって褒めることで、サラは気づかないうちにレベッカの結婚を批判しているのであって、それこそがそうした話をする動機のひとつだった。どう考えても、姉よりも自分のほうが良い結婚をしているように思えて、困惑していたのだ。マイケルは最悪な夫だったが、ジェームズのようにどうすれば楽に生活できるか、あるいは努力をしないで済むかを考えることに多くの時間を費やしているわけではない。そんなことができたのも、ジェームズは歯科医として、自分で自由に時間を使えたからだった。

あら探しばかりしてくるシーモアが、ジェームズは一番苦手だった。彼はジェームズが豪華な朝食を好み、また、一口ずつ嚙み締めるようにゆっくり食べることを指摘した。それから、母親にジェームズの言葉を引用してこう言ったりもした。「私にとって美味しい夕食は、何よりも大切なんです」でもシーモアもまた食べることが好きだった。新聞に前のめりになりながら貪るようにして食べたが、シーモアにとって十分に食事をとることが重要なのは、誰もが認めていた。他の多くのことと同じように、シーモアの嗜好はジェームズのそれとは違って真逆だった。シーモアはピクルスやデリ、ケーキを好み、ジェームズが求めるような健康的な食べ物は嫌いだった。ジェームズもシーモアと同じく話し好きだったが、シーモアとは違う話題を好み、政治や国の出来事、科学など、シーモアが無関心な分野に興味を持っていた。彼はまた「五ドルの言葉」とシーモアが呼ぶ大げさな言葉を使い、はじめの頃はハート家の人々を感心させていた。彼らは煙に巻かれるようなことを言われると感銘を受け、ジェームズを称賛しなければという気持ちにかりたてられたからだ。しかし、シーモアもまたお喋り好きで理論好きだった。政治家はみんなペテン師だと思っていたため、政治は頭から追いやっていたが、あらゆる人間の生活に対する関心は、名局と呼ばれる対局を復習したり、記事で読んで学んだりするチェスプレイヤーの情熱と似ていた。好きでも嫌いでもいいが、おまえがジェームズを非難するのは二人とも自分の欲望に夢中だからだ、という事実をシーモアに伝えたのは母親だった。

「おまえたちは、二人とも同じように自分勝手だよ」と六〇年の人生のなかで、自分勝手と呼ばれる利己主義のさまざまな色合いを正確に見分けるすべを学んできたルース・ハートは言った。

「どこかおかしかったとしても」とシーモアは言った。「僕は馬鹿じゃない」

「みんな馬鹿なんだよ」と母は言った。「実際、みんな馬鹿なのさ」

「そうかもしれない」とシーモアは言った。「でも僕はまぬけではない。それはジェームズみたいな馬鹿のことを言うんだ。何か起きるたびに、五年前にこうなるとすべてわかっていたかのように一席ぶつんだから。彼はこの二五年間に起きたことは全部予測できたと思ってるんだよ」

こうした議論は、シーモアとジェームズのあいだに起きた度重なる対立が発端となったものだった。

「彼に関わらなければいいでしょ」とレベッカは弟に言った。「そうするのが、ママのためよ」

何度も、ジェームズは別々に暮らすためのアパートメントを一緒に見に行ってほしいとレベッカに頼んだ。そうすれば毎日、義母と義弟の存在に耐えなくて済むからと。でもレベッカは問題を先延ばしにして、なかなか夫と話し合おうとしなかった。しばらくすれば、離れたいという欲求を彼は忘れてしまうだろうし、また同じように言いはじめても、その時はまた先送りにすればいいと思っていたのだ。シーモアは母親と自分の生活を支えるために新しくはじめた、雑誌の定期購読者から未払金を回収する仕事から少しだけ生活費を出していた。歩合制で大変な仕事だったが、朝ではなく午後に働けばよかった。回収した金でギャンブルをしないシーモアを見て、レベッカはある程度は改善したと思っていた。でも、それは気質が改善されたからではなく、回収する金額が少なかったのと、シーモアの感情に奇妙な変化があったからだとは知らなかった。彼はもう自分に運があると信じていなかったのだ。

不況のあいだ、一家は徐々に、自分たちの人生や、貧困、快適さ、慰め、代替品、そして自分たちの欲望や弱さに対処するための無駄な防衛策を、少しずつ受け入れていった。シーモアがアパートメントの階段を上り下りしなければならない仕事を受け入れたように、ジェームズも妻の家族を受け入れた。いつもなんでも受け入れるレベッカは、夫の暴力的な気質と喋りすぎる傾向、夕食の席で国際政治について演説してみんなを退屈させ、通信教育で二〇年くらい前に受けたスピーチの講座で培ったやり方で話して、訪問客を仰天させることを受け入れた。彼女はまたジェームズが、歯科医の椅子に座って痛みを待ち構えながら、口に詰め物をされて何も話せず、ただ黙って耳を傾けるしかない患者たちに、持論や意見を延々と話して聞かせて多くの患者から反感を買い、顧客を失ったことを知っていた。サラもまた、夫が去ったことを受け入れ、シーモアが自分の運を信じなくなったように、夫が自分と子どもたちのもとへ戻ってくると信じるのをやめた。子どもたちは成長し、二人とも高校生になった。ジャスパーは勉強はできたが、いつも読書ばかりしていて、他の子たちのように外に遊びに行くことのない難しい少年だった。ナンシーはある意味でもっと難しく、男の子が大好きで、高校の不良仲間と出歩いて回った。彼女が性行為をしているかもしれないという疑いが浮上すると、サラはこれまでになく怒った。ナンシーは母親からの問いかけをすべて否定し、自分のことは自分でどうにかすると言い放った。サラはナンシーの友人たちが使う言葉で「ディープ・シー・ネッキング」というナンシーが夢中になっていることがなんなのか、わからなかった。自分の若い頃は、男女の関係は今ほどオープンではなく、そこまで話題にならなかったからだ。

「今どきの女の子はなんでもやるのよ」とサラの友人は言っていた。

　サラはこの話を聞いて考え込んでしまった。だが、ナンシーが真剣な恋をしていて、どこかの男の子に好きなようにさせていたとしたら、嘘はつけないはずだと思っていた。

「お母さん、厳密に言えば、私はまったくの純真よ」ナンシーはそう言って、「純真」が処女を意味していることに笑みを浮かべた。「でも最近は触らせないと、男の子に振られちゃうんだから」

　サラの気持ちは落ち着いたものの、困惑したままだった。ナンシーが若い男の子と車で出かける時に感じる憤りはあまりに大きく、彼女を一切外出させないことでしか、その気持ちからは解放されなかった。しかし、夜ナンシーを家にいさせるためにどれだけ努力しても、昼間に外出したり、学校から遅く帰ってきたりするだけなので、サラは自分のなかの強い憤りをついに受け入れることにした。そして、ナンシーは父親に似たんだと言って夫を責め、娘と夫が仲が良いのは、二人とも性行為への興味が強いからだと思うようにした。

レベッカは妹に、ナンシーが問題を起こすような子でないのは一目瞭然だし、どんな状況にも適応できる器量もある。他の子たちみたいにただ楽しんでいるだけだと説明した。しかし、それをレベッカから言われたというだけで、たとえ納得できる説明だったとしても、サラにはもっともらしくは聞こえなかった。

「姉さんに娘がいたら、同じように思うはずよ」とサラは言った。

レベッカの息子のジョンも成長していて、サラは、レベッカが未婚のおばだった頃に自分の子どもたちを甘やかしたのと同じように、彼のことも甘やかしていると指摘した。

「あの子は体の具合が良くないのよ」と、ジョンのことになると神経を尖らせるレベッカは言った。「病弱な子どもには気をつけてあげないと。あの子が引きつけを起こすのを知っているでしょう？」

一方、シーモアとジョンの関係は、ナンシーとジャスパーが子どもだった頃とそっくりだった。ジョンは繊細なジャスパーのようにはシーモアのからかいに反応しなかったが、それでもシーモアにとって、冗談を言ったり、お使いに行かせたり、からかったり、メジャーリーグについて教えたりできる子どもがいるのは慰めだった。ジャスパーは高校に進学すると、シーモアが認めないような本を読むようになった。しばらくのあいだ、おじと甥はオー・ヘンリーやアーヴィン・S・コブに共通の関心を寄せていたが、ジャスパーが一五歳でセオドア・ドライサーやシンクレア・ルイスの小説を読みはじめると、シーモアは戸惑った。

「あの子がどうなるかは、神のみぞ知るだな」とシーモアは言った。「あれ以上読んだら、変人になっちまう」

一方でシーモアは、ジャスパーの早熟さを誇りにも思っていて、甥の学習ぶりを友人に自慢し、一族所以《ゆえん》のプライドの高さから、誇張して話した。ジャスパーはたまたま、甥っ子は本当にあんなにつまらない本を読むのが好きなのかと友人に尋ねられたおじが、自分を高く評価する言葉を口にしているのを耳にした。おじには一度も褒められたことがなかったから意外だった。しかしその後、葉巻を買いに行くのを嫌がったジャスパーに腹を立てたシーモアは、彼が読んでいるものについてあれこれ言いはじめた。

「いつかおまえは刑務所送りにされるぞ。あんな赤い雑誌ばかり読んでいるんだから」

ジャスパーは驚き、おじは自分の部屋で彼が目にした『ニュー・リパブリック』のことを言っているのだと理解するのにしばらく時間がかかった。口論が終わると、ジャスパーはシーモアに『ニュー・リパブリック』は政治的にはリベラルで、社会主義者の雑誌ではないと説明しようとしたが、おじはそれを詭弁《きべん》と捉えた。

「あいつらは、自分たちが金持ちじゃないから恨んでるんだ。あのなかの誰かに百万ドルくれてやったら、共産主義者でいたことなんて忘れちまうさ」

社会主義は個人の憤りの問題ではなく、経済システムを変えることだとジャスパーが無駄に議論をはじめようとすると、シーモアはまるでたった今思いついたかのように、人の性質を変えるのは不可能だからねと言い放った。こうした議論は、不況が最も深刻化した時期にもなされ、ジャスパーは母親にも、今とは違う社会秩序が解決の鍵となると話していた。けれどサラは、もしジャスパーの言うことが正しければ、資本主義がこれほど長く続くはずがないと言った。ジャスパーが母親に、これまで彼女が経験してきた恐怖や落胆を思い出させようとしても意味がなかった。なぜなら母親はそうしたことが終わり、好況が戻ってきたことだけを覚えていたからだ。

「大半の人間は、何かがおかしいことを認めなきゃ」とジャスパーは、どこかで読んだ論考を繰り返し母に言った。しかしサラは、不況がすぐに終わらないとは信じたがらなかった。そして、不況は利益競争がもたらした結果だと言う息子は明らかに間違っていると思っていた。彼女は、人間とは常に競い合うもので、なかには悪人もいることを知っていた。夫がその良い例だった。夫とカイザーを比較して考えたことも何度もある。また、自分が若かった頃の過激派と同じように、ジャスパーが社会主義を口にすることで、生活のために金を稼ごうとしない放浪者や役立たずになってしまうような気がして、不安にもなっていた。

マイケルは、不況の一年目にサラに離婚を承諾してもらった。その後すぐに再婚し、二度目の結婚の二年後に亡くなったが、サラはこれで自分の汚名はそそがれたと思っていた。

そしてよく、「もし彼が私や子どもたちのもとに留まっていたら、今だって生きていたかもしれない」と言っていた。

マイケルの遺産は相当なものと思われ、ナンシーとジャスパーがどれくらいの金を相続するのか、シーモアも人一倍興味を持っていた。彼はジャスパーとしょっちゅう、彼が二一歳になった時に手に入れる金をどうするのかについて話していた。遺産相続担当の弁護士たちはサラに、全体的に価値の崩壊が進んでいるため、一部の株式や債券を除けば、財産は紙切れ同然で、株や債券ですら強気相場だった全盛期の価値には戻らないかもしれないと忠告しようとした。だがシーモアはジャスパーに、そんなのは馬鹿げた話で、いくら下がったとしても、最終的にはボールが跳ね返るみたいにまた上がると言った。ジャスパーは、急進的な政治経済の理論に慣れ親しんではいたものの、シーモアの言うことが真実だと思いたくてそれを信じた。家族全員がナンシーとジャスパーは相続して裕福になると信じていたのは、一家は何年ものあいだこの考えを温めていたのと、現実に屈するにはあまりにもこの考えが心地良過ぎたからだった。

一九三七年、シーモアは人生で最も画期的な行動に出た――賭け屋になったのだ。賭けるたびに金を費やして無駄にするようなギャンブラーなどやらずに、何年も前にそうするべきだったということは、すぐに誰もが知るところとなった。シーモアは賭け屋として成功したとは言えないかもしれないが、母親との質素な生活を支えるのに十分な金を稼いだ。そして、ジェームズがはじめて要望を口にしてから一二年後、ついにシーモアと母親は自分たちだけで暮らすようになり、ジェームズは妻と息子と暮らしはじめた。しかしレベッカは、母親が病気になった時に面倒が見られなくなるような場所には行かせたくないという思いから、二家族は同じ建物に住んだ。ルース・ハートはいつもレベッカの部屋に来て手伝おうとしていたが、一方のシーモアは姉を銀行のように使って、稼いだ金を彼女に渡しては代わりに銀行に預けてもらい、資金が足りなくなると彼女の資力に頼った。

今や家族全員が、典型的な中年の型に収まっていた。ジェームズは質素な暮らしをして、シーモアもつつましく暮らし、ナンシーとジャスパーは都市にある大学に通い、病気がちなジョンは小学校に通いはじめ、一家のなかで子どもたちだけが唯一、予測不可能で不安定な道のりを歩んでいた。新たな戦争が近づくにつれ、一家はささやかではあるが確実に繁栄していった。シーモアは自分が思う存分賭けができるだけの資金を与えてくれるパートナーを見つけ、賭け屋としての道を邁進していた。パートナーは出資だけして業務には関与せず、シーモアが賭け屋として稼いだ金の半分を取り、本来は本格的な賭博を止めるはずの警察に対してシーモアが背負っているリスクは一切負わなかった。シーモアの新しい野望は、十分な資金を得てパートナーから解放され、収益を全額自分のものにすることだったが、この野望はしばしば手が届かないように思えた。と言うのも、必要だった五千ドルに貯金が到達すると、ギャンブラーたちが予想もしなかったような大儲けをして、シーモアは振り出しに戻ってしまったからだった。やがてヨーロッパで戦争がはじまり、経済が豊かになってくると、人々がギャンブルに使える金額も増えてシーモアにとってはすべてが順調に思えた――徴兵されるまでは。ちょうど第一次世界大戦の最後の年に適齢期を迎えた彼は、軍隊に入るには歳を取りすぎた年齢になるには一歳若く、一一月に戦争は終結したが、徴兵は免れなかったからだ。

　シーモアは徴兵をまったくの災難と捉えていた。身体的な理由で不合格になると思っていたが、身体検査から戻ってくると彼はこう言った。

「呼吸できれば、入隊だってさ」

　これまでずっと自分を追い詰めてきた宿敵が、今や社会全体になったと感じながら、シーモアはディックス駐屯地に向かった。最初の六週間は、すきを見つけては母親に会いに行っていたが、その後さらなる訓練のためにテキサスに送られた。それまで何年ものあいだ、母親と一晩も離れたことがなかったので、自分が不在のあいだに母親が死んでしまうかもしれないという恐怖に襲われ、それは、自分が戦争で殺されるかもしれないという恐怖に匹敵するほどだった。軍隊では、自称ブロードウェイのギャンブラーとして人気者になり、生まれてはじめて、好き嫌いにかかわらず、朝早く起きなくてはならなくなった。しかし、膝に古傷を負っていたおかげで、訓練はたびたび休めた。

母親は、息子が恋しいかと訊かれると、いなくなってせいせいしたと答え、彼のいない日常生活を穴が空《あ》いたように思いつつも、これまであらゆる機会や変化を受け入れてきたように、落ち着いた気持ちで、息子の旅立ちを受け入れていた。

半年後、シーモアは膝の不調を理由に除隊された。以前にも増して健康になって家族のもとへ戻ってきた彼は、軍隊や、一八歳から二一歳までの青年たちのために作られた軍事訓練を声高に褒め称えた。そうした規律を賛美することで、従来の道徳観を彼なりに肯定しようとしていたが、それはまた、彼が健康な体を享受している表れでもあった。

「もし前の戦争で徴兵されていたら、僕の人生はまったく違うものになっていただろうね！」と彼は言った。「自分のことは自分でするようになったはずだよ！」

しかし戻ってくると、彼はまた朝遅く起きて、のんびり朝食をとり、母親の世話を受けるという以前の生活に完全に身を委ねるようになった。

「ママ、お風呂にお湯を張ってよ」シーモアは戻るやいなやそう言い、母親もまた、まめまめしく彼に仕えた。軍隊で培った習慣で唯一身についていたのは、ベッドの上に座って脚を投げ出したまま靴下を履くというものだった。母親はこの作法が気に入らず、それを批判すると息子は嫌がった。それはもしかすると、彼女が好きでやっていることとはいえ、母親が世話を焼くのには息子の承諾が必要であることを示す唯一の証だったのかもしれない。

シーモアはまた賭け屋として働きだし、戦時中の好景気もあって商売は繁盛した。母親はついに息子が真の男となり、一人前になったと感じて満足していた。もはや彼の欠点は、母親とまともな生活を送るための仕組みの一部だった。シーモアが賭け屋になるまで、彼女はギャンブルを嫌っていたが、今では市の役人がギャンブルをやめさせようとしていることに頭を悩ませていた。シーモアは郊外の友人宅にまで行き、そこでギャンブラーたちからの電話を受けるようにして、その網をくぐり抜けた。友人はそれで報酬をもらい、夜になるとシーモアを車で家まで送り届けた。ルース・ハートは、市当局がギャンブルをやめさせようとするのは間違っていると考えるようになっていた。それは、賭けをするのは人間の性《さが》でもあり、余分な金があるのなら、危険を承知で賭けて、めまいがするような興奮を味わう権利があると思っていたからだ。昔からギャンブルはあってこれからもなくなることはないのだから、警察のせいでシーモアが町から出て行かなければならなくなったのは、愚かで苛立たしいことだと。

　繁盛するにつれて、シーモアの金遣いの荒さは度を増していった。レストランでの高価な食事を好むようになり、家ではあまり夕食をとらなくなった。朝食は母親に作らせたが、昼食は別の場所に行きたがった。ある日の午後、祖母を訪ねてジャスパーがやってくると、祖母は誇りと皮肉を込めてこう言った。

「ほらごらん、あの子は私の願いを叶えてくれているよ。私が作った昼食を食べてくれてる」

　ルース・ハートの体は徐々に弱くなり、何度も深刻な心臓発作を起こした。この何年もずっと、数々の病気や悲しみを経験していて、なにもかもが彼女の身に降り掛かってきているように思えるほどだった。犬に噛まれ、凍った歩道で脚を骨折し、盲腸を切除し、息子の死に心を痛めた。しかし、試練が過ぎてしまうとまた明るさを取り戻し、子どもや、孫、友人に恵まれ、みんなから愛されていることを喜んだ。どれだけの苦労をしてきたのかを思いながら、娘たちは、母は生命力が強いと言い、シーモアは何があってもママは生き続けると言っていた。

「どうしたらそんなに長く生きられるの？」と、祖母が大好きで、彼女が亡くなる日が訪れるのを恐れているジャスパーは尋ねた。

ルース・ハートは孫に、体の休め方を知っているからだと説明した。でも実際はあまり眠らず、シーモアの顔を見るまでは熟睡せずに、ただ暗闇のなかでうとうとしながら帰りを待っていた。

シーモアが軍隊から戻ってきてから一年後、これまでで一番深刻な心臓発作が母親を襲った。すると、シーモアは異常ともいえる行動をとるようになった。母親が元気な時は、彼女の振る舞いをあざ笑うように面白がっていたのに、病気になった途端、母親が死んでしまうと確信したのだ。それは以前から恐れていたことで、シーモアは持ち金のほとんどを賭けた野球の試合に出かける時のような感情に襲われてパニックに陥った。寝室を行ったり来たりしては、母親のベッドのそばに座り、発作がひどくなると、死んでしまうに違いないという思いに駆られてうめき声を上げはじめ、指摘されてもやめようとせず、ベッドのそばを離れようとしなかった。

ルース・ハートは再び回復すると、孫のジャスパーにシーモアの振る舞いについて、蔑むかのように話した。

「おまえもあのうめき声を聞いたらよかったよ。あの子は人間じゃなくて、まるで動物だった。うるさいし迷惑だから、どこかに行ってくれと言ってやったよ」

でも本当は、息子が自分の死を恐れている姿に感動していた。しかし、男らしくない息子の振る舞いを恥じてもいた。そうした時に女なら泣き叫んでも構わないし、ルース・ハート自身も誰かの死や災難の知らせを聞いて何度も悲鳴を上げたことがある。でも男はそうではいけないのだ。

「私が死んだらあの子はどうなるんだろう?」と彼女はレベッカに尋ねた。「めちゃくちゃになってしまうんじゃないかと思って」

「ママはそこら辺の奥さんよりできる人だものね」とレベッカは言った。「だからシーモアは結婚しなかったのよ。あそこまで面倒を見てやれる妻がどこにいる? どんな奥さんが、毎朝穿きやすいように靴下を半分裏返しにしておいてあげるのよ?」

シーモアが結婚しなかった理由は、あやふやで複雑だった。まともな結婚をするために十分な金がなかったというのも事実だが、一時期、家族の友人たちから、裕福な未亡人と結婚したらどうかと言われていた。金目当ての結婚もあり得たというのは、単に生計を立てられないことだけが結婚しなかった理由ではないと示唆しているように思えた。以前サラが、結婚する気はあるのかと尋ねると、シーモアはこう答えた。

「僕が十分好きだと思えて、かつ僕と結婚したいと思う人がいなくてね」この理解し難い答えは、同じアパートメントの建物に住んでいて、彼が遠くから恋心を寄せていた、ふくよかで美しい女性に関係していた。ジャスパーは以前おじに、テルマはよくネッキングすると思うかと尋ねられたことがあったが、その時のおじの顔が青ざめていたので、おじがテルマに夢中なのがわかった。そしてそれ以来、シーモアがテルマを避け、アパートメントの階段ですれ違っても彼女を知らないふりをするのを見ていた。

ルース・ハートの七五歳の誕生日が近くなると、レベッカはサプライズ・パーティーを開くことにした。長年彼女を知り、親交を深めてきた友人たちはみな、パーティーの提案に沸き立った。なかには、ルース・ハートはとても神経質だから、事前に知らせずに驚かせるのは得策ではないと言う人もいたが、レベッカは内緒で企画するのが好きで、サプライズにしたかったのだ。

ルース・ハートにとっては、結婚した一九歳の時以来の誕生日のお祝いだった。母親がみんなに愛されていることを知っているレベッカでさえ、サプライズ・パーティーを提案するたびに、招待した客が誰も彼も喜んだことに驚き、どんな贈り物を母は好むのかと質問されたり、贈り物の値段は母への気持ちを表すから、安価ではないものを贈りたいという思いを耳にして唖然としていた。それは人間の善良さには限りがあるというレベッカの考えを超えていた。パーティーの準備が進むにつれ、裕福な友人たちのあいだで誰が一番立派な贈り物をするかの競い合いが生じた。貧しい人や老人は十分な資金がないので、パーティーのために一番得意とするケーキを焼いていこうとしていた。

何年も自分の部屋に閉じこもり、家族の友人に会わずにいたシーモアが、パーティーに出席すると承諾したことにもレベッカは驚いた。サラもまた、みんなが母親に向ける並外れた愛情に心を打たれていたが、同時に批判的に見てもいた。

「それはママが誰のこともけなしたりしないからよ」とサラは言った。「みんなのことをよく言うでしょ。本当はあの人たちのことをどう思っているのか、自分で認めようとしないんだから」

パーティーの日の朝、レベッカは早起きして食事の準備をした。ルース・ハートも早く起きたようで、朝の習慣から娘の家族が順調にやっているのかを見るために、自分が住んでいる一階からレベッカが住んでいる四階へ上がっていくと、玄関まで出てきたレベッカに、今はお風呂に入っているところだから家の中に入られては困ると言われた。そこで下の階へ戻ろうとしたが、エレベーターが一階に到着する頃には、ああして娘が自分を拒むのはすごく変だと思いはじめていた。あんな理由で中に入れてもらえないなんてことは今までなかったし、娘は自分のいる前で何度も風呂に入ったことがあった。レベッカが母親がそばにいることに神経質になったり、家に入ってほしくないと言ったりしたのは、これがはじめてだった。

一時間もするとルースは、きっと娘は何かを隠しているに違いないと思い込むようになっていた。何かを隠すということは、きっと悪いことがあったんだ。良いことを隠蔽する理由がある人なんて、聞いたことがないのだから。

シーモアは、母親を姉の部屋に来させないようにと言われていたが、その日はまだ帰宅していなかった。夜遊びはますます習慣化していた。レベッカからは、どんな手を使っても母親を止めるように言われていたので、もし彼が家にいたなら、母親をそばにいさせるために、長年、無意識に活用してきた方法がたくさんあったはずだった。

ルースは、思いもつかないような不幸をレベッカが隠していると思い込み、エレベーターまで戻って再び娘を突き止めに行くことにした。レベッカに応対を頼まれたサラは、玄関先で微笑みながら、入ってこないでと母親に言った。笑顔さえ見せれば、それだけで母は納得するだろうと思ったのだ。ルースはまた自分の部屋に戻ると、追いやられたことにさらに思いを巡らせ、長いあいだ恐れてきたように、シーモアが事故に遭って怪我をしたか死んだに違いないと思い込んだ。そこでエレベーターで再び上に戻ったが、今度はレベッカとサラの二人が玄関に来て、今は部屋に入れないけれど午後三時になれば歓迎すると言った。

ルースは怒りを顕にして、いいから入れてくれと強く言い張った。

「世界一ひどい子どもたちを持ったもんだよ」と彼女は言った。さらに、三時と言われたことで、葬儀屋がシーモアの死体を棺に入れる手はずを整えているのに違いないと思い込んで泣き叫んだ。

「あの子の亡骸を見せておくれ。そうしたらもうあんたたちには何も頼まないから」

それを聞いたサラとレベッカは笑って、シーモアは無事だし、ママはまるで子どもみたいだと言った。

「そうしたら、あの子はどこにいるの？」とルースは言った。「一晩じゅう帰ってこなかったんだよ」

レベッカはこの一年でシーモアが何度も夜遊びに出かけ、朝になっても帰ってこなかったことを母親に思い起こさせると、お願いだからと言って帰らせようとした。娘たちの笑い声はルースを安心させるどころか、むしろ困惑させた。

「これまで、一度もこんなことはなかった。実の母親を家に入れないなんて、なんてひどい子たちなんだろう！」とルースは怒ったまま帰っていった。それでも、シーモアがどこかで怪我をしているかもしれないという思いは拭えなかった。

二時になると、招待客が何人か現れ、そのうちのひとりはパーティーに連れてくる時間までルースの相手をするために下の階に送られた。ルースはその客を、「サラとレベッカは、最低最悪の子どもたちなんだよ」という非難の言葉で迎え入れた。一方シーモアは、きれいなシャツに着替えるために家に戻っていて、その客のことを陰から見ていた。母親にどこに行っていたのかと訊かれると、イライラさせないでくれと返事をした。そこで彼女が、レベッカの家に入れてもらえないでいることを話すと、ようやくそこでサプライズ・パーティーのことを思い出した。しかし、すでに別の約束があったため、すぐに済ませて一刻も早く戻ってこようと、二五年来の知り合いである母の友人に挨拶もしないまま、また出かけていった。

「もう一度レベッカのところへ行ってみましょう」パーティーの時間が来ると、家族ぐるみの付き合いがある友人は言った。

「あの子には会いたくない」と、まだ怒っているルースは言った。しかし身なりを整えるように促されると、腰を上げて支度をしはじめた。


ルースが娘の家のリビングに足を踏み入れると、長年の友人たちがいっせいに叫んだ。

「ルース、お誕生日おめでとう、おめでとう！」


最初、彼女は呆然としていたが、状況を理解すると、子どものような笑顔で挨拶の言葉を口にした。とても嬉しかったのだ。客たちは感動し、なかには感極まって泣き出す人や、拍手をする人もいた――これまで彼らは、自分たちがどれだけルースを好きなのか実はよくわかっていなかった。そしてそのうちのひとりは、ルースのことだけでなく、またこんなパーティーに呼ばれたいという気持ちに駆られてこう叫んだ。

「百歳まで生きられますように！」


ルースは、そう願ってくれた人は善かれと思って言ってくれたに違いないが、百歳まで生きるのはそう楽しいことではないかもしれない、でもパーティーは嬉しいし、みんなが来てくれたことにも喜んでいると言った。すると、全員がルースへの贈り物を渡しはじめ、その立派さや高価さに、ルースはかわいらしく動揺して驚いた。そして、まるでこんな素敵な贈り物をもらうなんて勿体《もったい》ないとでも言うみたいに「ああ、これを私に？　私のために？」と言った。


最後にルースに贈り物を渡したのはサラとレベッカだったが、その時にサラが尋ねた。

「世界一ひどい子どもたちがいるのは誰なの？」

「私の子どもたちは世界一素晴らしいよ」とルースは恩着せがましく言った。

それから、家族の友人のひとりで、最初の子どもが生まれた頃からルースを知っている人が短いスピーチをした。そのなかで彼女は、自分が知る人間のなかで（実際、彼女はたくさんの人と知り合いだった）ルースが一番親切で、心が優しくて、献身的で、利他的だと述べた。

　これを聞いてサラは、隣の女性にこう言った。

「母はあと半年は今日聞いた褒め言葉で生きていけるわ！　そのあいだ、言われたことで頭がいっぱいで、食べるのを忘れてしまうかも」

「ルースはやるべきと思ったことを、やり続けてきたのよね」と友人は答えた。

　サラは長いこと母親を批判し、自分の結婚やシーモアの性格について母を責めてきたが、このパーティーを嬉しく思うと同時に困惑もしていた。これほどまでに誠意と確信に満ちた称賛を受ける人間は、そういないとわかっていたからだ。

　料理を味わいながら、長い年月のあいだの思い出話に花が咲き、部屋は笑い声に包まれた。しかし実際は、ほとんど笑えないような話ばかりだった。

　パーティーが終わりを迎える頃、すでに帰った数人を除いて大半はまだ食卓を囲んでいたが、もう食べ終えて最後の紅茶を飲んでいるところで、シーモアが急ぎ足で入ってきた。いつも会わないように避けていた人たちが全員集合しているのを見て、彼は気恥ずかしくなり、何よりも母親のために買ってきた深紅色《アメリカン・ビューティー》のバラの花束を持っているのが恥ずかしかった。彼は母親に花束を渡して、照れくさそうに頬にキスをすると、部屋を出ていった。

「九時に人に会う約束があるんだ」と彼は言った。

「あの子には良いところもあるの」シーモアが出かけてしまうと、ルースが言った。「完璧ではないけれど、私の面倒をよく見てくれるし、賭け屋になってからは、あらゆる面で成長しているんだよ」

そうしてパーティーは、キスや心からの祝福や感謝の言葉に包まれ、いろいろなことがあってもやっぱり人生には良いこともあるとみなが実感して終わった。

シーモアは四〇歳で、姉たちは中年になり、ナンシーは結婚し、ジャスパーは弁護士としてのキャリアをスタートさせていた。六五歳になったジェームズはいつもどおりで、ルースの最後の孫であるジョンは高校生になっていたが、成績が芳しくなかったため、苦心しながら進級していた。ナンシーは結婚してサンフランシスコに移り住み、すぐに三人の子どもをもうけた。

「ありきたりだよな」とシーモアはジャスパーに言った。「避妊法についての冊子でも送ってやったらどうだ？」

ジャスパーはドイツが敗戦した直後に、ニューディールの機関で弁護士をしているワシントンから祖母に会いにやってきた。正午に到着すると、シーモアは下着姿でキッチンのテーブルに座っていた。母親に朝食を出してもらいながら新聞を読んでいて、紙面には柔らかめに茹でた卵の黄身の染みがついていた。

ジャスパーは二人に挨拶をすると、祖母と一緒に、今はシーモアの寝室としても使われているリビングへ行って話をした。母親が病気になってから、シーモアは寝椅子をベッド代わりに使っていたが、シーモアが寝室を使っていた長いあいだ、その寝椅子で寝ていたのはルースだった。

ルースはこの変化を、孫に誇らしげに説明した。

「いいかい、あの子は本当に良い息子なんだよ」

「おばあちゃんはいつも、誰のことでも、いいところに目を向けようとするよね」とジャスパーは言った。

「そのほうがいいんだよ」とルースは言った。孫が大抵の人間は最悪だと疑い、苦しんでいることを彼女は知っていた。

　朝食を終えたシーモアが、素足に下着姿のまま部屋に入ってきて、ジャスパーと会話をしながら着替えはじめた。

「ワシントンのお偉いさん方は今、何を考えているんだ？」ワシントンで働いていることを誇りに思っている自慢の甥に、彼は尋ねた。

「どうすれば仕事を失わずにいられて、自分たちが思い描いていたような仕事に就けるかを考えているよ」とジャスパーは言った。

「そうだろうな」とシーモアは答えた。彼がそうした人間観を肯定し、またそんなふうに観察するのが好きなのは、内情に通じているような気になれるからだった。甥と話をするあいだ、シーモアは寝椅子にもたれかかりながら脚を高く持ち上げて、軍隊の一員だった頃に習ったやり方で靴下を引き上げた。母親はクローゼットに向かうと、プレスをかけたばかりのズボンをハンガーから取ってきた。シーモアは丁寧にズボンを穿き、ドレッサーに入っているシャツを吟味した。そしてすぐに、襟ののりが十分に効いていないと母親に文句を言った。ジャスパーは祖母の様子をうかがった。彼女はシーモアの動きをひとつも逃さずに追っていた。視線を感じたルースは孫のもとへ戻ってくると、新品の立派なネクタイは欲しくないかと尋ねた。以前にシーモアが買ったものだが結局気に入らず、紳士服店に返品するのも拒んだものだった。ジャスパーは断った。

「十分持っているから」と祖母に言った。でも本当は、シーモアの洋服や紳士服の趣味は派手で仰々しく、ジャスパーが使えるようなものは思いつく限り何もなかったからだった。

ジャスパーは祖母が自分の服装をじろじろと見ているのに気づいた。彼女は孫が家族で唯一成功したことを誇りに思っていて、孫に愛されていることにも大きな喜びを感じていた。でもきちんとした服装をしていないせいで、ジャスパーは成功者のようにはとても見えないとも思っていた。シーモアはやり過ぎだが、反対にジャスパーは古くてプレスのかけられていないスーツばかり着ていると。

「この子は自分に見合う服装をしていないんだよ」ルースは以前、近所の人に孫を紹介する時にそう説明したことがあり、それ以来、ジャスパーは祖母に会いに行くたびに、特別な努力を払うようになった。ある時、彼が祖母に会うための格好のまま恋人のアパートメントに戻ると、彼女は彼の靴が珍しくピカピカなのに目を留めた。

「なんて面白い人なのかしら」と彼女は言った。「唯一靴をきれいに磨くのが、おばあちゃんの家に行く時だなんて！」

この日もジャスパーは細心の注意を払って行ったが、祖母が前と同じようにがっかりした顔をしたのを見て面白がった。

ルースは孫が、詮索している自分を面白がっていると気づくと、話題を彼の仕事のことに振った。

「そんなに働くことないじゃないか」と彼女は言った。一〇年前、ジャスパーが一緒に暮らしていた頃に、学校に行く時間が来たら起こしてほしいと頼んだ時も、彼女は起こさず、眠たいのなら寝るべきだと言っていた。

ジャスパーはこれまで幾度も言ったように、仕事が好きなのだと説明した。

「もっと楽しいことをなさいよ」とルースは言った。「仕事する時間なら、たっぷりあるんだから」

そして、ジャスパーがいつ結婚するつもりなのかを知りたがり、この時もまた、金持ちの女の子と結婚するように勧めた。

「忘れちゃいけないよ」とルースは言った。「女の子が金持ちになるのは罪ではないんだからね」

「二四時間好きでいられるような女の子を見つけたいんだよ」とジャスパーは祖母に言った。

「そうさ」と寝室からシーモアが言った。「女っていうのはやっかいなんだ。足元には気をつけろよ、ジャスパー！」

シーモアは細心の注意を払いつつ、適度な力を込めてネクタイを結びながらリビングに戻ってきた。そして「女は愛して、捨てるんだよ」と、父親に似て女好きだろうと思っている甥に向かって言った。

ジャスパーは微笑みながら「今は深入りするほどの時間があまりなくて」と言った。

「そうだよ」とルース・ハートは、息子の発言も孫の返事もよく理解しないまま言った。「でも覚えておくんだよ。私にひ孫を見せてくれるって約束したんだからね。結局、ナンシーはカリフォルニアにいるから、三人子どもがいて写真を送ってきたって、いいことなんて何もない」

「おばあちゃんも約束を忘れないで」と、祖母が自分に子どもを作ってほしいと願っているのを、嬉しく思っていたジャスパーは言った。

「約束って？」祖母は言った。

「僕が小さな女の子の父親になって、その子におばあちゃんの名前をつけるまで死なないっていう約束だよ」

「私があとどれくらい待てると思ってるんだい？」祖母は言った。「もう待ちきれないよ」

「死ぬにはまだまだだよ」とジャスパーは言うと、こうした会話が何度も形を変えてなされるたびに押し寄せてくる喜びで体も精神も満たされながら、席を立ち、帰っていった。

それから二週間後、ジャスパーはワシントンから呼び出された。ジョンが学生みたいななぐり書きで綴った特別配達郵便が届いたのだ。他でもないジョンだったのは、レベッカが成功しているいとことジョンが仲良くなるのは賢明だと考えたからだった。記されていたのはルース・ハートの深刻な病についてだった。「心配させて本当にごめんなさい」とジョンは、レベッカが選んだ言葉を綴っていた。「でもおばあちゃんの容態は深刻で、入院しています」

ジャスパーはニューヨークに戻ると、すぐに病院に向かい、手紙に書いてあった面会時間の二時過ぎに到着した。ちょうど待合室で、興奮しきったシーモアをレベッカが落ち着かせようとしているところだった。

「そんなお金がどこにあるのよ？」とレベッカはシーモアに言った。

「必要なら、盗んでくる」と言ったシーモアの目は、怒りに満ちていた。

結局、ルースは個室ではなく、他の二人の患者と同室に入院することになった。慈善事業で運営されているこの病院では面会時間が決まっており、個室の患者だけが、午後の時間いつでも面会者を呼ぶことができた。間違った面会時間を知らされていたジャスパーは、祖母を見舞うことができなかった。

「でも今は容態が落ち着いているから」とレベッカは言った。「いつもの発作だったのよ」

シーモアはまるで賭けた野球の試合を観ている時のように、うろうろ歩き回っていた。シーモアが何かを叫び、それに対してレベッカが叫び返す様子を、他の面会人たちは物珍しそうに見ていた。彼女はジャスパーに、個室に移すだけの金がないことを説明した。

「私は自分の分を払うわ」とレベッカは説明した。「でもシーモアは今一文無しなのよ」

「だから、借りてくるって言っただろう」とシーモアは言った。

「いずれにしろ」とレベッカはジャスパーに言った。「おばあちゃんの容態はずっと良くなっているし、家で私が面倒を見ても大丈夫だと思う。でもねジャスパー、受け入れてくれる病院が見つからずにおばあちゃんの隣で座っていたあの夜は、いっそのこと死んでしまったらいいのにと思うくらいだったのよ。すごく苦しんでいたから」

シーモアは母親に個室をあてがうために、金を借りに出かけていった。ジャスパーはおばから、祖母の発作があまりに激しくて、ついに死んでしまうのではないかと思ってどれほど怖かったかという話を聞いていた。

「おばあちゃんは怖がっているけれど」とレベッカが言った。「あんなふうにパニックになるのは、何よりも良くないの」

ルースの病室はもう変えられないと看護師に言われると、レベッカと甥は彼女の家に戻り、半個室の棟の患者への面会が許される夕方まで待つことにした。ジャスパーはタクシーで帰りたかったが、結局おばと一緒に路面電車で戻り、到着すると昼食が振る舞われた。祖母が死んでしまうかもしれないと不安でたまらず、食事をしていなかったのだ。食事が終わり、おばと話をして、午後が更けてくると、ジャスパーはおばからまた家族の話を聞いた。この話になるといつも、ジャスパーがよく知らなかった出来事が蘇ってきて、長いあいだ誤解したり、知らなかったりしたことや人間関係を、理解して再発見したような眩しさを覚えた。あざやかな光、新しい光、巨大な積乱雲を突き抜けてくる光

――レベッカの話を聞いたり質問したりしながら、ジャスパーはそんな光《ライト》を感じていた。以前は、サラから聞いた話がほとんどだったが、今こうしてレベッカが語るサラの話を聞いて、はじめて彼は姉妹の関係を理解したのだった。

「ママはすごく強い人なの」とレベッカは言った。「お医者様だって驚いてたわよ。あんな発作が起きたら、大抵の人なら死んでるって」

「おばあちゃんは本当に死にたくないと思っているから、あれだけの苦しみを乗り越えて生きてきたんだ」とジャスパーは言った。「僕の母さんを見てみなよ。おばあちゃんとは違うけれど、長年病んでいるだろう。おばあちゃんよりもずっと自分を大事にしているし、二五歳も若いのに」

「あなたのお母さんは夫には恵まれなかったけど、おばあちゃんは違ったからね」とレベッカは言った。

　話題はジャスパーの両親の結婚へと移ったが、それは彼が祖母ともおばともよく話していたことだった。ジャスパーはレベッカに、もしかするとすごく辛い幼年期を過ごしたのかもしれないと医者に言われたことがあると言った。自分の子ども時代が、母親に対して感じていた悲哀のせいで楽しくなかったことを、彼は十分理解していた。

「その医者は僕が病気だったと思ってるんだよ」と、ジャスパーは言った。同世代の友人たちには、自分は疝痛《せんつう》を患って生まれてきたと話していた。

「あなたは丸々とした健康的な赤ちゃんだったわよ」とレベッカは言った。「よくある疾患はあったけどね」

「僕が泣きっぱなしだったから、あんなに何度も家を転々としたんだと思ってた」とジャスパーは言った。

「ゆりかごで泣いていたあなたは、他の赤ちゃんと変わらなかった」とレベッカは言った。「ただ、あなたのお父さんはあなたに夢中で、あなたが夜泣きをすると、家じゅうの明かりをつけるって言って聞かなかった。子どもが泣くと、大抵の人は疲れて眠るまで泣かせ続けるんだけど、あなたは泣けばたくさんかまってもらえるってわかってたの。それで甘やかされたのね」

ジャスパーがそんな話を聞くのははじめてだった。赤ん坊の頃に可愛がってくれたのは、母親ではなく父親だったとは知らなかった。

「母さんも甘やかしていたんだよね？」とジャスパーは言った。

「お父さんだけよ」とレベッカが言った。「あなたのお母さんは結婚生活に疲れ果てていて、そこまであなたに気が回らなかったの」

ジャスパーにとっては、暗闇のなかに突然強烈な光が差し込んできたかのようだった。これまでずっと、思春期に入って母親を批判的に見るようになるまでは、不誠実な父親に拒まれた母親が自分に尽くしてくれたと思い込んでいたのだ。そして、母親の不幸に対して感じる悲しみや哀れみは、赤ん坊の頃の自分に注がれた母親の愛情に起因するものだと思っていた。それが真実でないとわかった今、ジャスパーには自分自身の存在や性格がひっくり返ったように思えた。自分は本当に母親のことを愛していたからこそ、母の不幸をあれほど悲しんだのだ。だが実際は、母親に愛されてなどいなかった。だから、自分は無駄に愛されようとしていたのだ。恋人だったり、結婚を考えていたりした女の子たちは扱いやすくて、自分を拒んだり背を向けたりすることもなかった。でも母親は違った。本当に僕のことを愛していたのは、父さんだった！　泣いた時に家の明かりを全部つけて、願いを何でも叶えてくれたのは父さんだったんだ！　幼少の頃の思い出が蘇ってくればくるほど、ジャスパーは父親が母親のもとを去ったのは、小さな王様でいることが当たり前だったまだ幼い少年にとって、余りある悲痛なことだったように思えた。彼の父親はシーモアが母親に愛されてきたように、ジャスパーを愛していたのだ。

「お父さんは、この世にあなたに代わるものはないと思っていたのよ！」とレベッカは言った。「あんなに子どもを可愛がる男の人を見たことがないわ！　だからあなたのお母さんはいつも、自分のもとに彼が戻ってくると思っていたのよ。何度他の女性といなくなってもね」

「だから母さんは僕のことをそこまで大事に思ってくれなかったんだ」ジャスパーは、おばの発言を繰り返しながら徐々に理解を深めていった。「母さんを一番がっかりさせた希望は僕だったんだね」

「それが私たちの悪いところよ」とレベッカは言った。「子どもに多くを期待しすぎる。自分たちでは手に入らなかったことを子どもに期待してるって、みんなわかっているのにね。さあ、そろそろ病院に行く時間だわ。おばあちゃんがあなたを待ってる」

　病院に戻る時、ジャスパーの頭のなかでは、夜に家に入ってそれぞれの部屋の明かりをつけ、昔からそこにあったものを見ると、初めて見るように思えるのと同じように、家族の歴史が立ち上がり照らし出されていた。シーモアがああなったのは、彼の母親のせいで、彼が彼女の子どもだからだ。しかしレベッカがああなったのも、同じ母親から生まれたからだった。同時に、サラがあんなふうな女性で妻で母親になったのは、母親と父親が自分よりも他の子どもを可愛がったからだった。だから貪欲で内向的になり、人を愛せなくなったのだ。そしてナンシーは、そんな母親から離れるようにして結婚を急いだ——彼女の母親とは違う母親から生まれたレベッカが、結婚を待ち焦がれていたように。

ジョンについては、まだどんな人間なのかはわからないが、彼が親から生まれた子どもだということが、この先、彼がどんな人間になろうとも、そのはじまりで、おそらく終わりであることには間違いない。そしてジャスパー自身は、疑心暗鬼になり、拒絶され、多くの人間が望む以上のものを勝ち取ろうとする母親を嫌でも見てきたが、そんなふうに大人の世界を見ていたことにようやく気づいた。あらゆる行動が幼い子どもという抗し難い幽霊に引き止められたり、鼓舞されたりするのだとしたら、毎朝目を覚ます大人には、いったいどんな自由が待っている？　この自由はジャスパーには、今後子どもがどうなるのか、どんな人間になるのかまったくわからないまま父親になるという、危険で、暗く、遥か先にある自由のように思えた。

　病室に入ると、祖母は他の患者の老婦人たちと軽口を叩き合っているところだった。ジャスパーを見ると感極まって泣き出したが、彼は祖母の顔が縮み黄色味がかっていることにショックを受けて、顔をひきつらせた。

　ルース・ハートは自慢の孫息子を婦人たちに紹介したが、彼女たちは半信半疑だった。ジャスパーは歳のわりには若く見えたし、成功している弁護士には見えなかったからだ。

「私はもう大丈夫だよ」ルースは孫の顔に恐怖を読み取ると言った。「長生きするからね」

　ジャスパーはベッドの脇に座って、ニワトリの首みたいな見た目とさわり心地のする祖母のやせ細った手を取った。そして、まるでそうすればこの世から彼女がいなくならないとでも言うみたいに、手を握りしめた。

「忘れないでね」とジャスパーは言った。「僕がおばあちゃんをまた、ひいおばあちゃんにするまでは死んじゃだめだからね」

「それは、いつになるの？」と祖母は、この子はついに花嫁を選んだのかもしれないと期待しながら尋ねた。「早くしてちょうだいね」

「知り合いの女の子たちを何人か連れてくるよ」とジャスパーは言った。「そうしたら、どの子が一番好きか教えてくれればいいから」

「それなら、小ぎれいにしておかなくちゃね」とルース・ハートは言った。「もう少し調子が良くなるまで待っていておくれ」

「今のままで十分きれいだよ」とジャスパーは言った。

「おまえに素敵なおばあちゃんがいるってところを見せてやらなくちゃならないだろう」とルース・ハートは言った。

「気に入られなくたっていいんだよ」とジャスパーが言った。「おばあちゃんが彼女たちを好きになってくれることが重要なんだから。彼女たちにはそう言っておくからね。自分に一番似ていると思う子を選んでくれたら、その子と結婚するよ」

「私に似てなくてもいいんだよ」とルースは言ったが、内心喜んでいた。「ただ、お金のある気立ての良い娘であればいい。金持ちの良い子なら、すぐに子どももできるだろうから」

トレイを持った看護師が入ってきて、面会時間の終わりを告げた。ジャスパーは祖母にキスをして、また明日も来ると約束した。

病院を出て、星々が輝く雲ひとつない空を見上げると、ジャスパーはこうつぶやいた。

「子どもはこの人生の神秘。生きる意味は子どもにあり。でもその子はサラかもしれないし、レベッカやシーモア、ナンシー、ジョン、あるいは僕かもしれない。それかまたおばあちゃんかもしれないけれど、それはあまりなさそうだな」

「火《ライト》はあるかな？」同じようにタクシーを待っていて、火の点いていない新しい葉巻をくわえた中年男性が尋ねてきた。

「ないですね」とジャスパーは答えた。

スクリーノ

SCREENO

スクリーノ

三時間ものあいだ、コーネリアス・シュミットは全身を覆う無気力や憂鬱から、なんとか立ち直ろうとしていた。「ニューヨーク・タイムズ」を読もうとしたが、大物著名人の追悼特集記事にしか興味を持てなかった。持ち運びできる蓄音機《ビクトローラ》でレコードをかけ、最初はハイドンの弦楽四重奏曲を流したが、三枚目のレコードまでくると飽きてきて、さる有名映画女優の歌をかけた。でも無駄だった。その歌は彼と同じくらい生気がなかった。そこで今度は、こんな気分の時によくやるように冷蔵庫まで行って、普段なら何の魅力も感じないような材料で大きなサンドイッチを作った。食べ終えると窓辺に座り、一〇月の静かな夜の雨が、四階下の街灯が描く明るい弧を伝うように音も立てずに降り、きらきら輝く水たまりにポツポツと落ちたり波紋を作ったりするのを見ていた。濡れた路面にタイヤが擦れて、何かを油で揚げているような音を立てながら自動車が通り過ぎていった。コーネリアスはお気に入りの詩集を取り出して読もうとした。するとページの間から、自分で書いた詩を綴った紙切れが滑り落ちた。最初の数節を読んだだけで、身震いしてすっかり落ち込んでしまった。こんなにも味気なく殺伐とした気分に浸ってしまったら、逃げる場所、つまり聖域はひとつしかない——映画館だ。

彼はキッチンテーブルに母親へのメモを残してからトレンチコートを羽織ると、家を出た。これから観る映画への期待が、胸の奥ですでに高まっていた。夜雨に濡れて光る店が立ち並ぶビジネス街へ向かう途中、雨に打たれて身を縮こまらせた人々が横を通り過ぎていった。二人の少年が菓子店の前に立っていて、ニューススタンドの横にある箱からチューインガムをくすねようとしていた。気持ちが高まりつつあったコーネリアスは一瞬、立ち止まって、子どもの時に培った才能を使って恩恵を与えてやろうかという気になった。特殊な手を使うことで、機械から自由にものを取り出せるようにするのだ。でもそんなことをしたら、きっと少年たちは恥ずかしがるか、怖がるか、あるいは反感を買うだけだとわかっていた。二五歳か、とコーネリアスは自分に言い聞かせた。僕はここにもあそこにもいないし、もはや、けだものが住まう劣悪な動物園とも言える若者の世界に、やすやすと戻れるようにも思えない。

映画館に到着すると、彼はアーケードに沿って後ろから照らすライトに囲まれたネオンサインを読んだ。

ジョン・ボールズとイヴリン・レイ主演『天国の一夜』

スペンサー・トレイシー主演『フリーダム』

今夜のスクリーノは賞金四七五ドル

抽選会があると知って、彼はいやな気持ちになった。映画が中断されて舞台に明かりがつくと、観客はぼんやりした表情で辺りを見渡すからだ。その時間になると、コーネリアスはなぜかひとりで映画館にいるのが恥ずかしくなり、座席に深くもたれて体を下にずらすことになる。まるで友人がおらず、特にやることもないと告白しているみたいに思えたのだ。でも、スペンサー・トレイシーは、自意識のかけらも感じさせない演技でいつも楽しませてくれる俳優だし、オペレッタの音楽に感動したい気分だった。意を決してチケット売り場のほうへ歩いていくと、映画館の暗闇から人々が夢遊病者みたいに続々と押し寄せてきた。

　入口で制服を着たもぎりから渡された、チェッカー盤の模様みたいなものが印刷されたカードには、各マスに番号が振られている。古いロトゲームで、縦か横か斜めのマスに連続する五つの数字を揃えるというものだ。中央には「グラティス」と書かれていて、それは、予《あらかじ》め運営側が観客に与えたおまけのマスだった。

　コーネリアスは、高い天井から豪華なシャンデリアが吊るされた巨大なロビーの、気味が悪いくらい音のしない贅沢なカーペットを歩きながら、カードをじっくりと見た。すると、次の瞬間には映画館の幽霊みたいな夜のなかにいた。恍惚とした表情を浮かべた二千人の観客が、何もかもを忘れて白と黒のスクリーンに見入っている。困り顔の案内係は彼を劇場の真ん中の列まで案内すると急ぎ足で立ち去った。案内係がいなくなると、コーネリアスはさっき見た燃えるようなシャンデリアのあとの薄闇に目が慣れないままさらに進み、悩んだ末に、座りたい席を列の真ん中に見つけた。そこなら、途中で退席する人に邪魔されることもない。

　座席に座りようやく落ち着くと、コーネリアスはスクリーンに視線を向けた。ニュース映画が流れていて、騎兵たちが背の高い障害を飛び越え、一番高く飛躍したところで鞍から飛び上がってはまた座る、というのをやっていて、とても優雅な身のこなしだった。姿の見えないナレーターの声が、「アンクル・サムは準備を怠るつもりはありませんでした」と語っている――この声を聞くといつもコーネリアスは、デルフォイの神託を思い出す。すると突然、悲しくて重々しい音楽とともに場面が変わり、洪水の写真が映し出された——沈みかけている船から脱出してきた一家の写真で、幼い息子は両腕に飼い犬を抱えている。犬と少年の顔がアップで映し出された。困惑したような暗い犬の顔が観客の心を捉える。ゆっくりと流れる水の中を、あらゆるものがゆっくりと動いていく。ナレーターは芝居がかったバリトンの声で心情を語る。「オハイオを襲った自然の脅威です。何千人もの人々が、荒れ狂う無情な洪水で家を失いました」それから、ニュース映画の典型とも言える場面（陸軍士官学校《ウエストポイント》、スイングするバッター、マイクの前に立つルーズベルト大統領、列車から降りてくる女優）のモンタージュが流れ、終盤には軍歌を鳴り響かせながらニュース映画は終了した。劇場が明るくなると、身なりの良い若い男がマイクを持ってスクリーン前の舞台に登場した。そのあとには制服姿の案内係が続く。舞台の隅には円形の赤いポスターがあり、その上にゴールド・ディスクがいくつか貼り付けられている。ディスクを裏返せば、勝ち取った賞金金額がドルマークと一緒に表示されるのだ。

「紳士淑女のみなさま、こんばんは」青年はマイクに向かって、物知り顔で手際よく話しはじめた。「私どもは、スクリーノの勝者に再び賞金をご提供できることを嬉しく思っております。今回も、最初に呼ばれた七つの数字でスクリーノになった方に、四二五ドルをお渡しします。そのような幸運な方が現れなければ、さらに二五ドル追加して来週の賞金は四五〇ドルに。それとは別に、今夜スクリーノになった最初の一〇名には、合計五〇ドルの賞金を差し上げます。縦でも横でも斜めでも、五つのマスの数字が揃ったら、大声で聞こえるように叫んでステージまでお越しください。壇上でゴールド・ディスクを選んでいただき、五〇ドルの一部をお受け取りいただけます。覚えておいてくださいね！　五つの数字が並んだらですよ！　縦でも横でも斜めでもいいんです。みなさん、頑張ってくださいね！　誰もが勝てるわけではないんですから！」

　確かにそのとおりだ、とコーネリアスはつぶやいた。

　映画館が薄暗くなった。映画を観る時ほど暗くはなく、劇場の両側と舞台の両脇に控えめな明かりが灯っている。白とピンクの時計盤がスクリーンに映し出された。よく見るとルーレット盤のようになっていて、一から百まで番号が振られている。すると中央のポインターが突然文字盤の上を回りはじめ、徐々に速度を落として、止まった。

「99！」事務的だが、どこかもったいぶったような、威勢のいい男の声がした。案内係はスクリーンの右側に置かれた黒板にその数字を書き込んだ。するとポインターがまた猛烈な勢いで回り出し、一瞬動きがぼやけたかと思うと、すぐに矢のような直線になった。言うまでもなく、実際の文字盤は映写室にある。

「54！」司会者が、大げさな口調で言った。

「スクリーノ！」バルコニーのほうから嘲笑《あざわら》うような叫び声が聞こえ、みんなが笑った。スクリーノになるには早すぎたからだ。

「申し訳ありません、みなさん」と青年は物腰やわらかく言った。「おふざけはどうかお控えください。賞金が絡んでいることですし、これまでも何人もの方が面白がられて、混乱を招いたことがありましたから」

「わかったよ、上院議員さん」とバルコニーから同じ声が聞こえると、観客たちは再び笑った。そのあいだ、コーネリアスは大きな関心を膨らませていた。最初の二つの番号はどちらもあって、柔らかいダンボール紙でできたカードの穴を、そのたびに指で押し込んでいたのだ。もし勝てば、面白いことになりそうだ、と彼は独りごちた。きっとここには、僕よりも四二五ドルをうまく使える人はいないだろう。でも僕は今まで幸運だったためしがないし、賞金を獲得するような人間でもない。

ポインターがまた回転しはじめた。「39！」と司会者が数字を発表した。観客はまだ盛り上がっていなかった。呼ばれた数が少なすぎて、誰も勝てる気配がなかったからだ。しかしコーネリアスは三番目の数字もカードに見つけていて、すっかりこの成り行きに気をよくしていた。

「49！」司会者の青年が叫んだ。

「ラズベリー！」バルコニーからまたさっきと同じ声が聞こえた。

「お願いですから！」司会者が、悪意のない皮肉を含んだ猫なで声で言った。「バルコニーにいらっしゃる親愛なるお客さま、どうかお控えください。さもなければ、酔っ払っていらっしゃると考えて、もっと相応《ふさわ》しい場所にお引き取り願うことになります。お金はお返ししますので」

「出ていくもんか。そのもっと相応しい場所から追い出されてきたものでね」とバルコニーの声が言った。司会者は案内係のひとりに合図を送り、なんらかの対応をするよう知らせた。コーネリアスはこの騒ぎをほとんど気に留めていなかった。彼のカードには、49という数字もあったからだ。勝つためにはあとひとつ揃えばよく、とんでもなく興奮していた。だが、何か良くないことが起こりそうな気もしていた。幸運はいつも当てにならないし、偶発的で気まぐれなもの。だから幸運というのだ。*Non forat ullum illaesa felicitas*（セネカの言葉を正確に翻訳できたとしたら、「驕りを知らない栄華は、いかなる災いにも耐え得ない」という意味になる）。バルコニーからの妨害は、すぐにでも運気を逆転させてしまう気がして、コーネリアスは怒りに満ちた顔をバルコニーに向けてから、また前に向き直り、ポインターが動くのを待っていた。ポインターが回転しはじめた。

「8！」と若い司会者が叫んだ。ぱっと見ただけで、コーネリアスはその数字がないのがわかった。大きな賞金を勝ち取るチャンスはあと二回。そうすれば、ローブ古典叢書を五〇巻買える。今回ポインターは弱々しく回った。

「14！」と司会者が叫んだその声は、マイク越しだとより仰々しく聞こえた。コーネリアスのカードにその数字はなかった。彼はこんなゲームはインチキだと言って自分を納得させようとした。運営側がこれほどの大金を誰かに勝たせるわけがないし、映写室かカードに書かれた数字に手が加えられて八百長をしているに違いない。残るチャンスはあと一回だが、大海の一滴のようなものだ。コーネリアスは座席にもたれかかるように身を沈めると、あんなに興奮していた自分をたしなめた。

そのあいだにもポインターは素速く回転し、徐々に動きを弱めていった。

「25！」と司会者は叫んだ。

「25！　25！」コーネリアスは自分自身に言い聞かせ、この数字で自分のカードに横に五つの数字が並んだのを確認すると、席から立ち上がって叫んだ。

「スクリーノ！」大声で叫ぶと、近くの人たちの足につまずきながら、自分の列から出ていこうとした。なかには彼の足取りを心配する人もいて、通り過ぎ際に声をかけようとする人もいた。勝者特有の魅力が、コーネリアスのなかで輝いていた。

「25！　25！」とコーネリアスは自分に言い聞かせた。「僕の年齢と同じだ！　大当たりだ！」舞台まで歩いていくあいだ、大勢の観客の視線が自分に集まっているのを感じると、いつも苦しめられてきた自意識過剰に陥り、大げさなくらい慎重に歩いていった。

案内係はカードを受け取ると、黒板に記された数字と見比べて確認した。若い司会者がやってきて、案内係の後ろからのぞき込んだ。その顔を見ると、まるで何かが間違っているような、誰かが計算を間違えているような気がしてきた。確認は何度か繰り返して行われた。なんて官僚的だとコーネリアスはぼやいた。そうして当選が証明されると、司会者は通常の態度に戻り、彼がコーネリアスと握手をすると劇場全体が明るくなった。

「幸運なやつだ」とバルコニーの声が叫ぶと、その声に滲み出た嫉妬に観客はまた喜んだ。

「おめでとうございます」と司会者は言った。「四二五ドルはあなたのものですよ」彼はコーネリアスをマイクの前へと導いた。「お支払いする前に、お名前とご住所をお聞かせください」

「コーネリアス・シュミットといいます」とコーネリアスはささやいた（ささやき声はマイクに響いたものの、言葉ははっきりと聞きとれなかった）。「住所は１６３丁目　ウェスト８４５」

司会者はこの情報をまるですごく重要なことかのように、マイクで繰り返した。

「ヴァンダービルト家のコーネリアスだ〔コーネリアス・ヴァンダービルトはアメリカ史上最も裕福な人物のひとり〕」とバルコニーの茶化し屋が叫んだ。

「本当は、パーク・アベニュー在住だろ」

「それから、ご職業は？」若い司会者は、自分の許可がなければ誰にも口を挟ませないとでも言うように、コーネリアスとマイクの両方に向かって尋ねた。

「ああ、いろんなことをやっています」とコーネリアスはマイクに向かって言った。

観客は笑い、コーネリアスは気分を良くして、意に反して笑顔を見せた。しかし、実際は落ち着かない気分だった。本当は作家であるとは、言いたくなかった。なぜなら彼は無名の作家で、そのうえ、作家という職業は常に他人には特異で異常なものに見えると思っていたからだった。一方で、いつもの逃げ口上を使って無職だとも言いたくなかった。それもまた恥ずべき告白のように思えたからだ。

コーネリアスは自分を恥じ、本当のことを語りたがらない自分や、崇高な職業を恥じている自分に怒りを覚え、正反対の行動をとるように自分を追い込んだ。そして自分が何を書いているのかをはっきりとさせ、実は詩人だと司会者に伝えた。観客のなかには、それは臆病者やボヘミアンと同じだと捉える人もいることはわかっていた。

「シュミットさんは詩人だそうです」司会者は人を見下した態度だが、さも感動したかのように告げると、おどけた調子でマイクに向かってわざとらしくこう言った。

彼は詩人です。
足を見ればわかるでしょう。
まさにロングフェロー《大きいやつ》〔一九世紀のアメリカの詩人ヘンリー・ワズワース・ロングフェローと掛けている〕なのだから！

司会者が最後の一言を勝ち誇った調子で言うと、観客は大笑いし、コーネリアスは顔を赤くして、どこかへ行ってしまいたい気持ちになった。そして、それまではただイライラさせられていただけだったこの青年に対して、大きな怒りが湧いてきた。実際、コーネリアスの足は決して小さくなかったが、さらに自意識過剰になった彼は、どうにかして人々の視線から靴を隠そうとした。

「この幸運な若い方の詩を一編、聞かせていただこうじゃありませんか」と司会者は形式張って言った。彼はチケット売り場から案内係がコーネリアスへの賞金として支払うのに十分な金を持ってくるまで、時間稼ぎをしていた。「お願いしますよ」と彼は言った。「詩を朗読してくださいませんか」

「いや、できません！」とコーネリアスは、後ずさりしながらきっぱりと断った。司会者が、困惑気味の観客に指で合図を送ると、観客はいっせいに拍手をして、コーネリアスの詩の朗読が聞きたいと騒ぎだした。

　コーネリアスはまた怒りを覚えたが、その怒りはまた正反対の極へ到達し、観客のために朗読することにした。当選の喜びは消え去り、頑固なまでの怒りが彼に襲いかかっていた。

「いいでしょう」とコーネリアスは荒々しくマイクに向かって言った。「あなた方に相応しい詩を朗読します」口調は真剣で芝居がかったふうに変わり、疲れや不快感、絶望を感じさせるような声で朗読をはじめた。

考えてもみよ
歴史にはいくつもの滑稽な通路と、策謀の回廊や
出口があり、野心のささやきが我々を欺き
虚栄心が我々を導く　考えてもみよ
歴史は我々の注意が散漫になると与える
彼女が与えるものは、しなやかに混乱していて
与えられたことで渇望が強まる　あまりにも遅く
誰も信じないものを与えたり、まだ信じられるものなら
記憶のなかだけで、情熱の再考としてくれる。あまりにも早く
弱々しい手に与えることもある。
拒絶して恐怖が伝わるまでは　不要かもしれないのに

終わると、彼はまるで衝撃的な告白でもしたみたいに自分自身に愕然としていた。しかし、口調が深刻すぎてうさん臭く聞こえたため、自分の努力は無駄に終わったと自覚していた。詩を聞かされた観客は困惑して黙り込んでいたが、不思議なことに司会者は感動していた。

「あなたの詩ですか？」と彼は尋ねた。

「違います。そうであればいいんですけどね」とコーネリアスは言った。観客はこの言葉に我に返り、笑った。

「この詩は現代最高の詩人が書いたものです。名前はT・S・エリオットといって、みなさんも読むべきですよ」こう言いながらも、コーネリアスはこんな宣伝をしても無駄だとわかっていた。

案内係が金を持ってやってくると、例のしつこいバルコニーの声が「さあ、ゲームを続けよう」と叫び、残りの賞金を手に入れようと意気込んだ観客はまた拍手をはじめた。

しかし、金が若い副支配人でもある司会者に届けられ、彼が差し出がましくも枚数を数えだし、切りまぜたあとに整えてからコーネリアスに支払おうとした瞬間、長いこと使われていないような嗄《しやが》れた叫び声がバルコニーから聞こえた。

「スクリーノ！　スクリーノ！」

劇場は静まり返り、全員が後ろを振り返って、熱狂的な叫び声をあげているのは誰かと探した。

「スクリーノ！」また声が聞こえたが、今度はもっと近くから叫んでいるようだ。新たに登場した当選者が、バルコニーからオーケストラボックスに続く階段に向かおうとしていた。若い副支配人と案内係たちは、呆然とお互いの顔を見合わせた。明らかに何かがおかしい。まず普段なら、大当たりなんて出ないのだ。しかも当選者が二人も出るなんて考えられず、それでは破産してしまうし、誰かが職を失うことになりかねない。

すぐに、新しい当選者が舞台に上がった。眼鏡をかけた小柄な老人で、バイオリンケースを抱えていた。プレスのかかっていない黒いスーツを着ている姿は、安いレストランの給仕みたいだった。すっかり息を切らしていて、完璧に取り乱していた。案内係が震える手からカードを受け取り、黒板に書かれた数字と照らし合わせはじめた。若い副支配人がやってきて、確認作業を見守っていたが、彼が間違いであってほしいと思っているのは一目瞭然だった。一方、突然相手にされなくなったコーネリアスは立ったまま手持無沙汰にしていた。まだ賞金を受け取っていなかったが、その使いみちを考えるだけで幸せだった。

「もし副支配人がこの金を全部失ったら」と案内係のひとりが別の案内係に言った。「ハプスブルク帝国の没落以来最大の惨事となるな」

「キャスパー・ワインガルテンといいます」尋ねられてもいないのに、老人は身を寄せ合っている副支配人と案内係たちのあいだに割り入るようにして言った。いたく緊張し、興奮していた。「音楽家です」と続けたが、コーネリアス以外は誰も聞いていなかった。

若い副支配人は老人のところまでやってきてカードを掲げると、左側に印刷の跡があったから7を1と勘違いしたのだろうが、残念だがこれではスクリーノに当選していないと説明した。「でも、別の賞が当たるかもしれないですしね」と副支配人は礼儀正しく言った。「もうすでに四つの番号が揃っているんですから」

「当選していないだって？」と老人は言った。「なぜです？」その説明ではまったくわからないという様子だった。間違いであったことがもう一度説明されるあいだ、老人はカードをじっと見つめていた。

「そんなわけはない！」と彼は大声をあげた。「これは１だ。７じゃない。私は当選したんだから、金をくれ」弱々しかった声を張りあげたせいで、奇妙なほど哀れで、怒っている子どもの声みたいに聞こえた。さらに悪いことに、彼は咳き込みはじめた。

「お客さま」と副支配人は形式張った口調でまた話しはじめた。「申し訳ありませんが、勘違いなされたようですね。当選されていないんです。印刷が薄かったせいで、７を１に間違われたのです。どのみち、今後はそうした間違いが起きないように、カードは全部くっきりと印刷し直します」

コーネリアスは自分の目で事態を把握しようとやってくると、カードを手に取って問題の数字を見た。老人は彼をちらりと見てから、副支配人のほうを向いてこう言った。

「金をくれ！　私は当選したんだ！」

「聞き分けがない方ですね」と副支配人が、呆れ顔で言った。観客は手を叩きはじめ、ゲームの続行を望んでいた。副支配人は丁寧に、気配りを利かせながら観客に状況を説明した。

彼が観客に話しているあいだも、老人は「金をよこせ！」と叫んでいた。

「どうかご自分の席にお戻りください」と彼は老人に言った。「そうすればゲームが再開できますから」

そのあいだに、コーネリアスは問題の数字をじっくりと見て、副支配人が１を７だと言うのには何の根拠もないと判断した。１の直線の左上の横線はぼやけていて、それが７の横線であると考えることもできるかもしれないが、副支配人の言い分が正しいと言えるほど薄れてはいなかった。

「ここを見てください」コーネリアスは機転を利かせて副支配人に言った。「僕には、これは1にしか見えないんですけどね。7と言うにはぼやけすぎていませんか」

「これは7なんですよ」と副支配人は怒りをにじませながら言った。彼がそう言った時、コーネリアスにはぴんときた。これほど確信を持って言い切れるのは、大当たりが二人、あるいはひとりすら出ないように、予めカードが仕組まれていたからだと。それを見破ったコーネリアスは、インチキや不正に直面した時はいつもそうなるように気分が悪くなり、怒りがこみ上げてきた。

「これまで、ずっと騙されっぱなしの人生だったんだ」老人はそう言って、両手を握りしめた。「私の金をよこせ」案内係が彼の腕を取って、舞台から連れ出そうとしたが、副支配人が引き止めた。暴力に訴えることはまだしたくなかったのだ。

「いいですか」とコーネリアスはきっぱりと言った。「この人に賞金を払わなければ、僕はこのことを観客に話しますよ」それに答える代わりに、副支配人はコーネリアスに賞金を払いはじめ、ぶっきらぼうな口調で枚数を数えながらコーネリアスの手にお札を載せていった。それが終わると、老人は副支配人の腕をつかんで言った。

「私の金はどこだ？　騙されないぞ。ずっと不運続きだったんだ」

「お客さま」と副支配人は言った。「あなたの不運は私のせいではありませんし、劇場にも責任はございません。どうか騒ぎを起こさないでください。あなた方お二人が舞台から下りてくだされば、残りの賞金に進んでいけますし、ゲームを再開できるんですから」

　これに対して老人は、不気味な表情をしたまま顔を上に向けて、舞台に座り込んだ。そして「金をもらうまで、ここに座り続けてやる」と涙ながらに言った。

この光景に、コーネリアスは耐え難くなってきた。老人は、賞金は自分の命と同じくらい大切だと思い込んでいるようだ。コーネリアスに言わせれば、彼は騙されたのだ。あまりにも目に余る話だった。

「このことを観客に話します」とコーネリアスは言った。

「いいえ、そんなことはいけません」と副支配人が言ったが、コーネリアスは彼よりも先にマイクに手を伸ばした。

「いいですか!」と取り乱した副支配人が、うんざりしたように、息も切れ切れに言った。「これで私は仕事を失うかもしれないんですよ。頼みますから」

新たな同情の対象が現れたことによって、コーネリアスの心はさらに複雑になった。しかし、その時、床に座っている老人の姿を見た。彼は泣いていて、涙で濡れた眼鏡を外してしわくちゃのハンカチで拭いているところだった。

この光景を見て、コーネリアスは意を決した。そしてマイクをつかむと、観客に話しはじめた。

「紳士淑女のみなさん、劇場側はこの人が当てた賞金の支払いを拒んでいて、彼のカードは印刷が悪かったと言い張っています。それはただの口実に過ぎません。カードを見ましたが、劇場側の主張を正当化するものではありませんでした。劇場側は約束した金額を支払わないで済ませようとしているのです」

副支配人は答えるために、すぐに前に出てきた。コーネリアスの演説は明らかにかなりの効果を発揮したようだった。

「みなさん、このお若い方は詩を書くのは得意かもしれませんが、目の前のことを直視できていないのです。運営側の寛容さにつけこもうとしています。四二五ドルを手に入れるだけでは満足できず、たった今出会ったばかりの人に同じ金額を与えようとしている。そうしているうちに、どんどん遅くなりますし、舞台からすぐに出て行っていただかないと、残りの賞金を賭けたゲームはやむをえず延期となるやもしれません。映写室にいる上映技師は労働組合の人間なので、説得したって一秒も残業してくれませんからね。だから、このお二人がすぐにどいてくださらないのであれば、映画の上映を延期することはできませんので、残りの賞金も延期するほかないのです」

「立派な支配人だなあ」とバルコニーのちゃかし声が叫んだ。

　しかし、残りの五〇ドルを手に入れるチャンスを失いたくない観客は、みな納得していた。ざわざわと声がして、誰かが叫んだ。

「さっさと家に帰れよ、俺たちのチャンスを奪うな」

「みなさん」と老人がかすれた声で言った。彼は副支配人の演説の影響を感じ取り、立ち上がっていた。「この人たちは私を騙そうとしているんです。私は確かに当選しました。私は音楽家です。しがないレストランの演奏者だとしても、不誠実なことは絶対にしません」そして泣きながらこう続けた。「何か良いことが起きようとすると、いつもこうなるんだ。娘の結婚式では喧嘩が起きたんです。人生でいちばん幸せな日なのにですよ。そうして私は、義理の娘と一緒に暮らさねばならなくなったんです」彼はまだ泣き続けていた。「この金があれば、歯を治せるんです。何年も歯が悪くてね。この人たちに言いくるめられるなんてまっぴらだ」

　歯の話をするのは品に欠けるし、嘆かわしかったが、老人の発言への反響が広がった。コーネリアスは老人のむせび泣きを止めるためには、どんな行為も辞さない覚悟だった。公共の場での波乱や口論や騒動に出くわすと、いつもみぞおちを殴られたような気持ちになった。

「底なし沼だな」と案内係が別の案内係に言った。

「みなさん」と副支配人が言った。「我々は正しいことをしていると確信していますが、この問題については、客観的な判断ができる三名の観客の方々におまかせしようと思います」

「なんだ、また客観と主観の話をぶりかえしてうまくやろうって言うのか」とコーネリアスはぶつぶつ言った。

　観客の三人が審査員として選ばれるあいだ、少し間が空いた。副支配人はまだ慈善心を保とうとしていて、審査員をしてくれた人には翌週に使える劇場の無料チケットをプレゼントすると提案した。歯科医、弁護士、男性服飾品店のオーナーが名乗りを上げた。歯科医は思いやりのある男だったので、すぐにワインガルテンの歯を安く治してあげようと申し出た。でも老人はそれを無視したので、歯科医は気分を害したようだった。

「私の金をくれ」と言った老人の声は弱々しく、前に発した声のこだまのようにしか聞こえなかった。

　審査員になった三人は問題のカードを受け取ると、隅で話し合いをはじめた。しかし、すぐにやる気のある案内係が、「1」の横がぼやけて印刷されている別のカードを見つけた。カードが舞台まで届けられると、一瞬にしてすべてが解決した。

　副支配人はこの発見を観客に伝え、弁護士は三者の決議を発表した。観客は正義がくだされたことに満足して拍手を送った。キャスパー・ワインガルテンは、再び舞台の上に座り込んだ。コーネリアスがなすすべもなく周りを見渡すと、手を叩いたりやじを飛ばしたりしている観客が見えた。

「もう引っ込めよ」と客席から誰かが言った。

「警察を呼べ」と別の客が言った。

コーネリアスは前に進み出ると、慎重な声で言った。「二枚のカードが同様にぼやけているだけでは、何の証明にもならないってことがわからないんですか。どちらも『1』かもしれないじゃないですか。みなさんはあえて自ら騙されようとしている」

しかし観客の決意は固かった。これからはゲームを先に進めて、映画を観る気なのだ。だからコーネリアスには、やじや口笛で答えた。案内係たちが前にやってきた。

案内係からの圧力を感じたコーネリアスは、ここでひどい間違いを犯した。

「論理的に考えてください」と怒りを顕《あらわ》にして彼は言った。「このことについて、いかにも中流階級的な態度を取るのはやめてくださいよ。運営陣はこの老人を騙そうとしているんですよ」

「この詩人は過激な思想の持ち主だ」と副支配人は、完全勝利のチャンスを察して言った。「今彼が言ったことをお聞きになったでしょう。中流階級と言いましたね。この人は過激派ですよ」

「か・え・れ」とバルコニーから茶化す声が、「それでは、また」という時の「また」のように、「れ」に抑揚をつけて叫んだ。大いに喜んだ観客たちは笑い、叫び声はすぐに唱和に取り込まれた。

「か・え・れ、か・え・れ、か・え・れ」劇場のあらゆるところから、さまざまな声が聞こえた。

コーネリアスはこれ以上観客をどうすることもできないと悟り、年老いた音楽家のところまで行った。彼は床に座って泣き続けながら、眼鏡を拭いていた。

「いいですか、ご老人」とコーネリアスは言った。「もうこうなってしまった以上、どうしようもありません。僕と一緒に出ていったほうがいいですよ」

「いやだ」とワインガルテンは断固として言った。

コーネリアスは少しのあいだじっと考えてから、こう言った。

「いいですか、僕が当てた賞金の半分をあげますよ。逮捕される前に、ここを出ましょう」

「警察を呼べ」前と同じ声がまた叫んだ。

「いやだ」とワインガルテンは言い、「あんたの金なんていらない。私は自分の金が欲しいだけだ。私の金をよこせ」と副支配人に向かって言った。

　コーネリアスはまた自分なりに考えてから、決心した。そして「努力せずに手に入れたものは、簡単に失われる」とつぶやいてから、年老いた音楽家に賞金は全部持っていっていいと伝えた。副支配人はすぐに異議を唱えたが、コーネリアスはポケットから札束を取り出し、枚数を数えてから音楽家に渡した。すると彼は後ろめたそうな顔をしながら、震える手でそれを受け取った。

　目の前の出来事を見ていた観客は猛烈な拍手を送ったが、それは純粋に感動したからではなく、こういう場合は称賛するべきだと思ったからだった。公共の集まりの場所で、あまりにも空疎な抽象概念の話を聞いたり、ずっと昔に死んだ人への敬意を表す言葉を聞いたりすると、そうした拍手喝采が起きるものだ。副支配人はここはもうコーネリアスの手柄にしてしまおうと、握手をしにやってきた。コーネリアスは、差し出された手を拒否したい衝動に駆られたが、これ以上騒ぎを大きくしたくなかったので受け入れた。

　老人は立ち上がり、コーネリアスのほうへやってきた。

「ご親切に本当にありがとうございました」彼は泣いたり、極度に興奮したりした人特有のよそよそしい声で言った。

「とんでもない」とコーネリアスは礼儀正しく言った。そうして二人は一緒に舞台から降りていった。

「残りの賞金は、来週に持ち越しとなりました」と副支配人は言った。「来週の合計金額には五〇ドルが加算され、いつもの大当たりの他に百ドルの賞金もあります。そのうえ、四つ星の映画を二本上映しますよ」

コーネリアスとワインガルテンが出口へ歩いていくあいだに劇場は暗くなり、ふわふわと浮いているような人物や楽しい動きとともに映画が再開された。結局のところ、観客は一晩にどれだけの現実に耐えられるのだろう？

「一緒に出られますか？」とコーネリアスはワインガルテンに尋ねた。

「いや、私は映画を観ていきます。本当にどうもありがとうございました。恩に着ます」と言う声はまだ罪悪感に苛《さいな》まれていた。

さて問題は、とコーネリアスは柔らかい絨毯が敷かれたロビーを歩きながら考えた。どうやってこのことを母さんに秘密にしておくかだ。知ればきっと、僕のことをドン・キホーテみたいな騎士気取りだと思うだろう。まあでも、実際にそのとおりだ。あの老人に同情するあまりつい感傷的になって、半ば強要されたように取った行動だったとしても、僕が今感じている寛容さや誇らしさを思えば、失った金なんてなんと安いものか。僕は愚かだったのかもしれないが、今はすごく理にかなったことをしたと思えるし、幸せだ。

幸福感に浸ってそうつぶやきながら、寒くて混沌とした街へ出ていくと、新鮮な空気と今までとは違う光がコーネリアスをとらえた。雨はやんでいたが、濃い霧が街を包んでいる。霧のなかを歩いて帰る途中、彼は自分の感情を噛み締めながら、一五、一六世紀のスコットランドの詩人〔ウィリアム・ダンバー〕の詩を（ところどころよく覚えていなかったため、行の途中で口ごもったり、不完全なアクセントを正すために中断を挟みつつ）自分に言い聞かせるように暗唱した。

陽気であれ！　思い煩うなかれ
　この惨めな世界で揺らぐ悲しみを！
神には謙虚に、友には親切に
　隣人とは、喜んで貸し借りせよ
今夜の彼の幸運は、明日には汝のものとなるやもしれず
　どんな冒険にも心から幸福を感じよ
しばしば賢者たちに言われることだが、
喜びなくしてなんの宝ぞ

神の賜物を明るく楽しみたもう、
　折れた魔法の杖は幸福の役には立たぬ
どんな善行も汝のものではない、汝が費やすものを除いて
　汝が獲った魚は忘れても、悲しみは忘れるなかれ
悲しみに襲われたなら、慰めを求めよ
　悲しみのなか、汝の人生は長くないかもしれぬ
それゆえ、心の平安を求めて汝の帆を張りめぐらせよ
喜びなくしてなんの宝ぞ

哀れむ心に従い、困難や議論を逃れよ、
　名を馳せた人物らとともに進まん
汝の財産について寛大に、謙虚であれ
　郡での栄誉は叫び声くらいにしか続かず
この世の困難は憂鬱にならず
　財に乏しくとも、忍耐に富むべし
楽しく生きる者こそ強く生きよう
　喜びなくしてなんの宝ぞ

嬉しそうにそう言って、やりたいと思ったことを堂々とできた実感を噛み締めながら、ほとんど自分から街を隠し、頭のまわりを取り囲む霧とともに家に戻ってくると、彼はまた部屋でひとりきりになるのだった。

訳者あとがき

デルモア・シュワルツ（Delmore Schwartz、一九一三〜六六）は、アメリカ文学の〝伝説〟のように語られてきた作家だ。というのも、本書の表題作の短編「夢のなかで責任がはじまる」で鮮烈な登場を果たすも、その後は酒と薬に取り憑かれスキャンダラスな生活を送り、最後にはなんともやりきれない死に方をしているからだ。そうした破天荒な生き方や、名声からの転落のほうが注目され、アメリカ文学史のなかでも異彩を放った存在として扱われてきた。生涯にわたり数多くの詩や短編、評論を残したが、とりわけ「夢のなかで責任がはじまる」だけに高い評価が集まり、今でもアメリカ文学における傑作として、数々のアンソロジーに収録されている。

　本書はデルモア・シュワルツによる短編集『In Dreams Begin Responsibilities and Other Stories』（ニュー・ディレクションズ、二〇一二年）の全訳である。デルモア・シュワルツの本邦初の単独作品集となる。

　日本では数編の作品が翻訳されただけで、十分には紹介されてこなかった。それでも「夢のなかで責任がはじまる」にはやはり熱狂的なファンが多く、これまでも畑中佳樹、柴田元幸といった名翻訳家たちが、それぞれ『and Other Stories とっておきのアメリカ小説12篇』や『アメリカン・マスターピース　準古典篇』といったアンソロジーに収録してきた。畑中は「たった一発の狙いすました弾丸でたった一つの的を射抜き、あとは一切余計なことをせずに死んでいった作家」と評している。

　近年は、編み直された短編集や詩集、さらには伝記までもが本国で刊行され、「夢のなかで責任がはじまる」以外の作品を含め、シュワルツの再評価が進んでいる。

デルモア・シュワルツの生涯と作品

「夢のなかで責任がはじまる」は、シュワルツが二一歳のときに書いた作品で、二年後に左翼雑誌『パルチザン・レビュー』の一九三七年再創刊号の巻頭を飾った。当時まったくの無名だったシュワルツの名前は、哲学者のシドニー・フックや文芸批評家のエドマンド・ウィルソンといった著名人と並んだ。読者の多くは、反スターリン主義のオピニオン記事を目的に購読していたため、珍しく巻頭に掲載された短編小説を読み、新しい時代を生きる若者たちの代弁者のボイスや詩的な描写に衝撃を受けたという。「夢のなかで責任がはじまる」はこれまでにない方法で自伝的素材にモダニズムを取り入れた驚くべき作品として、批評家たちに高く評価され、W・H・オーデンやハート・クレインと比較されるなど、瞬く間にシュワルツを注目の作家に仕立て上げた。そして翌一九三八年、ニュー・ディレクションズより、数編の詩とこの短編を収録した『In Dreams Begin Responsibilities』が刊行された。

『In Dreams Begin Responsibilities』はすぐに大きな反響を呼び、エズラ・パウンド、T・S・エリオット、ウィリアム・カーロス・ウィリアムズ、ロバート・ローウェル、ウラジーミル・ナボコフなど、多くの作家から絶賛された。そればかりでなく詩も高く評価され、詩人で批評家のアレン・テイトは「エリオットとパウンド以来の、真の斬新さ」とそのスタイルを称している。

文学的にも、政治的にも新旧交代が求められたとき、シュワルツはまさに新時代の寵児となった。

評論家の坪内祐三は、二〇世紀のアメリカ作家のなかでも、日本であまり知られていない変死した人物をとりあげ、当時の時代精神や彼らの反逆や渇望を描いた『変死するアメリカ作家たち』の一章をシュワルツの生涯と作品紹介に割いている。そしてシュワルツには、生涯「アメリカに留まりながらヨーロッパ的伝統もとりこんだ新たな文学世界を創り上げる世代の代表たらんという気負い」がつきまとっていた、と記している。

また、詩人の鮎川信夫の『宿恋行』（一九七八）に収録された「必敗者」という詩はシュワルツの「スクリーノ」を読んだときのことが書かれている。鮎川がシュワルツのペシミズムや根強いルサンチマンに共鳴していることがうかがえる。

少しややこしいのだが、本書は一九七八年にニュー・ディレクションズが『In Dreams Begin Responsibilities & Other Stories』として、表題作と『The World Is a Wedding』（一九四八）に収録された全短編と、『Successful Love and Other Stories』（一九六一）を再編するかたちで刊行したものを底本としている（この本はしばらく絶版になっていたが、二〇一二年に復刊された）。『The World Is a Wedding』が刊行された当時、批評家や文学者は高く評価し、『タイム』誌はスタンダールやアントン・チェーホフと比較して絶賛したが、部数は伸びなかった。だが、文芸批評家ロバート・フリントは『コメンタリー・マガジン』で一九六二年、「大恐慌の時代を生きるニューヨークの中流階級のユダヤ人を描きとった」作品であり、アメリカ文学史に残る短編集と高く評価し、ハンナ・アーレントは「無謀なまでに突き抜けた心理学」と述べ、「近代社会によってあらゆる真の共同体から切り離された個人の内面と社会生活」を明らかにしたと称賛している。

『Successful Love and Other Stories』も、刊行後すぐに「ニューヨーク・タイムズ」に書評が掲載され、世代ごとのさまざまなイノセンスを描いた良作と評されている。

　本書の底本となった短編集『In Dreams Begin Responsibilities & Other Stories』のあとがきで、文芸批評家のアーヴィング・ハウは、一七歳ではじめてシュワルツの作品を読んだときに、「自分たちの世代のボイス」――親しみある声だが、英語の語りにはそこまで馴染んでいない人たちの声――を聞いたと書いている。それには、一九三〇年代のアメリカという社会背景が大きく関係している。

　一九一三年にニューヨーク、ブルックリンにて、ルーマニア系のユダヤ人の両親のもとに生まれたシュワルツは、いわゆるユダヤ系アメリカ人の子孫だ。祖父母の世代は一般的に、アメリカに移民としてやってきて、英語を身につけることで、新しい人生を夢見ることに終わり、親の世代は富を手に入れようとがむしゃらに働いた。その子どもの世代となると、高い教養を身につけながらも、大恐慌という時代の波に飲み込まれ、さらにアメリカ国民としてのアイデンティティと、東欧からの移民のユダヤ人というアイデンティティとの間で、どちらにもなりきれない疎外感を抱く者が多かった。

　シュワルツの短編に登場する人たちは、抜け出せない停滞感のなかで生きている。不安定な社会に翻弄されて、思い描いたとおりの人生を歩めずにいる。概してみな他者に対して辛辣だが、それは同時に自分への批判でもある。そうした彼らのやり場のないいきどおりを、シュワルツは一切の甘さを持たずにリアルに、ときに現実世界で覚える当惑や焦燥感、恐怖や絶望を「映画的に」あるいは不条理な夢のように描きだした。それが当時の多くの若者たちに、代弁者として受け入れられたのだろう。

「夢のなかで責任がはじまる」で一躍、時の人となったシュワルツは、その後も詩作や評論を書き続けたが、一九四三年、二九歳のときに、十年の構想を経て書かれた二〇〇ページを超える半自伝的な長篇詩『創世記』（第一部）を発表する。しかしこの作品はことごとく酷評され、第二部が刊行されることはなかった。ここからシュワルツの人生は坂道を転げ落ちていくかのごとく低迷する。

期待されていた『創世記』の売上は散々で、収入に頼っていた妻とも離婚したシュワルツは、ハーバード大学で講師の仕事をしながら、長編『アメリカの夢』を書き上げて、ゆくゆくはハリウッドに買い上げてもらい大金持ちになることを夢見ていた。しかし現実の生活に追われてなかなか思うように執筆時間は取れず、実現しなかった。

ハーバードという閉鎖的でお堅い空間に馴染みきれず、作品の評価も振るわず、にっちもさっちもいかなくなったこの頃から、アルコールや睡眠薬を乱用するようになる。「ユダヤ人は酒を飲まない」と言って若い頃はほとんど酒に手をつけなかったシュワルツだが、伝記を書くことになったフィッツジェラルドに影響されて（その伝記は未完に終わったが）酒を飲みはじめると、怒りやすく偏執的になり、過剰な妄想に陥ったり、不条理なことで執拗に攻撃に出たりすることも多々あったという。

一九四九年、作家エリザベス・ポレットと結婚するが、妄想にとらわれるようになり、耐えかねたポレットは一九五五年秋にシュワルツのもとを去る。シュワルツは怒りっぽくますますひどい妄想にとらわれ、最終的に精神科病院に送り込まれた。退院後は、親しくしていた作家ソール・ベローらが自分に対する陰謀を企てていると告発したこともあった。

一九六〇年代初頭、シュワルツの最後の職場となったシラキュース大学では、身なりは不潔で、重度のアルコール依存症だったが、学生からの支持は熱かった。しかし、一九六六年七月一一日、シュワルツはグリニッジ・ヴィレッジの安ホテルで、きちんとゴミを捨てるようにと注意してきた隣人と口論になり、ゴミ袋を抱えて廊下に出たところで心臓発作を起こし、ゴミまみれのまま五三歳で亡くなった。遺体は引き取り手が見つからず、二日間死体安置所に置かれていたという。

死後数年して、シュワルツ作品への関心は再び高まり、ジョン・ベリーマンやソール・ベロー、そしてロバート・ローウェルは、シュワルツに影響を受けたと公言しているし、ローウェルはまた、シュワルツを今世紀最も過小評価された詩人だとも述べている。生前親しくしていたベローにおいては、シュワルツについての半フィクション的回顧録『フンボルトの贈り物』(一九七五)で、ピュリッツァー賞を受賞している。他にも一九七二年、ウラジーミル・ナボコフは『サタデー・レビュー』誌に「インスピレーション」というエッセイを寄稿し、アメリカ文学のお気に入りの短編六作のひとつとして、「夢のなかで責任がはじまる」を挙げている。

シラキュース大学で教えた学生のなかにはミュージシャンのルー・リードがおり、シュワルツは詩人、ミュージシャンとしてのリードに大きな影響を与えた。リードは、ヴェルヴェット・アンダーグラウンド&ニコのファーストアルバムに収録されている曲「ヨーロピアン・サン」をシュワルツに捧げている(リードによれば、シュワルツは歌詞を好まなかったそうだ)。酒と薬物にまみれた狂気の日々を送っていたシュワルツを知りながらも深く感化されたリードは、一九八二年のアルバム『Blue Mask』に収録された「My House」でシュワルツの亡霊が訪ねてくるという曲を書いてもいる。またリードの伝記『ワイルド・サイドの歩き方　ルー・リード伝』には、ユダヤ人と思われることを嫌ったユダヤ人、ニューヨークの郊外から逃げ出すために文学を指向したブルックリンっ子、アルコールと錠剤でその才能をあたら無駄にしてしまった詩の天才、哲学的な飛躍を街のストリートの声と結びつけた作家——デルモア・シュワルツは青年ルー・リードにとっての完璧なロールモデルとなったと書かれている。

他にもシュワルツが影響を与えたミュージシャンには、U2のボノがおり、「Acrobat」という曲をシュワルツに捧げ、歌詞に「夢のなかで責任がはじまる」が引用されている。

シュワルツの生前のその他の出版作品には、詩劇『Shenandoah』(一九四一)や、詩集の『Vaudeville for a Princess and Other Poems』(一九五〇)や『Summer Knowledge』(一九五九)がある。

収録作品紹介

「夢のなかで責任がはじまる」

語り手の僕が映画館で、結婚する前の両親がブルックリンからコニーアイランドへ出かけ、プロポーズするまでの午後のひとときがスクリーンに映し出されるのを観ているという設定だ。突然僕は泣きはじめ、スクリーンに向かって結婚するのはやめてくれと叫びだす。「ふたりとも、今ならまだやめられる。そんなことしたって何もいいことなんか起きないんだ。ただ後悔や憎しみや恥辱、それからぞっとするような性格のふたりの子どもが生まれるだけなんだから」と。印象深いタイトルはイエーツの詩「Responsibilities」のエピグラフから取ったもので、村上春樹が『海辺のカフカ』でこの言葉を引用したことでも知られる。映画と現実、夢と現実の境界があやうい物語世界のなかで、僕が現実を生きる責任について考え学ぶという、強烈な読後感を残す一作だ。

「アメリカ!　アメリカ!」

本作でシュワルツは、いわゆるアメリカン・ドリームをおそらく最も直接的に分析し、アメリカにおける成功と失敗の意味を検証している。シュワルツが描く不幸な家庭は、どれもよく似ていて、父親が金儲けに奮闘する一方で、母親は子どもを甘やかすが、その結果誰も得をしない。この話は、シュワルツが母親と住んでいたワシントン・ハイツの隣人ソロモン一家の話が題材になっている。主人公のシェナンドー・フィッシュ（「大晦日」をはじめシュワルツの短編に繰り返し登場する芸術家／詩人で、シュワルツのペルソナと言われている）の母親が語る、バウマン家の物語は、東欧からの移民でありユダヤ人のバウマン氏が保険事業で成功を収めるものの、時代の流れとともに衰退し、大金持ちか権威ある人間になるだろうと期待された子どもたちが成功せずに終わる。この物語がシュワルツの親の世代を描いたものだとすれば、「生きる意味は子どもにあり」でシュワルツは再び世代を超えた一家の物語に立ち戻り、そこでは自分の幼少期を描き出したと言えるだろう。

「この世界は結婚式」

二〇代後半から三〇代前半のユダヤ系知識人たちの物語。彼らは大恐慌によって精神的にも経済的にも行き詰まり、毎週土曜日の夕方に集まって傷をなめ合う。このサークルのメンバー一人ひとりの精神が、別の登場人物の心のなかで分析されるにつれ、世俗的な失敗が彼らの強烈な個性と結びついていることが、次第にわかっていく。ほとんど自分たちのなかだけで生きている彼らは、より大きな世界の冷静な仲介がなく、文学的才能と哲学的知性への崇拝がサークルのメンバーを支配している。いわゆるアウトサイダーである自分たちが作り上げたバブルに閉じ込められ、孤立していく青年たちと、そのバブルのなかでさえも、他人と自分とを結び付けられず、自分に似ている人たちを恨み、軽蔑するという超現実的な世界が見事に描かれている。彼らは自分たちの人生の無意味さに意味を持たせようとし続け、その結果、正当性を見出そうとしている。物語の最後にジェイコブは人生を結婚パーティーに見立てて言う。「このパーティーでは、みんなのための十分な場所と役割があり、何の役割も果たせなくても誰もがパーティーに参加できて、ごちそうにありつける。自分が披露宴にいるとわからない人は、目の前にあるものを見ていないだけだ。この世界が結婚式であるとわからないのは、死んでいるのと同じかもしれない」

「**大晦日**」

第二次世界大戦の影がちらつく一九三七年最後の夜にパーティーを開くことにした、ニューヨークの若い作家と編集者のグループによる群像劇。特定の主人公はおらず、新年を迎えるパーティーに人々が招待されてやってきて、仲良くなろうと色々と会話を試すが、どれもうまくいかずバラバラのまま、ともに祝うべき新年に変わる瞬間を逃して帰路につくまでを、大勢の視点と意識を通して描いた作品だ。一九八五年の「ニューヨーク・タイムズ」の記事で、ジェームズ・アトラスは、これは『パルチザン・レビュー』のスタッフたちを描いたものであるとも記している。何よりも目を引くのは、夫から今でいうオープン・リレーションシップ（既婚・交際中でも、互いに合意の上で他の人とも関係を結ぶこと）を一方的に宣言されて、必死で相手を探そうとするデリアだ。彼女は相手が見つからないことを自分のせいにして、どんどん酒に溺れていく。最後に酔っ払った彼女が連呼する「なぜ？」と「あなたはどなた？」は、彼らを取り巻く世界と自分たちに対する痛烈な批判でもあり、読後もその言葉が異様に心に残る。

「**卒業式のスピーチ**」

一九三七年に書かれた作品で、ニューヨークという大都市のなかで、正気を失っているのか、失っていないのか、正論を言っているのか、たわごとを言っているのかわからない演説を、年老いたダスペンサー博士が行う様子を長回しの映画のように延々と綴ったもの。いわゆる知識人が、大勢の学生を前に頭のなかをさらけだし、狂気をのぞかせる。最後に描かれる都市の描写が、あたかも滑稽な人間たちを作者（あるいは読者）とニューヨークが傍観しているような雰囲気を醸し出し、何とも言えない読後感を残す。

「**陸上競技会**」

早朝、まだ寝ているフランク・ローレンス（僕）のもとをイギリスからよく知らない男が訪ねてくる場面からはじまる。男に誘われて陸上競技会に繰り出すと、自分の五人の兄弟がレースに参加していて、しかも母親がそれを観覧しているのを目にして僕はショックを受ける。いくら呼びかけても自分のことがわからない兄弟に不安をつのらせながら、僕はイギリス人にキルケゴールの三つの存在様式について語りだす。それに対してイギリス人は、新聞に掲載された殺人事件や自殺の記事を読み上げ、しまいには『祈禱書』を読みはじめる始末。そうこうしているうちに目の前で兄弟らが乱闘騒ぎをはじめ、女の子たちが登場して銃を向ける。現実と幻想が入り交じる支離滅裂な展開に、イギリス人が口にする「目覚めるだけでは、悪夢からは逃げられない」という言葉が突き刺さる。

「**生きる意味は子どもにあり**」

シュワルツの自伝的要素が色濃く表れている作品。夫と長男を亡くしたルース・ハートという母親を中心に、ハート家の人々を三世代にわたって描きながら、成功や幸せという夢にとらわれた大恐慌時代を生きるある家族の姿をあぶりだしている。作中、ルースはとにかく末息子のサミュエル（のちのシーモアと改称）を甘やかし、二人の姉たちはそれぞれ夫の甲斐性のなさに問題を抱えながらも、働かないシーモアを経済的に支える。何をやっても続かないシーモアだったが、兵役を経て少しまともになり、退役後は戦時経済で潤うようになった賭け屋の仕事で成功する。ルースがすべてを懸けて育てあげた三人の子どもたちは、「最高の子ども」なのか、あるいは「最悪の子ども」なのか？　ルースと、娘のサラとレベッカ、という、血はつながれどまったく異なる女性三人を母親として描くことから、母親の無償の愛は美しいという〝幻想〟を浮き彫りにしている。シュワルツ自身、早くに両親が離婚し、不動産業を営んでいた父親がウォール街大暴落によって資金を失い、その翌年に亡くなってからは、母親が女手ひとつでシュワルツと弟のケネスを育てた。母親は偏執狂だったと言われている。

「スクリーノ」

一九三七年に原稿を書き終えたものの、タイプされることも出版されることもなかった短編で、他の短編にも名前を代えて何度か登場する、シュワルツを彷彿とさせる男コーネリアス・シュミットが主人公だ。コーネリアスは鬱然とした考えを払拭するために映画館に向かうが、そこで賞金を賭けた「スクリーノ」というビンゴのようなゲームをすることになる。運良く賞金を当てるが、自分も当選したと言い張る音楽家の男が現れ、受け取る賞金をめぐって悪夢とも美しい夢とも言える展開に陥っていく。坪内祐三が二〇〇一年『鳩よ！』に、日本語訳を掲載している。

*

シュワルツが描く語り手たちはみな一筋縄ではいかない人たちで、彼らの葛藤には共感できる部分もあるが、できない部分も多い。シュワルツは人と人との心が通い合う瞬間だったり、わかりやすく希望を抱かせたりするような場面を描かない。描いたとしても必ず自虐的あるいは皮肉が込められた一言が入る。経験と意識の相容れなさ、つまり日常生活の陳腐さと醜さ、そして知的存在こそが真実であり美しいという考え方の間の矛盾に苛《さいな》まれながら、なんとか折り合いをつけて自分を納得させようとしている彼らは、誰も決して幸せそうではない。だが、もしかするとこの人たちはみな、自分の頭のなかだけで生きている分、ある意味で幸せなのかもしれないと思わずにはいられない。

　それに対してと言ってはなんだが、作品に登場する若い女性たちの〝しっかり〟していること！彼女たちの多くは男たちの才能に魅せられていたり、精神的に依存していたりはするが、生活のために働いて金を稼ぎ、なかには男たちを養っている者もいる（金がなければこの短編集に描かれている男たちの生活はほとんど成り立たない）。彼女たちが幸せでないのは男たちに甲斐性がないからではないのか、とつい思ってしまう。酔った勢いで辛辣な本音を吐き、自己陶酔しがちな男たちをどきりとさせる、デリアやローラといった女性たちは、訳していて一番しっくりきた。シュワルツ作品における女性についての考察があれば読んでみたい。

　最後に、担当してくださった編集者の伊藤昂大さんに、心から感謝を申し上げたい。適切なコメントやご指摘をいただいたおかげで、訳稿がみちがえるように良くなったことは間違いない。シュワルツ作品への情熱を感じられる編集者と仕事ができたことは、私にとってとても励みとなった。また、素晴らしい装幀・デザインを手掛けてくださった、クラフト・エヴィング商會さんも、本当にありがとうございました。そして最後に、シュワルツの短編を訳してみませんかと声をかけてくださり、『波』（二〇二〇年六月号）で「夢のなかで責任がはじまる」を訳す機会を与えてくださった、新潮社の楠瀬啓之さんに心からの感謝を。

私のシュワルツに対する責任と長い道のりは、そこからはじまったのかもしれない。難解な原文を日本語にするのには苦労したが、シュワルツの分身のような登場人物たちとこれでしばらくお別れだと思うと、少し淋しくもある。

二〇二四年五月

小澤身和子

デルモア・シュワルツ Delmore Schwartz
作家・詩人。1913年アメリカ生まれ。ナボコフ、エリオットらがその才能を絶賛し、ソール・ベロー、鮎川信夫、ルー・リードなどに影響を与えた。
短編集『夢のなかで責任がはじまる』、詩集『創世記』など。1966年没。

ルー・リード Lou Reed
ミュージシャン。1942年ニューヨーク州ブルックリン生まれ。
1965年ヴェルヴェット・アンダーグラウンド結成。1972年ソロ活動に入る。2013年没。

小澤身和子 おざわみわこ
翻訳者。訳書にジェニー・ザン『サワー・ハート』
リン・エンライト『これからのヴァギナの話をしよう』
リン・ディン『アメリカ死にかけ物語』（以上、河出書房新社）、
カルメン・マリア・マチャド『イン・ザ・ドリームハウス』（エトセトラブックス）、
ウォルター・テヴィス『クイーンズ・ギャンビット』
デボラ・レヴィ『ホットミルク』（以上、新潮社）、
ニナ・マグロクリン『覚醒せよ、セイレーン』（左右社）など。

夢のなかで責任がはじまる

2024年7月20日 初版印刷
2024年7月30日 初版発行

著　者 デルモア・シュワルツ
序　文 ルー・リード
訳　者 小澤身和子
発行者 小野寺優
発行所 株式会社河出書房新社
〒162－8544
東京都新宿区東五軒町2-13
電話 03－3404－1201（営業）
03－3404－8611（編集）
https://www.kawade.co.jp/
印　刷 株式会社亨有堂印刷所
製　本 加藤製本株式会社

Printed in Japan
ISBN978-4-309-20908-1

アメリカ死にかけ物語

リン・ディン／小澤身和子訳

旅をしながら出会ったホームレス、ドラッグ中毒、アル中といった市井の人々の「忘れられた声」に深く温かく切りこみ、アメリカの破綻を鋭く描いたノンフィクション。川上未映子氏、岸政彦氏推薦。

これからのヴァギナの話をしよう

リン・エンライト／小澤身和子 訳

ヴァギナは妊娠、出産のためだけにあるのではない。セックス、生理、不妊、更年期……「なかったことにされがち」な女性器について語られる、持つ人・持ちたい人・持たない人のための軽やかなエッセイ。

サワー・ハート

ジェニー・ザン／小澤身和子 訳

毎朝起きるとゴキブリまみれ、残飯を求めゴミ箱に飛び込む——。注目のアジア系アメリカ作家が描く、上海からニューヨークへ移住した極貧一家で育つ少女のダークでコミカルな連作短編集。